धर्म और विज्ञान

लातूर के आदरणीय श्री हरिप्रसादजी सोमाणी महोदय ने 'धर्म और विज्ञान' ग्रंथ लिखकर एक समयोचित उपयोगी कार्य किया है। त्रिकालदर्शी प्राचीन ऋषियों के द्वारा प्रवर्तित परंपराओं में कितनी वैज्ञानिकता भरी है, यह इस ग्रंथ के हर पृष्ठ में संगृहीत है। विशेषत: ॐकार क्या है ? गायत्री मंत्र की महत्ता, प्राणायाम, प्रार्थना या पूजाघर, यज्ञ, ताँबे के बरतन, गंगाजल, भारतीय शौचालय पद्धति इत्यादि अनेक प्रकरण पढ़ते हुए हमारा दृष्टिकोण ही बदल जाता है।

—स्वामी गोविंददेव गिरि
(आचार्य किशोर जी व्यास)

डॉ. हरिप्रसादजी सोमाणी द्वारा धर्म और विज्ञान के नाम से प्रकाशित यह किताब नई पीढ़ी के लिए बहुत ही उपयुक्त एवं ज्ञानवर्धक सिद्ध होगी।

—राजश्रीजी बिरला
प्रमुख आदित्य बिरला ग्रुप

यह पुस्तक हमारी नई पीढ़ी को भी इस दिशा में अवगत कराएगी और उनकी अपनी समझ को और आगे बढ़ाएगी।

—राजेंद्रजी के. साबू
भूतपूर्व रोटरी अंतरराष्ट्रीय अध्यक्ष

मेरा तो यह मानना है कि यह किताब हर घर में हो, ताकि यह अपने संस्कारों और परंपराओं का विज्ञान अगली पीढ़ी तक पहुँचाए।

—श्यामसुंदर सोनी
सभापति, अखिल भारतवर्षीय माहेश्वरी महासभा

डॉ. हरिप्रसादजी ने अनेक विषयों का मार्मिक विश्लेषण किया है। अपने समाज के दृष्टि से यह निश्चित रूप से बहुत ही उपयुक्त है।

—डॉ. अशोकराव जी कुकडे
शल्य चिकित्सक, विवेकानंद रुग्णालय, लातूर

विभिन्न अवसरों पर दिए जानेवाले उपहारों में इस किताब से अच्छी गिफ्ट और कोई हो ही नहीं सकती।

—एम.जी. शिंदे
Chief Engineer, MSEDC
Pune Division, Pune

धर्म और विज्ञान

संस्कार, परंपराएँ और धार्मिक विधियों
के पीछे के शास्त्रीय कारण

डॉ. हरिप्रसाद सोमाणी

प्र
प्रभात
प्रकाशन

प्रकाशक
प्रभात प्रकाशन प्रा. लि.
4/19 आसफ अली रोड, नई दिल्ली–110002
फोन : 23289777 • हेल्पलाइन नं. : 7827007777
इ–मेल : prabhatbooks@gmail.com ❖ वेब ठिकाना : www.prabhatbooks.com

संस्करण
2025

पेपरबैक मूल्य
पाँच सौ रुपए

मुद्रक
श्री साई प्रिंटर्स, साहिबाबाद

DHARMA AUR VIGYAN
by Dr. Hariprasad Somani

Published by **PRABHAT PRAKASHAN PVT. LTD.**
4/19 Asaf Ali Road, New Delhi-110002

ISBN 978-93-5322-149-2

₹ 500.00 (PB)

मेरे आध्यात्मिक सद्गुरु

परमपूज्य, प्रातःस्मरणीय

स्वामी श्री गोविंददेव गिरीजी

(प.पू.आ.श्री.किशोरजी व्यास)

के श्रीचरणों में सादर समर्पित

लेखक की ओर से…

प्रस्तावना

भारतीय संस्कार, रीति-रिवाज, परंपराएँ, प्रथाएँ एवं धार्मिक कृत्यों को अधिकतर शास्त्रीय हैं या ऐसा कहें कि अपना धर्म और शास्त्र एक ही सिक्के की दो बाजू हैं तो अतिशयोक्ति नहीं होगी। अपने ऋषियों और प्राचीन काल के निष्णात गुरुओं ने अपनी अंतरात्मा की अनंत गहराई में उतरकर चेतना की जाग्रत् आनंद लिया था। उनके अंतर्ज्ञान का अनुभव और खोज जो आध्यात्मिक परंपराओं को संस्कार और संस्कृति के रूप में उन्होंने जनमानस में वितरित किया। उसी से अनेक संप्रदायों का निर्माण हुआ। संप्रदायों ने इन सिद्धांतों, संस्कारों और परंपराओं को संस्कार और संस्कृति के रूप में उन्होंने जन मानस में वितरित किया। उसी से अनेक संप्रदायों का निर्माण हुआ। संप्रदायों ने इन सिद्धांतों, संस्कारों और परंपराओं को सैकड़ों पीढ़ियों तक जीवित रखा। परंपराएँ तो चलती जा रही हैं, किंतु इनके मूल ज्ञान और मूल आधार से हम अनभिज्ञ होते जा रहे हैं। अतः समय की धारा में यह प्रथाएँ केवल रूढ़ियाँ बनकर रह गई। इनके पीछे के मूल कारण लोग भूल गए। भारतवर्ष पर सैकड़ों वर्षों तक मुगलों और अंग्रेजों का शासन रहा। भारतीयों को गुलामी मिली। विशेष करके मुगलों के शासन काल में काफी धार्मिक अत्याचार सहने पड़े। धर्म परिवर्तन पर बाध्य किया जाने लगा। इसलिए उस समय के धार्मिक गुरुओं ने अपनी संस्कृति बचाने के लिए हर कर्म को धार्मिक रूप दे दिया, जिससे धर्म के नाम पर ही सही, जो संस्कार ऋषि-मुनियों ने दिए थे, उन्हें हमारे पूर्वजों ने अपनाकर, अपनी धरोहर मानकर, सँजोकर रखने में सफल रहे। समय के साथ इन प्रथाओं ने धार्मिक विधि का रूप ले लिया और बिना कुछ सोचे समझे ही धर्म की आज्ञा

मानकर यह रीतियाँ चलती रहीं। आज तक की पीढ़ियाँ अपने पूर्वजों की बोई हुई रीतियाँ मानकर, केवल कर्तव्य की भावना से धर्म की आज्ञा मानकर, बिना सोचे-समझे उसका पालन करते रहे और यह सभी केवल कर्मकांड बनकर रह गए, किंतु आज की युवा पीढ़ी हर कर्म, विधि या संस्कार को मानने से पूर्व इसके पीछे क्या कारण है, यह जानने की उत्सुक है। यदि इसके पीछे के कारणों का समाधान न हुआ तो इन्हें अंधविश्वास समझकर इन संस्कारों को मानना छोड़ देगी। जिससे हमारी हजारों वर्षों से चली आई संस्कृति, संस्कार और परंपराएँ जिसके पीछे शास्त्रीय कारण छिपे हैं, भविष्य में लुप्त हो जाएगी। अत: उनका अभ्यास करके, इनके पीछे के शास्त्रीय कारण उजागर करके प्रकाश में लाना आवश्यक है। अपने साधु-संतों ने अध्ययन करके उनके जीवन का जो निचोड़ संस्कारों के माध्यम से समाज को दिया है, उसे अगली आनेवाली पीढ़ी तक पहुँचाना हमारा परम कर्तव्य है। शायद यही समय की माँग भी है। यदि हम इसमें गलत हुए तो आनेवाला समय हमें क्षमा नहीं करेगा।

एक दिन अचानक मन में आया की क्यों न मैं आनेवाली पीढ़ियों को अपने संस्कृति और संस्कारों के बारे में यथार्थ और वैज्ञानिक मालुमात दूँ, अन्यथा अपनी संस्कृति और संस्कार जो डूबने के कगार पर खड़े हैं, वे समय की धारा में लुप्त हो जाएँगे। तब मैंने सोचा कि इतने वर्षों से मैं इसका अभ्यास करके अपने जीवन में उतारने की चेष्टा कर रहा हूँ तो क्यों न जो कुछ भी ज्ञान मैंने पढ़कर, सुनकर या देखकर प्राप्त किया है उसे अन्य लोगों को भी अवगत कराऊँ। यही मेरे इस पुस्तक लिखने की प्रेरणा बनी। निश्चित ही यह पुस्तक लिखते समय इस बात का पूरा ध्यान रखा कि केवल अपनी बात को सही साबित करने के लिए या अपने संस्कारों और परंपराओं की महत्ता बढ़ाने के लिए नहीं लिखना है, अपितु केवल आज का मॉडर्न साइंस क्या कहता है, उसी को आधार मानकर लिखने का प्रयास किया। तात्पर्य कि इस पुस्तक को केवल भावना में बहकर नहीं, बल्कि केवल और केवल आज के आधुनिक शास्त्र (Modern Science) का ही आधार लेकर लिखने का पूरा प्रयास किया गया है।

—डॉ. हरिप्रसाद सोमाणी

आशीर्वचन...

श्री. स्वामी गोविंददेवजी गिरि

स्वामी गोविंददेव गिरि
(आचार्य किशोर व्यास)

।। श्रीहरि: ।।

'धर्मश्री' मानसर अपार्टमेंट्स
पुणे विद्यापीठ मार्ग, पुणे 411016
दूरभाष : (020) 25652589, 25672069
Email: swamigovindgiriji@gmail.com
dharmashree123@gmail.com

।। ॐ ।।

भारतीय संस्कृति में विज्ञान

हमारे भारतवर्ष की संस्कृति विश्व में सबसे प्राचीन है। प्राचीनतम काल से यह ज्ञान-विज्ञान के शिखर पर भी रही है। पृथ्वी गोल है, यह तो हमारे भूगोल शब्द से ही प्राचीन काल से ज्ञात है। अजंता के रंग किस रसायन से बने हैं यह आज भी आश्चर्य है। दिल्ली के लौहस्तंभ को इतनी सदियों में भी जंग नहीं लगा है। सूर्य स्थिर है और पृथ्वी उसकी परिधि में घूम रही है, यह ज्ञानेश्वर महाराज सात सौ वर्ष पहले सहज उपमा में बताते हैं। शरीर के अंतरंग का पूर्ण ज्ञान आयुर्वेद में उपलब्ध है। विश्पला नामक ऋषि का लौह की आस्थियाँ बैठाती है, यह ऋग्वेद में उल्लेख है। शून्य का आविष्कार विश्व को भारतीयों की देन है। ये तो सामान्य उल्लेख है। ऐसी अनगिनत बाते हैं, जो प्राचीनतम भारत की वैज्ञानिक उन्नति के अत्यंत ठोस प्रमाण है।

मध्ययुगीन काल में सतत बर्बर आक्रमणों के कारण न केवल यह वैज्ञानिक प्रगति ठप्प हुई, बल्कि ऐसे प्राचीन प्रमाणों को पूर्णतया नष्ट करने का भरसक प्रयास भी हुआ। अवैदिक भ्रांत अध्यात्मवाद के प्रचार के कारण जनता भौतिक महत्त्वाकांक्षा से रहित होने लगी। बर्बर यवन आक्रमणों ने भीषण विध्वंस किया। अंग्रेजी शिक्षा ने तो हमारी अनेक पीढ़ियों की बुद्धि ही भ्रमित कर दी। परिणामत: हर भारतीय पहलु को हीन भावना और तिरस्कृत बुद्धि से देखा जाने लगा। अंग्रेजों की हर बात श्रेष्ठ और वैज्ञानिक लगने लगी। घोर आत्मग्लानि और आत्मनिंदा से यहाँ का युवक पश्चिम का अंध अनुकरण करने में धन्यता एवं सभ्यता का अनुभव करने लगा।

किंतु काल ने करवट बदली। स्वामी विवेकानंद आदि अनेक भारतीय मनीषियों

स्वामी गोविंददेव गिरि
(आचार्य किशोर व्यास)

।। श्रीहरिः ।।

'धर्मश्री' मानसर अपार्टमेंट्स
पुणे विद्यापीठ मार्ग, पुणे 411016
दूरभाष : (020) 25652589, 25672069
Email: swamigovindgiriji@gmail.com
dharmashree123@gmail.com

ने सार्थ स्वाभिमान के जागरण का शंखनाद किया। योगी अरविंद ने सनातन धर्म को ही विश्व का तारणहार घोषित किया। विद्वानों ने प्राचीन भारतीय विद्या का पुनः अनुसंधान करके गणित, पदार्थविज्ञान, रसायन, भूमिति, दर्शन, आयुर्वेद, संगीत आदि क्षेत्रों में भारतवर्ष कैसे अग्रगण्य था, यह प्रमाणित किया। वनस्पति की सजीवता को प्रमाणित करते हुए सर जगदीशचंद्र बोस ने अपने शोधनिबंध के अंत में लिखा कि जो सत्य मैं वैज्ञानिक उपकरणों से प्रमाणित कर सका हूँ; वह भारतीय प्राचीन ऋषियों को सहज ज्ञात था। समय बदल रहा है और भारतीय योग, आयुर्वेद, गीता के विचार विश्वमान्य हो रहे हैं।

ऐसी सुमंगल बेला में लातूर के आदरणीय डॉ. हरिप्रसादजी सोमाणी महोदय ने यह 'धर्म और विज्ञान' ग्रंथ लिखकर एक समयोचित उपयोगी कार्य किया है। त्रिकालदर्शी प्राचीन ऋषियों के द्वारा प्रवर्तित परंपराओं में कितनी वैज्ञानिकता भरी है, यह इस ग्रंथ के हर पृष्ठ में संगृहीत है। विशेषतः ॐकार क्या है? गायत्री मंत्र की महत्ता, प्राणायाम, प्रार्थना या पूजाघर, यज्ञ, ताँबे के बरतन, गंगाजल, भारतीय शौचालय पद्धति इत्यादि अनेक प्रकरण पढ़ते हुए हमारा दृष्टिकोण ही बदल जाता है और अपने पूर्वजों के ज्ञान के प्रति हम नतमस्तक हो जाते हैं।

इस सुंदर कृति के लिए हार्दिक अभिनंदन एवं शुभकामना!

स्वर्गाश्रम (ऋषिकेश)
श्री गंगादशहरापर्व
दि. 02/06/2017

श्री ज्ञानेश्वरपदाश्रित
स्वामी गोविंददेवगिरिः

शुभसंदेश...

श्रीमती राजश्रीजी बिरला

ADITYA BIRLA GROUP
RAJASHREE BIRLA

श्री हरिप्रसादजी सोमाणी, 10 अप्रैल, 2017

जयश्री कृष्ण,

आज के आधुनिक युग में महत्त्वपूर्ण रीति-रिवाज एवं परंपराओं को जीवित रखने के लिए उसका शास्त्रोक्त अर्थ जानना बहुत जरूरी है। इस दिशा में आपके द्वारा 'धर्म एवं विज्ञान' के नाम से प्रकाशित पुस्तिका नई पीढ़ी के लिए बहुत ही उपयुक्त एवं ज्ञानवर्धक सिद्ध होगी।

पुस्तिका के सफल प्रकाशन के लिए अनेक शुभकामनाएँ!

विनीत,
Rajashree Birla

श्री हरिप्रसादजी सोमाणी
लातूर

Aditya Birla Centre
S.K. Ahire Marg, Worli, Mumbai 400030, India.
T: +912266525151/24995151 F: +912266525850/24995850 W:
www.adityabirla.com

शुभसंदेश...

राजेंद्रजी के. साबू

(Past Rotary International President)

Rajendra K. Saboo

KAMLA CENTRE
SCC 58-59, SECTOR-8
C, CHANDIGARH, 185059
Pho. (+91) ....
Fax: (+91)......................

धर्म और विज्ञान—एक रूढ़िवाद और दूसरा तर्क के आधार पर आधुनिक संगत, दोनों में कितना विरोधाभास है, लेकिन भाई हरीप्रसाद सोमाणी ने इन दोनों क्षेत्रों को एक-दूसरे पर आधारित करने का जो अभिप्राय है, वह सराहनीय है। उनकी कोशिश रही है कि भारतीय परंपराओं के सूत्र में जो शास्त्रीयकरण रहा है उसको इस पुस्तक द्वारा हमारे सम्मुख लाएँ। समय गतिशील है और उसके साथ-साथ धारणाएँ भी बदल जाती हैं, इसलिए आवश्यक है कि उसके मूल में जाकर देखें कि कहाँ पर उनका एक-दूसरे से संबंध है।

जब हम धर्म की बात करते हैं तो उसको कई बार हम संकुचित रूप में समझते हैं, जिसको अंग्रेजी में हम 'रिलिजन' कहते हैं। वास्तव में धर्म का अर्थ कुछ और ही है— 'धारयते ते धर्म' जिसका अर्थ—की जिसे हम अपने आचरण में, व्यवहार में धरण रख सकें वही धर्म है। धर्म की सही परिभाषा को समझते हुए यदि हम इसे विज्ञान की तरफ ले जाते हैं तो समझ आती है कि इनका आपस में कितना मेल है। पुराने समय में मनुष्य और समाज के व्यवहार को देखते हुए और उनके हित में जो प्रणाली पड़ी, वह परंपरा बन गई और चलते-चलते बिना उसका मूल समझे वही परंपराएँ रीति-रिवाज का रूप ले लिया तथा इन्हीं रीति-रिवाजों को नई पीढ़ी ने रूढ़िवाद समझ कर उसका नाम अंधविश्वास दे दिया। मैं समझता हूँ कि इसमें न तो कोई कर्मकांड है और न ही काई एक धर्म विशेष का आदेश।

साधारण रूप में माने तो धर्म ईश्वर से जुड़ा हुआ है और ईश्वर की

मान्यता ईश्वरीय निष्ठा है। महान् वैज्ञानिक अल्बर्ट आइंस्टीन ने भी कहा है कि जहाँ विज्ञान समाप्त होता है, वहीं से दैविक आस्था का आरंभ होता है।

निश्चय ही समय के साथ हम जिन आचरण को परंपरा मानते हैं वे भी बदलेंगी यह तो प्रकृति का नियम है; और साथ-ही-साथ हमारे आचरण भी बदलते जाएँगे, लेकनि विज्ञान के साथ समन्वय शायद सदा बना रहेगा।

श्री सोमानीजी ने जो प्रयत्न किए हैं और जो तथ्य हमारे सम्मुख रखे हैं, उसके लिए मैं उनका अभिनंदन करता हूँ तथा सोचता हूँ कि यह पुस्तक हमारी नई पीढ़ी को भी उस तथ्य से अवगत कराएगी एवं उनकी अपनी समझ को और आगे बढ़ाएगी।

इन्हीं शब्दों के साथ मैं फिर से अपनी शुभकामनाएँ प्रेषित करता हूँ और साधुवाद देता हूँ।

(राजेंद्र साबू)

4/17/2017

शुभसंदेश...

श्यामसुंदरजी सोनी

(President-Akhil Bharatvarshiya Maheshwari Mahasabha)

।। जय महेश।।

अखिल भारतवर्षीय माहेश्वरी महासभा

केन्द्रीय कार्यालय : माहेश्वरी महासभा भवन, आग्याराम देवी मंदिर रोड, एस.टी. स्टैंड चौक, गणेशपेठ, नागपुर-440 018.
फोन : (0712) 2736625, 2734205

श्यामसुंदर सोनी
सभापति

संदीप काबरा
मह मंत्री

डॉ. हरिप्रसादजी सोमाणी द्वारा लिखित किताब, 'धर्म और विज्ञान' मुझे लगता है कि आज के समय की आवश्यकता है। जीवन भागदौड़ भरा है। हर एक के पास समय का अभाव है। मोबाइल, इ-मेल, इंटरनेट, व्हाट्स एप के कारण पढ़ने की आदत छूट-सी गई है। समय के साथ-साथ अपनी संस्कृति, परंपराएँ और धार्मिक विधियों को अंधश्रद्धा और ढकोसला समझकर, विशेष करके युवा पीढ़ी मानना छोड़ने लगी है। इसके पीछे का मुख्य कारण है। हमें इनके कारणों के ज्ञान का अभाव। डॉ. हरिप्रसादजी सोमणी ने अत्यंत अभ्यासपूर्ण ढंग से इन विधियों के पीछे के शास्त्रीय कारणों का यथार्थपूर्ण विवेचन किया है। हर बात को सुस्पष्ट शब्दों में आज के शास्त्रीय दृष्टिकोण के अनुसार लिखा है। अपने हररोज के जीवन में काम आने वाले अलग-अलग विषयों को स्पर्श किया है।

मैं डॉ. हरिप्रसादजी को एक अच्छे वक्ता के रूप में तो जानता ही हूँ। किंतु आज के समय के अनुसार लिखी यह उनकी पहली किताब है। मेरा तो मानना है कि यह किताब हर घर में हो, जिससे हमें तथा अपनी नई पीढ़ी दोनों को अपनी संस्कृति और परंपराएँ, जिन्हें हमारे ऋषियों, साधु-संतों और पूर्वजों ने अत्यंत अभ्यासपूर्ण तरीके से लिखकर हमें सौंपा है, अगली पीढ़ी तक पहुचाएँ।

मेरी ओर से डॉ. हरिप्रसादजी सोमाणी को शुभकामनाएँ!

(श्यामसुंदर सोनी)
सभापति
अखिल भारतवर्षीय माहेश्वरी महासभा
नागपुर

सभापति : visionabmm2020@gmail.com, मो. 9910648224, 9822369996
महामंत्री : kabrajodhpur@gmail.com, मो. 9828108017

शुभसंदेश...

डॉ. अशोकरावजी कुकडे काका

डॉ. अ. ल. कुकडे
एम.एस.
शल्य चिकित्सक
विवेकानंद रुगणलय,
लातूर-413512

'धर्म और विज्ञान'

मेरे संमित्र डॉ. हरिप्रसाद सोमाणीजी ने 'धर्म और विज्ञान' इस विषय को लेकर भारतीय संस्कार, परंपराएँ और धार्मिक विधियों का विश्लेषण किया है। यह मूलगामी चिंतन आज के समय में बहुत ही उपयुक्त है। यह सुनिश्चित है कि भारतीय समाज और संस्कृति इस धरा पर सबसे पुरानी तथा अक्षुण्ण है। अनके आक्रमणों के बावजूद यह न केवल जीवित रही हैं, अपितु आज भी मानव समाज में अग्रेसर रही है। अनके कमियाँ होने के बावजूद, इस समाज में ऐसे कई मूलगामी तत्त्व और व्यवहार हैं, जिनके आधार पर यह समाज जीवन खुलते आया है। कमियों का अनुभव करते हुए उनके मन में एक न्युनगंड महसूस होता है। खास करके पाश्चात्य सांस्कृतिक आक्रमण के कारण बुद्धिजीवियों में यह अधिक दर्शित होता है, किंतु आधुनिक विज्ञान के आधार पर ठीक विश्लेषण करें, तो बहुत सारे विचार और व्यवहार अत्यंत उचित और आवश्यक है, ऐसा प्रतीत होता है। 'गायत्री मंत्र' और 'ओंकार मंत्र' यह दोनों भी इसके बुनियादी उदाहरण हैं, गायत्री मंत्र में विश्व रचना का परामर्श दिया गया है। हजारों वर्ष पूर्व पृथ्वी, सूर्य, कोटीसूर्य, आकाशगंगा, अनंत आकाशगंगा इन सभी संकल्पनाओं की रचना भारतीय ऋषियों ने की थी। मन की शक्ति के आधार पर यह अर्जित किया था। यह मन की शक्ति मनुष्य की सबसे बड़ी ताकत है; इसका एहसास उन्होंने किया था। पाश्चात्य विज्ञान अब यह स्वीकार कर रहा है। 'इंद्रियाणि पराण्याहू-इंद्रियोभ्ये परं मनः' यह सिद्धांत हजारों वर्ष पूर्व भारतीय चिंतकों ने प्रस्तुत किया था। भारतीय विवाह संस्कार भी समाज धारणा के लिए तथा व्यक्तिगत उन्नती के लिए एक आदर्श रचना है, यह अब पूरा

विश्व स्वीकार कर रहा है। डॉ. हरिप्रसादजी ने ऐसे अनेक विषयों का मार्मिक विश्लेषण किया है। अपने समाज की दृष्टि से यह निश्चित ही बहुत उपयुक्त होगा।

'सन्तः परीक्षान्यतरद् भजन्ति,
मूढः पर प्रत्ययनेय बुद्धिः ।।'

'महाकवि कालिदास'

अर्थ—सुजान व्यक्ति नए-पुराने की ठीक से परीक्षण कर जो उपयुक्त है, उसे ग्रहण करते हैं। इस दृष्टि से यह विश्लेषण संस्कार करने के लिए बहुत लाभकारी होगा।

शुभं भवतु,

—डॉ. अशोकराव ल. कुकडे
शल्य चिकित्सक
विवेकानंद रुग्णालय, लातूर
2 मई, 2017

शुभसंदेश...

एम.जी. शिंदे
Chief Engineer

शुभ संदेश
(श्री एम.जी. शिंदे)

मेरी ओर से डॉ. हरिप्रसादजी सोमाणी के इतने अभ्यासपूर्ण और वैज्ञानिक दृष्टि से लिखी इस किताब के लिए हार्दिक बधाई।

मुझे लगता है कि यह किताब हर घर में हो ताकि अपने परिवार का हर सदस्य अपनी संस्कृति और संस्कारों में छिपे शास्त्रिय दृष्टिकोण से अवगत हो।

विभिन्न अवसरों पर दिए जानें वाले उपहारों (Gifts) में इससे अच्छी गिफ्ट और कोई हो ही नहीं सकती ऐसा मुझे लगता है।

मेरी ओर से डॉ. हरिप्रसादजी को पुनः हार्दिक बधाई।

—एम.जी. शिंदे
Chief Engineer,
Maharastra State Electricity Distribution co.,
Kolhapur Division, Kolhapur

आभार
ACKNOWLEDGMENTS

मैंने कभी सोचा भी नहीं कि मेरे जीवन में मैं कोई पुस्तक लिखूँगा। न मैं कोई लेखक हूँ और न ही कवि। मेरे एक मित्र श्री रवि जोशी का मनःपूर्वक आभारी हूँ, जिसने मुझे प्रेरणा दी और कहा, "जब तुम इतना अभ्यास करते हो, इतने अलग-अलग विषयों पर भाषण देते हो तो इसे एक पुस्तक के रूप में क्यों नहीं प्रसिद्ध करते?" दिए हुए भाषणों पर तो पुस्तक नहीं लिखी, लेकिन एक दिन अपने भारतीय संस्कृति और संस्कारों के वैज्ञानिक विवेचन पर लिखने का मन बनाया। मेरे अन्य मित्र श्री किशोर गोरखे, जो लातूर ही नहीं, बल्कि पूरे महाराष्ट्र में सुप्रसिद्ध प्रिंटर हैं, उन्होंने भी मेरा मार्गदर्शन किया।

जीवन में हर काम की तरह इस पुस्तक को लिखने में भी कई लोगों का सहकार्य, मार्गदर्शन, प्रेरणा और मेहनत शामिल है। मैं अपने पुत्र आशीष, पुत्रवधु सोनाली, बेटियाँ नम्रता और श्वेता दोनों दामाद श्री पुरुषोत्तमजी जाजू व श्री पंकजजी दरक एवं विशेष कर मेरी धर्मपत्नी निर्मला तथा बड़े भाई श्री विष्णुदासजी सोमाणी का आभार व्यक्त करना चाहता हूँ। इस पुस्तक के पूर्णत्व के लिए इन सभी ने समय-समय पर मेरा मनोबल बढ़ाया।

मेरे प्राथमिक शिक्षा के गुरु श्री श्रीरंगजी शर्मा ने व्याकरण शुद्धि में मेरा मार्गदर्शन किया। मेरे मित्र सत्यनारायणजी हेड्डा ने प्रुफ रीडिंग में काफी मदद की। मेरे विशेष स्नेही और मार्गदर्शक चेन्नई स्थित श्री कस्तुरचंदजी बाहेती का

समय–समय पर अनमोल सहकार्य मिलता रहा।

इस पुस्तक में उपयोग में लाए गए कई उदाहरण, कहानियाँ, घटनाएँ तथा फोटोग्राफ्स पिछले 25 ते 30 वर्षों के दौरान अखबारों, मैगजींस, भाषणों, सेमिनार्स में शामिल लोगों के अलावा कई अन्य जगहों से इकट्ठा किए गए हैं। विशेष करके गुगल पर से कई वेबसाइटस् का संदर्भ लेकर इस पुस्तक में इस्तेमाल किया गया है। जिनमें विशेष करके गुरुप्रसाद पोर्टल, सद्गुरु पोर्टल, अग्निहोत्र डॉट ओरजी, सनातन संस्था वेबसाइट, स्पिरिचुअल साइंस रिसर्च फाउंडेशन, विश्वग्लोबल डॉट कॉम, शटरलॉक, विकीपेडिया तथा इस्कॉन की आदरणीय योगिन सत्यकृष्ण प्रियाजी आदि महत्त्वपूर्ण हैं। मैं इन सभी को नतमस्तक होकर नमन करता हूँ कि इतना ढेर सारा ज्ञान का भंडार इन्होंने इंटरनेट पर उपलब्ध किया और भारतीय अध्यात्म, संस्कृति और संस्कारों को बचाने के प्रयास में अभ्यासपूर्ण महान् योगदान दिया है। काफी फोटोग्राफ्स भी इसी में से लिये गए हैं। मैं इन सभी का अत्यंत ऋणी हूँ।

अनुक्रम

दोनों हथेलियाँ जोड़कर नमस्ते क्यों करें?

भारतीय संस्कृति में दोनों हथेलियों को जोड़कर स्वागत करने की या अभिवादन करने की पद्धति है, जिसे हम नमस्ते या नमस्कार कहते हैं। इसके पीछे की मुख्य भूमिका सामनेवाले को विनम्रता एवं आदरपूर्वक स्वागत करना अथवा अभिवादन करना है।

वैज्ञानिक दृष्टिकोण : इसके पीछे का शास्त्रीय कारण यह है कि जब हम दोनों हाथों को जोड़ते हैं, तब हमारे दोनों हाथों की हथेलियाँ तथा उँगलियाँ एक-दूसरे से पूरी तरह मिल जाती हैं। योग में इसे 'अंजली मुद्रा' कहा जाता है। हमें यह पता है कि अपनी उँगलियों के अग्रभाग (Tips of Fingers) यह महत्त्वपूर्ण ऊर्जा बिंदु (Major Energy Points) होते हैं। जब

हम अपनी हथेलियों को मिलाते हैं, तब स्वाभाविकत: अपनी उँगलियों के अग्रभाग या टिप्स आपस में मिलते हैं और वे अपने मस्तिष्क से जुड़ जाते हैं (Connect to Brain)। तुरंत हमें एक शांति और आनंद का अनुभव होता है। योग में हर उँगली एक एनर्जी पॉइंट (Energy Point) मानी गई है या ऊर्जा निर्देशित (Energy Represent) करती है। हाथों की सबसे छोटी उँगली तमस नीरसता (Represents Dulleness) निर्देशित करती है। अनामिका (Ring Finger) रजस या गतिविधि निर्देशित करती है (Represents Activity)। बीचवाली उँगली (Middle Finger) सत्त्व या शोधन निर्देशित करती है (Represents Refinement)। तर्जनी (Index Finger) जीवात्मा या Individual Soul निर्देशित करती है। और अँगूठा (Thumb) परमात्मा या Ultimate Soul रिप्रेजेंट करता है। उसी प्रकार अपने हाथों की उँगलियों के अग्रभाग भी आपस में एक-दूसरे से चिपक जाते हैं। उससे अपने उँगलियों पर हलका सा दबाव निर्माण होता है। यह हमारे आँख, कान तथा मस्तिष्क के प्रेशर पॉइंट्स हैं; जिसके प्रेशर से हमें सामनेवाले व्यक्ति की छवि की याद हमारे आँख, कान एवं मस्तिष्क के सहारे काफी लंबे समय तक याद रखने में मदद मिलती है। इसके अलावा अत्यंत महत्त्वपूर्ण बात, आज के जमाने के हिसाब से हाथ मिलाकर अभिवादन करने से, सामनेवाला व्यक्ति कहाँ से आया है, किस चीज को छूकर आया है अथवा उसे यदि किसी प्रकार का संसर्गजन्य रोग हो तो उसके हाथों के जंतु हाथ मिलाने से हमारे हाथों में आ जाएँगे और हमें भी संक्रमण (Infection) हो सकता है। निश्चित ही जब किसी से हाथ मिलाते हैं तो बाद में हमें साबुन से अथवा डेटॉल जैसे एंटिसेप्टिक से हाथ अवश्य धोने चाहिए। किंतु रोजमर्रा के जीवन में हम इन छोटी-छोटी बातों की ओर ध्यान नहीं देते। इसलिए हाथ जोड़कर नमस्ते करने से सामनेवाले को विशेष आदर के साथ आतिथ्य की अनुभूति भी होगी और हमें भी अनजाने संक्रमण से बचा जा सकेगा।

क्या आप जानते हैं ?

एक व्यक्ति प्रतिदिन लगभग 3 सिलिंडर ऑक्सीजन श्वास के रूप में वातावरण से खींचता है। एक ऑक्सीजन के सिलिंडर की कीमत 700 रुपए होती है। इस तरह एक दिन में हम 2,100 रुपए की ऑक्सीजन लेते हैं। अर्थात् हम एक वर्ष में 7,66,000 रुपए की ऑक्सीजन अपने शरीर में लेते हैं। एक व्यक्ति की औसत आयु यदि हम 65 वर्ष की पकड़ें तो उसके जीवनकाल में वह 5 करोड़ रुपए की ऑक्सीजन वातावरण से लेता है। हमें वृक्षों से मुफ्त में मिलनेवाली इस हवा की कद्र करनी। वृक्ष लगाओ और वृक्ष बचाओ। वृक्षों का सम्मान करो और इनकी रक्षा करो।

□

तिलक अथवा कुंकुम माथे पर क्यों?

पूर्वकाल से तिलक या बिंदी अथवा कुंकुम चेहरे की सुंदरता बढ़ाता है, ऐसी मान्यता है।

वैज्ञानिक दृष्टिकोण : अपनी दोनों भृकुटियों के मध्य में मुख्य महत्त्वपूर्ण नर्व पॉइंट (Nerve point) है, जिससे हमारी ऊर्जा का नाश होता रहता है। धार्मिक कारण ऐसा मानते हैं कि यह अत्यंत शुभ होता है। शास्त्रीय दृष्टिकोण से देखा जाए तो कुंकुम या तिलक उस जगह लगाने से इस ऊर्जा के उत्सर्जन में कमी आती है तथा हमारी एकाग्रता (Concentration) रखने में मदद मिलती है। प्राचीन काल में तीर्थों की पवित्र मिट्टी (शुचितम मृत्तिका) तिलक के रूप में लगाई जाती थी। परंतु समय के साथ-साथ अब चंदन, गोपीचंदन,

कुंकुम, भस्म आदि तिलक लगाया जाता है। हृदय की एक सौ एक नाड़ी हैं, उसमें से सुषुम्ना नाड़ी मस्तक प्रदेश के सामने से निकलती है। हम जब कभी विचार करते हैं या सोचते हैं तो सर्वप्रथम अपने मस्तिष्क की धमनियों में ही कंपन (Vibration) होता है। हमारे ज्ञान-तंतुओं (Nerves) का विचारक केंद्र यह भृकुटी तथा ललाट का मध्य भाग है। यह हमारा अनुभव है कि जब कभी भी हम चिंतित होते हैं अथवा चिंता से विचारमग्न होते हैं तो दर्द इसी केंद्र पर होता है। अत: हमारे महर्षियों ने इन ज्ञानतंतुओं के केंद्र स्थान (Nerve center) में ही तिलक धारण करने के लिए कहा है। उसी प्रकार शुक्र धातु ऐसे तो पूरे शरीर में फैला होता है, लेकिन उसका छाती और चेहरे के स्थान पर विशेष संबंध होता है। इसीलिए युवापन को प्राप्त होनेवाले लड़कियों या लड़कों में क्रमश: स्तनों की ग्रंथियों में और चेहरे पर फुंसियाँ आना यह नवयौवन की पहली निशानी मानी जाती है। अत: वीर्य रक्षा के लिए भी भालप्रदेश में शुचितम मृत्तिका को धारण करना योग्य माना गया है। उसी प्रकार हर रोज सवेरे कुंकुम अथवा तिलक लगाते समय नैसर्गिक रूप से हमें उस मध्य में हलका सा प्रेशर लगाना पड़ता है, उससे वहाँ स्थित आज्ञाचक्र पर दबाव आने से हमारे चेहरे की धमनियों का रक्तप्रवाह सुचारू होकर चेहरे पर तेज आता है।

□

मंदिरों में घंटी क्यों?

आगमार्तंतु देवानाम् गमनार्तंतु राक्षसाम्।
कुर्वे घण्टार्वम् तत्र देवताह्वान लक्षणम्॥

पूजा शुरू करने से पूर्व मैं घंटानाद करके यह प्रार्थना करता हूँ कि पहले सभी ईश्वरीय शक्तियाँ (Divine Forces) मेरे शरीर में प्रवेश करें तथा सभी दुष्ट शक्तियाँ (Evil Forces) अंदर या बाहर से निकल जाएँ।

हमारी संस्कृति में हम जब कभी भगवान् के दर्शन करने हेतु मंदिर में जाते हैं, तब मंदिर में स्थित मुख्य मूर्ति के दर्शन से पूर्व, गर्भ-गृह या गर्भ-गुडी (Womb-Chamber) में प्रवेश करने से पूर्व अथवा पूजा शुरू करने से पूर्व घंटी बजाते हैं। धार्मिक कारण ऐसा मानते हैं कि अगमशास्त्र

के अनुसार घंटी बजाने से दुष्ट प्रभावों को (Evil Forces) अपने से दूर रखने में मदद मिलती है तथा यह नाद भगवान् को अतिप्रिय है। ऐसी भी मान्यता है कि जिस मंदिर में घंटा-ध्वनि होती है, वहाँ जाग्रत् भगवान् वास करते हैं और मंदिर को 'जाग्रत्देव मंदिर' कहा जाता है। यही कारण है कि प्रवेश द्वार के घंटे दर्शनार्थी के आने की सूचना देते हैं। आरती के समय बजाए जानेवाले घंटे भी आसपास के श्रद्धालुओं को सूचित कर देते हैं कि आरती का समय हो गया है। आरती के समय छोटी घंटियों के अलावा घड़ियाल भी बजाए जाते हैं, जिनमें विशेष ताल और गति होती है, जिससे भक्तों में एक भक्ति की लहर उत्पन्न होती है। ऐसी भी मान्यता है कि घंटाध्वनि से प्रतिष्ठित देवता जाग्रत् होते हैं। घंटाध्वनि से चारों तरफ जहाँ तक आवाज जाती है, वातावरण मंगल बनता है। उसी प्रकार घंटाध्वनि से बाहर से आनेवाली आवाज से प्रार्थना में जो विघ्न निर्माण होता है और जिससे अपनी भक्ति या चित्त में रुकावट निर्माण करते हैं, उसमें भी नियंत्रण होता है।

वैज्ञानिक दृष्टिकोण : शास्त्रीय दृष्टि से विचार करें तो सबसे पहले हमें यह ध्यान रखना है कि ध्वनि एक शक्ति है (Sound is an Energy)। मंदिरों में लगी हुई घंटियाँ सुंदर शिल्प कला से बनी जो कि पीतल, जस्ता, ताँबा, कैडमियम आदि धातुओं के मिश्रण से बनी होती हैं। हर धातु की मात्रा योग्य प्रमाण में शास्त्रीय हिसाब से ली जाती है। मंदिर की घंटी को योग्य ऐसा आकार दिया जाता है, जिसे बजाने से ॐ ध्वनि उत्पन्न होती है।

हमेशा मनुष्य अधिकतर या तो भूतकाल की यादों में खोया रहता है अथवा भविष्य की चिंता उसे सताती रहती है। जब कभी भूतकाल की अच्छी बातें याद आती हैं, तब आनंद की अनुभूति होती है या एकाध दु:खद घटना की याद आती तो मनुष्य दु:ख के सागर में गोते लगाने लगता है। उसी प्रकार भविष्य की कोई चिंता हमेशा सताती रहती है, किंतु जब कभी मनुष्य वर्तमान

में आ जाता है, तब चमत्कार होने लगता है, हमारी बुद्धि विशेष रूप से कार्य करने लगती है। महान् शास्त्रज्ञ न्यूटन बचपन से देखता था कि फल टूटने पर नीचे गिरता है, लेकिन जिस समय वह वर्तमान में जी रहा था, तब फल को टूटकर नीचे गिरते देख मन में विचार आया कि यह फल टूटकर नीचे क्यों गिरा, आसमान में क्यों नहीं उछला? तब उसने गुरुत्वाकर्षण शक्ति का शोध लगाया। उसी प्रकार हम जब मंदिर में भगवान् के दर्शन को हम जाते हैं, तब हमेशा की तरह भूत-भविष्य के विचारों के चक्र में फँसे रहते हैं, किंतु जब घंटी बजाते हैं, तब उससे उत्पन्न हुई ध्वनि की लहरें कुछ क्षणों के लिए हमारी विचार-शृंखला तोड़ देती है एवं हम चंद क्षणों के लिए वर्तमान में आ जाते हैं। हमारा मन और मस्तिष्क कुछ क्षणों के लिए पूरी तरह खाली हो जाते हैं। जब कभी घंटानाद होता है, तब जो अनुकंपन (Resonance) निर्माण होता है, वह तुरंत मस्तिष्क के बाएँ और दाहिने पिंडक (Right and Left lobes of the Brain) में एक स्वरसंगति (करोपू) निर्माण करता है। इस ध्वनि से निर्माण होनेवाली प्रतिध्वनि सात सेकंड तक हमारे मस्तिक में गूँजती रहती है, जो अपने शरीर के सात चक्रों को स्पर्श करती है। मस्तिष्क में एक प्रकार का निर्वात (Vacuum) निर्माण होता है, जिससे हमारी एकाग्रता (Concentration) बढ़ जाती है एवं यह घंटी की ध्वनि तत्काल एक शांति की अनुभूति देती है, जो अपनी एकाग्रता से भगवान् की मूर्ति में ध्यान केंद्रित करने में सहायक बनती है और भगवान् के चरणों में समर्पित होने की क्षमता तथा भाव बढ़ता है। उसी प्रकार आरती के समय लयबद्ध बजाए जानेवाली घंटियाँ तथा घड़ियाल से निर्माण होनेवाले लययुक्त ध्वनि से निर्माण होनेवाली ध्वनितरंगों का प्रभाव व्यक्ति के मानसिक और शारीरिक स्वास्थ्य पर भी होता है, इसीलिए मंदिर में घंटी होती है।

क्या आप जानते हैं ?

पृथ्वी पर कुल पानी का लगभग 97 प्रतिशत पानी खारा है और वह महासागर, सागर तथा जमीन में खारे पानी के रूप में स्थित है। केवल 2.5 से 2.75 प्रतिशत निर्मल पीने योग्य जल उपलब्ध है, जिसमें से लगभग 1.75 से 2 प्रतिशत बर्फ के रूप में जमा हुआ है। बचा हुआ 0.5 से 0.75 प्रतिशत जमीन पर या जमीन के गीलेपन के रूप में है तथा 0.01 प्रतिशत से भी कम नदी या तालाब के रूप में है।

□

हाथों और पैरों पर मेहँदी क्यों लगाते हैं?

मेहँदी अधिकतर शादियों में लगाई जाती है। मेहँदी लगाना एक कला है और हाथों व पैरों पर अलग-अलग डिजाइंस बनाना बड़ा ही मनमोहक लगता है। दूल्हे या दुलहन की अथवा परिवार के सभी सदस्यों के विशेष करके महिलाओं की सुंदरता में चार चाँद लग जाते हैं।

शास्त्रीय दृष्टिकोण : शास्त्रीय दृष्टिकोण से देखें तो विवाह अपनी संस्कृति में एक महत्त्वपूर्ण संस्कार माना गया है। महर्षि वेदव्यासजी के अनुसार 96 संस्कारों में से यह 14वाँ संस्कार है, जिसमें स्त्री और पुरुष गृहस्थाश्रम में प्रवेश करके एक नए जीवन की शुरुआत होती है। इस संस्कार को अत्यंत महत्त्वपूर्ण माना गया है तथा इसे एक उत्सव के रूप में मनाया

जाता है। शादी की धूमधाम में रात का जागरण, तैयारियाँ, मेहमानों का आगमन आदि सभी बातों से एक प्रकार के टेंशन या मानसिक तनाव उत्पन्न करते हैं। अत: मेहँदी लगाने से शरीर में ठंडक निर्माण होकर मानसिक तनाव से मुक्त होने में मदद मिलती है। मेहँदी हाथों और पैरों पर लगाई जाती है, जहाँ अपने तंत्रिकाओं के छोर (Nerve Endings) होते हैं। अत: मेहँदी शरीर में शीतलता प्रदान करके टेंशन कम करने में मदद मिलती है। साथ में मेहँदी में जंतुनाशक गुण (Antibacterial and Antifungus) भी पाए जाते हैं।

क्या आप जानते हैं?

डी.एन.ए. टेस्ट

तकरीबन 1200 किस्म के डी.एन.ए. टेस्ट उपलब्ध हैं, लेकिन सामान्य आशय उस डी.एन.ए. टेस्ट से है, जिसमें पिता, माता, दादा, खानदान, वंश, परिवार या जातीय समूह का पता लगाया जाता है। इसका अर्थ है—आनुवंशिक संबंधों का पता लगाना। इसका काम उत्तराधिकार और संपत्ति के विवादों को या दूसरी तरह की भावनात्मक गुत्थियों को सुलझाना है। अब नवजात शिशुओं की डी.एन.ए. जाँच भी होने लगी है, ताकि बच्चे के जींस के दोषों का पता लगाया जा सके।

□

दक्षिण दिशा में पैर करके क्यों न सोएँ?

धार्मिक मान्यता ऐसी है कि भारतवर्ष की दक्षिण दिशा में श्रीलंका है, जहाँ लंकापति रावण का राज था। सभी राक्षस दक्षिण में रहने से उधर पैर करके सोने से उनकी नाराजगी अपने पर आएगी और उस दुरात्मा की वक्रदृष्टि अपने पर पड़ेगी तथा वे अपने पीछे पड़ जाएँगे अथवा दक्षिण की तरफ पैर एवं उत्तर दिशा की तरफ सिर करके सोने से हम बुरी आत्माओं और भूतों को बुलावा देते हैं। रात में हमें बुरे सपने भी आते हैं।

वैज्ञानिक दृष्टिकोण : अपने शरीर में खून में हीमोग्लोबिन (Haemoglobin) है और हीमोग्लोबिन में लौह (Iron) है। पृथ्वी एक बहुत बड़ा (Magnet) चुंबक है, जिसके उत्तर और दक्षिण ध्रुव (North and South Poles) होते हैं। इस चुंबक का अपने शरीर में स्थित आयरन या लौह पर परिणाम होता रहता है। चुंबक की सुई यदि घुमाकर छोड़ें तो उत्तर दक्षिण ही स्थिर होती है, पूर्व-पश्चिम नहीं।

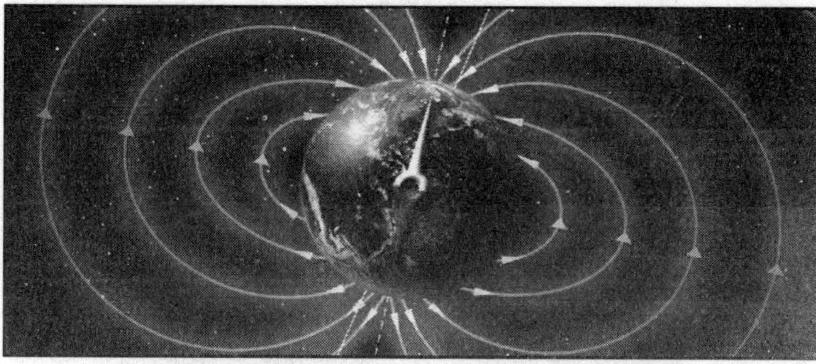

क्योंकि पृथ्वी का दक्षिण ध्रुव चुंबकीय सुई के उत्तर ध्रुव को अपनी ओर आकर्षित करता है और पृथ्वी का उत्तर ध्रुव चुंबकीय सुई के दक्षिण ध्रुव को आकर्षित करता है। यह प्रकृति का नियम है। विरुद्ध ध्रुव एक-दूसरे को आकर्षित करते हैं और समान ध्रुव एक-दूसरे को दूर धकेलते हैं (Opposite Poles attract each other and Equal Poles repel each other)।

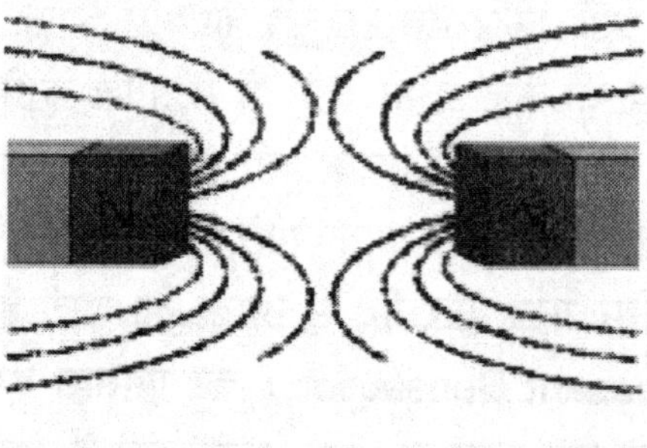

समुद्र में चलनेवाले जहाज या आसमान में उड़नेवाले विमान में रात के समय यही चुंबकीय सुई दिशा बताने का काम करती है। अपने शरीर में भी चुंबकत्व है। सिर पर उत्तर ध्रुव तथा पैर दक्षिण ध्रुव का प्रभाव अधिक

होता है। यदि हम पैर दक्षिण की ओर करके सोएँ तो शरीर का दक्षिण ध्रुव तथा पृथ्वी का दक्षिण ध्रुव एक ही दिशा में आने से अपने शरीर पर विपरीत परिणाम होता है (As opposite Poles attract each other and Equal Poles repel each other)।

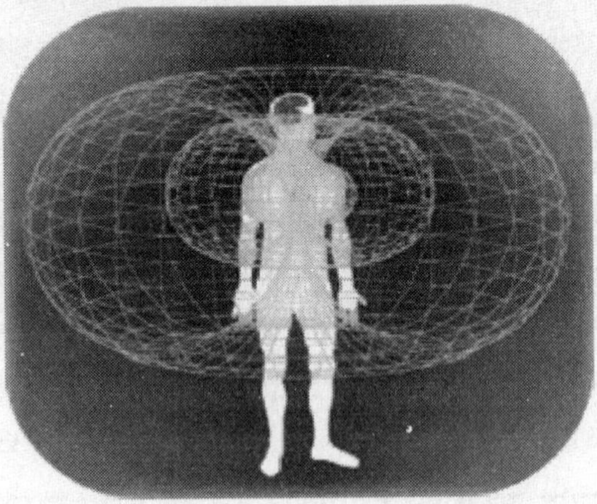

जब हम अपना सिर दक्षिण दिशा में करके सोते हैं, तब सवेरे उठने पर नींद अच्छी होने का एक समाधान मिलता है। इसके विपरीत, जब अपना सिर उत्तर दिशा में करके सोते हैं तो सवेरे उठने पर सिर में एक भारीपन महसूस होता है। उसी प्रकार जब हम पूर्व की ओर अपना सिर करके सोते हैं, उस समय सूर्य की ऊर्जा हमारे शरीर में से प्रवेश करके पैरों से निकल जाती है, जिससे अपने सिर में ठंडक और पैरों में गरमाहट आ जाती है। जब हम सिर पश्चिम की ओर करके सोते हैं, तब इससे उल्टा असर हम पर होता है कि सिर गरम और पैरो में ठंडक आ जाती है, जिससे अप्रिय संवेदना (Unpleasant Sensaction) का एहसास हमें होता है। वैसे ही जब हम अपना सिर उत्तर की ओर करके सोते हैं, तब हमारे शरीर में का लौह (Iron) सिर के भाग में जमना (Coagulate in the brain) शुरू होता है, जिससे सिरदर्द, अप्रिय संवेदना और शरीर में घबराहट या

अशांति की भावना निर्माण करता है। जिससे अपना ब्लडप्रेशर बढ़ता है और हार्ट को इस विरुद्ध चुंबकीय क्षेत्र के विपरीत परिणाम के प्रभाव को हटाने के लिए अधिक क्षमता से और तनाव से काम करना पड़ता है, जिससे निद्रानाश का सामना करना पड़ता है। इस विरुद्ध दिशा में सोने से शरीर का आयरन अधिक मात्रा में मस्तिष्क में एकत्र होने से हमें सिरदर्द, अल्झेमेर रोग (Alzheimer's Disease), संज्ञानात्मक गिरावट (Congnitive Decline), पार्किंसन रोग (Parkinson's Disease) और मस्तिष्क के क्षय (Brain Degeneration) होने जैसे रोग होने की संभावना रहती है। हमें कई तांत्रिका संबंधी (Neurological Problems) रोगों का सामना करना पड़ सकता है। इन बातों का तुरंत पता न चले, किंतु हमें लंबी अवधि के बाद पता चलता है और कारण हम समझ भी नहीं सकते। इसीलिए हमारे पूर्वजों ने कहा है कि पैर दक्षिण की ओर करके न सोएँ।

क्या आप जानते हैं?

सूर्य लगभग पूर्ण गोलाकार है। सूर्य की औसत त्रिज्या (mean radius) 9,96,000 किलोमीटर की है। सूर्य का व्यास (Diameter) 1.392 दशलक्ष किलोमीटर है। सूर्य के सामने के भाग पर 109 पृथ्वियाँ बैठ सकती हैं। सूर्य की परिधि (Circumference) 43,63,813 किमी. की है।

□

स्त्रियों के पैर की उँगली में चाँदी का बिछुआ क्यों?

हिंदू संस्कृति में विवाहिता स्त्री अपने पैर के अँगूठे के पास की उँगली में चाँदी का बिछुआ पहनती है। यह पता चलता है कि वह औरत शादीशुदा है और यह सुंदरता बढ़ानेवाला एक आभूषण माना जाता है।

वैज्ञानिक दृष्टिकोण : पैर के अँगूठे के पास की उँगली में चाँदी की रिंग पहनी जाती है। इस उँगली से एक नर्व निकलकर गर्भाशय से होते हुए हृदय तक जाती है। चाँदी की रिंग पहनने से एक्युप्रेशर से गर्भाशय सशक्त होता है। गर्भाशय को होनेवाला रक्तप्रवाह सुचारू रूप से होता रहता है तथा मासिक धर्म (Menstrual Cycle) नियमित रहने तथा गर्भ प्रस्थापित

होने में मदद मिलती है। इसके अलावा चाँदी एक बहुत ही अच्छा वाहक (Conductor) है, जो पृथ्वी की ध्रुवीय शक्ति को शरीर में प्रवाहित करके निरोगी रहने में मददगार होता है। आर्थिक दृष्टि से स्त्री कितनी भी संपन्न क्यों न हो, यह रिंग चाँदी की ही होती है, न कि सोने की।

□

सुहागन स्त्री माथे पर सिंदूर क्यों लगाती है?

हिंदू धर्म में स्त्री अपने माथे पर बीच में सिंदूर लगाती है। यह सुंदरता का एक लक्षण भी माना जाता है तथा स्त्री के सुहागन होने की निशानी मानी जाती है।

वैज्ञानिक दृष्टिकोण : सिंदूर हल्दी, चूना तथा पारा (Turmeric, Lime and Metal Mercury) के मिश्रण से बनाया जाता है। इसके मूलभूत गुण धर्म की वजह से (Intrinsic Properties) रक्तचाप (Blood Pressure) काबू में रखता ही है, इसके अलावा वह स्त्री की कामुकता को भी (Sexual Drive) बढ़ाता है। यही वजह है कि विधवा स्त्री को सिंदूर

लगाना वर्ज्य माना गया है। अधिक लाभ होने के लिए सिंदूर को सिर में सामने बाजू में स्थित पीयूष ग्रंथि (Pituitary Gland) के भाग को भी समाविष्ट करते हैं, जहाँ पर हमारी भावनाएँ काबू में (Control) की जाती हैं। पारा तनाव से मुक्ति (Relief from Stress & Strain) पाने में भी मददगार होता है। सिंदूर पीछे पिट्युटरी ग्लैंड तक लिया जाता है।

□

पीपल के वृक्ष की पूजा क्यों?

भारतवर्ष में कुछ पेड़ों को पूजनीय माना जाता है, जिसमें पीपल का वृक्ष भी एक है। भगवान् श्रीकृष्ण ने श्रीमद्भगवद्गीता के दसवे अध्याय, विभूति योग में अलग-अलग उदाहरण देते हुए यह बताया कि नदियों में श्रीभागीरथी गंगा हूँ और वृक्षों में पीपल हूँ, अर्थात् हर किसी में विशेष महत्त्व दिखाने का प्रयास किया है, जिससे कम-से-कम धार्मिकता का आधार लेकर ही सही, इसका महत्त्व समझकर इस वृक्ष का सदुपयोग किया जा सके। वैसे देखा जाए तो पीपल के पेड़ का फायदा केवल छाया के लिए ही होता है अथवा इस पर न अच्छे खाने योग्य फल लगते हैं और न ही इसकी लकड़ी बहुत मजबूत होती है, जिसका अच्छे काम के लिए कोई उपयोग हो। फिर भी

लोग, विशेषकर स्त्रियाँ इसकी पूजा करती हैं।

वैज्ञानिक दृष्टिकोण : सभी वृक्ष दिन में कार्बन डाइऑक्साइड (Carbondioxide) लेते हैं और ऑक्सीजन (Oxygen) छोड़ते हैं तथा रात में उलटा होता है। रात में सभी वृक्ष ऑक्सीजन लेते हैं तथा कार्बन डाइऑक्साइड छोड़ते हैं। इसीलिए कहा जाता है कि रात में पेड़ के नीचे नहीं सोना चाहिए। क्योंकि मनुष्य को भी जीवित रहने के लिए ऑक्सीजन आवश्यक है। ऑक्सीजन को प्राणवायु भी कहते हैं। सभी वृक्ष अपने वातावरण का संतुलन रखने में प्रकृति की मदद करते रहते हैं। पीपल ही एक ऐसा वृक्ष है, जो चौबीस घंटे, दिन और रात, केवल ऑक्सीजन (प्राणवायु) छोड़ता है और वातावरण को शुद्ध बनाता है, इसलिए उसे धार्मिक रूप देकर बढ़ाने का प्रयास हमारे पूर्वजों ने किया है। भगवान् बुद्ध ने भी तपस्या पीपल के पेड़ (बोधिवृक्ष) के नीचे की और उन्हें ज्ञान की प्राप्ति हुई। पत्तों का सार (Extract) कान के रोगों के लिए और हार्टपेशंट के लिए लाभकारी है। डंडियों का निचोड़ जलन पर उपयोगी है। कई साधु-संतों ने अपने शास्त्र पीपल के पेड़ के नीचे बैठकर ही लिखें हैं। अतः पीपल का पेड़ पर्यावरणीय संतुलन (Ecological Balance) रखने में सहायक है। इसीलिए हमारे पुरखों ने बड़ी ही समझदारी के साथ पीपल के वृक्षों को न काटने की चेतावनी देकर उनकी रक्षा करने का संदेश दिया है।

आयुर्वेद में पीपल के पत्तों का अनन्य महत्त्व बताया गया है। पीपल के पत्तों का आकार हृदय का आकार है। पीपल के लगभग पंद्रह हरे पत्तों को उबालकर, छानकर यदि इसके पानी को एक माह तक पिया जाए तो अपने हृदय की सभी धमनियाँ पूरी तरह खुल जाती हैं और सभी अवरोध (Blockages) समाप्त हो जाते हैं, ऐसा मानते हैं।

□

घर में तुलसी क्यों?

भारत में तुलसी को देवता मानकर माता के रूप में हिंदू संस्कृति में पूजा जाता है। तुलसी का लैटिन नाम Ocimum Sanctum है। इसे पवित्र तुलसी (Holy Basil) के नाम से भी जाना जाता है। भगवान् श्रीकृष्ण तथा तुलसी से संबंधित कई कहानियाँ पुराणों में हैं। कहते हैं कि एक बार सत्यभामा को अहंकार हो गया। उसने श्रीकृष्ण की तुला की, जिसमें एक पलड़े में सोना और एक में श्रीकृष्ण बैठे। कितना भी सोना डाला गया, तो भी श्रीकृष्ण का पलड़ा भारी ही था। अंत में केवल एक पत्ता तुलसी का सोने के बाजू में रखा गया तो तुरंत श्रीकृष्ण का पलड़ा हलका हो गया और उठ गया। पौराणिक कथा कुछ भी हो, अंततः इसमें महत्त्व तुलसी का ही

बताया गया है। अत: हर घर के आँगन में तुलसी का होना शुभ माना गया है। फिर वह सुशिक्षित हो अथवा अशिक्षित, हर कोई इसकी महत्ता को मानता है। आजकल फ्लैट बनने लगे हैं, किंतु हर फ्लैट की गैलरी में क्यों न हो, तुलसी का पौधा दिखता ही है।

वैज्ञानिक दृष्टिकोण : वैदिक काल से तुलसी का महत्त्व बताया गया है। सही मायनों में देखा जाए तो मनुष्यों के लिए तुलसी को संजीवनी या जीवन-दायिनी माना गया है। आधुनिक संशोधनों में पाया गया है कि तुलसी ऑक्सीजन के साथ ओजोन भी छोड़ती है, जो पर्यावरणीय संतुलन में बहुत बड़ी भूमिका निभाती है। हर वर्ष 16 सितंबर को 'वर्ल्ड ओजोन डे' (World Ozon Day) मनाया जाता है, उस दिन कई संस्थाएँ तुलसी के पौधे बाँटती हैं। देखा जाए तो तुलसी के पौधे के हर भाग में औषधीय गुण (Medicinal Properties) हैं, फिर चाहे वे पत्ते हों, तना हो, फूल हों या जड़ हो। यह एक प्रभावी एंटिबायोटिक (Antibiotic) है। नियमित रूप से इसके पत्तों का सेवन हमारे शरीर की प्रतिकार शक्ति (Immunity) बढ़ाता है। चाय में या अन्य किसी भी प्रकार से इसके सेवन से यह रोग प्रतिबंधक का काम करता है। अपनी शरीर संपदा को मजबूत करने में मदद करता है। रिसर्च कहता है कि कैंसर जैसे रोग से बचाने की क्षमता इसमें है। इसके तने का या पत्तों का काढ़ा सर्दी दूर करने का रामबाण उपाय माना गया है। सादे शब्दों में इसे जीवनदायिनी कहें तो अतिशयोक्ति नहीं होगी। औषधीय गुणों के व्यतिरिक्त भी इसकी उपयोगिता मानी गई है। घर में जीव-जंतुओं से रक्षा होती है। पहले के जमाने में साँप अथवा अन्य रेंगनेवाले जीव घरों में घुस जाते थे। किंतु साँप या अन्य रेंगनेवाले जीव या मच्छर तुलसी की सुगंध से दूर रहते हैं, इसलिए पुराने जमाने से घर के आँगन में तुलसी का पौधा लगाने की पद्धति हिंदू समाज में रही है। तुलसी का काढ़ा तनाव कम करने में भी मदद करता है। सर्दी के लिए तुलसी को रामबाण औषधीय माना गया है। इसमें कैफीन न रहते हुए भी यह शारीरिक सहनशीलता बढ़ाती

(Increase Physical Endurance) है। भारत में तुलसी का उपयोग आध्यात्मिक एवं औषधीय दोनों रूपों में किया जाता है।

क्या आप जानते हैं ?

आँखों की कहानी

आँखों की खूबसूरती के कसीदे तो आपने बहुत सुने होंगे, लेकिन क्या आप जानते हैं कि यह हमारे शरीर का एकमात्र ऐसा अंग है, जिसका आकार कभी नहीं बदलता। जन्म से लेकर मृत्यु तक इनसान की आँख का आकार एक समान ही रहता है, हालाँकि समय के साथ-साथ इसके लैंस का आकार जरूर मोटा होता जाता है। हाँ, एक और बात हमारे कान और नाक मृत्युपर्यंत बढ़ते रहते हैं।

□

कर्णवेध (कानों में छेद) क्यों?

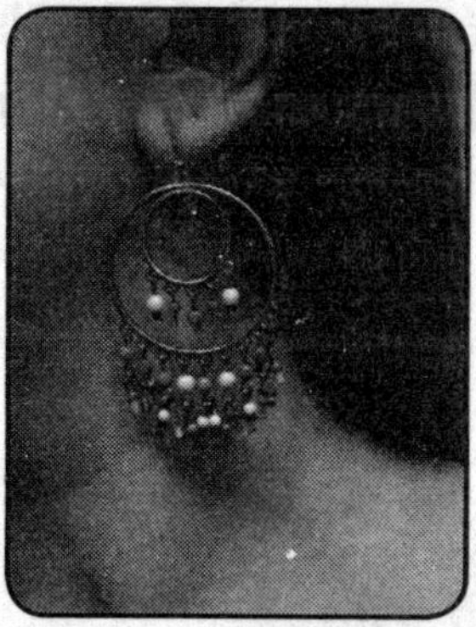

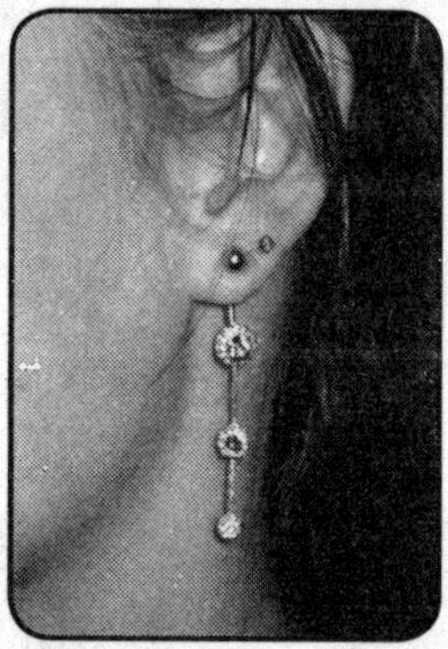

महर्षि वेदव्यासजी ने सोलह संस्कार बताए हैं, जिसमें 9वाँ संस्कार कर्णवेध अथवा कानों में छेदन बताया गया है। हिंदू धर्म में बचपन में लड़का हो या लड़की, कानों में छेद करना अनिवार्य माना जाता था। कानों में विभिन्न आकार की बालियाँ पहनने से चेहरे की सुंदरता बढ़ती है। पहले के जमाने में राजा-महाराजा कानों में सोने-हीरे के आभूषण पहनते थे, जो सुंदरता के साथ संपन्नता भी दिखाने का माध्यम माना जाता था।

वैज्ञानिक दृष्टिकोण : भारतीय चिकित्सकों के अनुसार कानों में छेद करने से विचारशक्ति (Thinking Power) बढ़ती है। बुद्धिमत्ता (Intelellect) बढ़ती है। उसी प्रकार निर्णय क्षमता (Decision Making Power) बढ़ती है। यह बच्चों में बोलने के अवरोध (Speech Restraints) से बचाता है।

बच्चों का उद्दंडतापूर्ण (Impetinent Behaviour) व्यवहार से बचाता है। साथ ही कर्णमार्ग (Ear Channels) को कई प्रकार के विकारों से बचाता है। यह एक्युपंक्चर (Acupuncture) और (Acupressure) एक्युप्रेशर का ही एक भाग है। कर्णपाली (Earlobe) के प्रेशर से बुद्धिमत्ता बढ़ती है और इसीलिए पाश्चिमात्य देश भी आजकल अपने कानों में छेद करने लगे हैं। आयुर्वेद के मुताबिक कान टोंचने से कई रोग, जैसे की हर्निया (Hernia) पर अंकुश रहता है। इससे मासिक धर्म सुचारु रूप से चलता है और यह वातोन्माद (Hysteria) जैसे रोग बढ़ने से रोकता है। शरीर का विद्युत् प्रवाह भी कान टोंचने से नियमित होता है। अनवरत बक-बक (Incessant Chatter) करने की आदत भी कम होती है। कर्णमार्ग से संबंधित तकलीफें भी कान की बाली या कर्ण आभूषण पहनने से कम होती हैं। कान के ऊपरी हिस्से को एक्युप्रेशर से कंधों और पीठ का दर्द कम होता है।

क्या आप जानते हैं?

दिमाग की पेचीदगी

मनुष्यों में मस्तिष्क को पूरी तरह से विकसित होने में करीब 25 वर्ष लगते हैं, जबकि फेफड़ों को पूरी तरह से विकसित होने में 18 से 22 वर्ष तक का समय लगता है।

□

भारतीय महिलाएँ नाक में छेद क्यों करती हैं?

भारतीय महिलाओं के आभूषणों में से एक महत्त्व का भाग यानी नाक में नथनी, मोरनी (Pin) अन्य सोने या चाँदी के अलंकार हैं। विशेषकर शादी विवाह या किसी त्योहार में नाक में अलग-अलग आकार के आभूषण पहने जाने की प्रथा भारत में प्राचीन काल से है। विशेषकर हिंदू महिलाओं के पास बहुत ही सुंदर ऐसे सोने के आभूषण रहते थे। नाक में पिन पहनना कई भारतीय प्रजातियों में विवाह की एक निशानी भी मानी जाती है। देश के कुछ हिस्सों में लड़की जब विवाहयोग्य हो जाती है, तब उसके नाक में छेद किया जाता है और वह अब अपने पति के पास जाने योग्य है, ऐसा माना जाता है।

वैज्ञानिक दृष्टिकोण : हम अधिकतर यह जानते हैं कि नाक का

उपयोग साँस और अलग-अलग गंध पहचानने के लिए है, किंतु वैदिक ग्रंथों में नाक टोंचने का उल्लेख लगभग 6000 वर्षों पूर्व से पाया गया है, किंतु आज के रिसर्च में भी नाक का संबंध मानसिक लैंगिक और प्रेमावेशमय (Romantic) अवस्थाओं में भी पाया गया है। तांत्रिक लोग इसे छठा ज्ञानेंद्रिय (Sixth Sense Organ) का स्थान या छठा केंद्र बिंदु (Focal Point), जहाँ से मस्तिष्क तरंग का उत्सर्जन होता है (Emitation of Brain Wave), ऐसा मानते हैं। प्राचीन काल में ऋषियों को मनुष्य की शरीर रचना (Anatomy) और शरीर क्रिया विज्ञान (Physiology) का काफी अभ्यास था। इसके अलावा शरीर के अलग-अलग अवयवों का शरीर और मन पर होनेवाले प्रभाव का अभ्यास उन्हें था। आयुर्वेद के मुताबिक नासिका छिद्र (Nostrils) स्थान स्त्री के जनन-तंत्र (Reproductive System) से संबंध रखता है। इसीलिए नाक का छेद अनुभवी स्वर्णकार से कराना आवश्यक माना जाता है, जिसे यह पता होता है कि जहाँ छेद कर रहे हैं, वहाँ से कोई नाड़ी (Nerve) जाती है या नहीं। इसीलिए कान या नाक का छेद करते समय इस बात का ध्यान रखा जाता है कि किसी नाड़ी को क्षति न पहुँचे। आयुर्वेद के हिसाब से नाक का छेद स्त्री की प्रसव वेदना कम करके प्रसूति (Child Birth) में आसानी लाता है, नैसर्गिक मासिक धर्म (Menstruation) के समय रजोधर्म वेदना (Period Pain) कम करता है।

'समुद्रिका लक्षणम्' शास्त्र में व्यक्ति के व्यवहार विज्ञान-तरीके का (Behavioural Pattern) गहन अभ्यास किया गया है। उसके मुताबिक नाक के साइज, लंबाई और चौड़ाई पर से उस व्यक्ति के लक्षणों का विश्लेषण किया जा सकता है, जो लगभग देखने में सही पाया गया है। यहाँ तक कि आज के मेडिकल के अभ्यास में भी यह पाया गया है कि मनुष्य में लैंगिक उत्तेजना (Sexual Excitement) के समय नासिका में के स्पंज के समान तंतु (Nasal Spongy Tissues) में सूजन और नाक में संकुलता

(Nasal Congestion) हो जाती है। स्त्री के मासिक धर्म के समय नाक के मार्ग में एक प्रकार की सूजन आती है और कभी-कभी रक्तस्राव भी होता है। Mr. Wilhelm Fliess (1958-1928 AD- an associate and close friend of De. Sigmunld Freud) ने नाक और स्त्रियों के लैगिक अंगों (Sexual Organs) में एक विचित्र संबंध पाया। उन्होने पाया कि स्त्रियों की स्त्रीरोग संबंधी कई शिकायतें (Gynaecological Complains) नाक के विशेष भाग को दागने से (Cauterizing) से दुरुस्त होती हैं।

अत: नाक में छेद केवल अलंकार के लिए ही न होकर शास्त्रीय दृष्टिकोण से भी महत्त्व का है।

क्या आप जानते हैं ?

नाखूनों की बात

महिलाओं के नाखूनों की तुलना में पुरुषों के नाखून तेज गति से बढ़ते हैं। ऐसा हार्मोंस के कारण होता है। साथ ही नाखून के बढ़ने की गति गरमियों में अधिक तेज होती है, क्योंकि शरीर द्वारा धूप का इस्तेमाल कर विटामिन-डी बनाने से बढ़त तेज हो जाती है।

□

भारतीय स्त्रियाँ चूड़ियाँ क्यों पहनती हैं?

भारतीय स्त्रियों का ध्यान करें तो हमें तुरंत एक चित्र अपने सामने आ जाता है कि उनके हाथों में विविध रंगों की चूड़ियाँ पहनी होती हैं। क्या वजह है कि भारतीय महिलाएँ परंपरा से चूड़ियाँ पहनती हैं? भारतीय परंपरा में चूड़ियाँ सुंदरता की एक निशानी माना जाता है। ऐसी भी एक मान्यता है कि चूड़ियों की खनखनाहट से घर में नकारात्मक शक्तियों को आने से रोका जाता है। आयुर्वेद शास्त्र के अनुसार, स्त्रियों की हड्डियाँ पुरुषों की हड्डियों की तुलना में कमजोर होती हैं। चूड़ियाँ ये परंपरागत रूप से सोने या चाँदी की होती थीं। आजकल कीमत के हिसाब से या फैशन के हिसाब से काँच की चूड़ियों का चलन बढ़ गया है, यह बात और है। सोना या चाँदी

धातु है और इन धातुओं में ऊर्जा शोषण करने की शक्ति है। यह ऊर्जा अपने शरीर में परिवर्तित होकर मानसिक रूप से कार्य करने की शक्ति और स्फूर्ति बढ़ने में मदद मिलती है। उसी प्रकार पुराने जमाने में हर प्रकार के रोगों का परीक्षण केवल नाड़ी परीक्षा द्वारा होता था। नाड़ी परीक्षा कलाई पर की नाड़ियों के स्पंदन से ही जाँची जाती थी। कलाई और चूड़ियों में होनेवाले निरंतर घर्षण द्वारा रक्त प्रवाह में सुधार एवं वृद्धि होती है। उसी प्रकार शरीर में जो ऊर्जा निर्माण होती है, वह अपनी चमड़ी द्वारा शरीर के बाहर निष्कासित होती है, सोने या चाँदी की चूड़ियाँ धातु की होने से ऊर्जा शोषित करके इस ऊर्जानाश को रोकती हैं, फिर से शरीर में प्रवाहित करती हैं। उसी प्रकार कुछ भारतीय प्रजातियों में अथवा कुछ विशेष अवसरों पर जैसे कि शादी-विवाह के समय अथवा अन्य धार्मिक अवसरों पर भारतीय स्त्रियाँ लाख की चूड़ियाँ पहनती हैं। Wikipedia के मुताबिक, लाख लोक परंपरानुसार यकृत के रोगों से बचाव (Hepatoprotective) तथा मोटापा निरोधक दवा (Anti Obesity Drug) मानी जाती है। लाख की चूड़ियाँ पहननेवाली महिलाओं का दिन भर में कई बार पीने के पानी के संपर्क से कुछ अंश पेट में जाता ही है। स्वाभाविकतया इसका औषधीय गुणों का परिणाम शरीर पर होता ही है।

अतः चूड़ियाँ केवल अलंकार न होकर इसके पीछे वैज्ञानिक कारण भी है।

□

बड़ों-बुजुर्गों के या साधु-संतों के आशीर्वाद क्यों लें?

हिंदू संस्कृति और संस्कारों में आशीर्वाद को बहुत माना जाता है। मान्यता ऐसी है कि बड़े-बुजुर्गों को या साधु-संतों के साष्टांग नमस्कार करके आशीर्वाद लेना चाहिए। साष्टांग नमस्कार का अर्थ शरीर के आठ अंग जमीन पर टेककर, लेटकर प्रणाम करना चाहिए। कहते हैं, भगवान् का आशीर्वाद टूट सकता है, लेकिन किसी के मन से निकला आशीर्वाद खाली नहीं जाता। हिरण्यकशिपु ने घोर तपस्या की और भगवान् ब्रह्मा से वरदान माँगा कि वह अमर हो जाए। ब्रह्मा ने कहा, यह शक्य नहीं, क्योंकि जन्म के पश्चात् मृत्यु

अटल है। तब हिरण्यकशिपु ने भगवान् से कहा कि मेरी तपस्या के फल के रूप में मुझे यह वरदान दो कि मैं दिन में न मरूँ न रात में न, न घर में न घर के बाहर, न जमीन पर, न पाताल में, आकाश में नहीं, अस्त्र से नहीं, शस्त्र से नहीं, अग्नि से नहीं, मनुष्य से नहीं, देव या दानव से नहीं, मुझे मारनेवाला न आकाश से न पाताल से न जमीन से आए, आदि-आदि, भगवान् ने तथास्तु कहा। जब उसके पाप का घड़ा भर गया, तब भगवान् विष्णु ने नृरसिंह अवतार लिया, जिसमें सिर शेर का और शरीर मानव का था, हाथों लंबे नाखून थे और खंबे में से बाहर आए संध्या समय, जब सूर्यास्त हो चुका था, संधिकाल था, न दिन था, न रात थी, घर के चौखट बीच बैठकर वरदान में दिए गए वादों को दोहराकर नाखून से पेट फाड़कर उसका वध किया। कहने का तात्पर्य यह कि भगवान् का वरदान टूट सकता है, लेकिन किसी के मन से निकला आशीर्वाद खाली नहीं जाता।

वैज्ञानिक दृष्टिकोण : सबसे बड़ा सवाल आज के इंटरनेट के युग में यह है कि आशीर्वाद को मानें या न मानें, क्योंकि आशीर्वाद दिखता तो नहीं, तो होता है किस पर से, किंतु केवल तर्कों पर न जाकर कुछ बातें ऐसी भी होती हैं, जो केवल अनुभव से माननी होती हैं। आज का साइंस यह कहता है सूर्यप्रकाश में अल्ट्रावॉयलेट किरणें (Ultraviolet Rays) होती हैं, इंफ्रारेड किरणें (Infrared Rays) होती हैं, हम अपनी आँखों से इन्हें अलग से देख नहीं सकते, लेकिन होती हैं। प्रकाश की लहरें दिखती नहीं हैं, लेकिन होती हैं। इसलिए हम टी.वी. देख सकते हैं। ध्वनि की लहरें या ध्वनि तरंगें (Sound Waves) दिखती नहीं हैं, लेकिन अनुभव तो हम कर सकते हैं अन्यथा मोबाइल या टेलीफोन से बात न होती। फूलों की सुगंध दिखती नहीं है, लेकिन सूँघ सकते हैं, अर्थात् अपनी इंद्रियों की क्षमता की एक सीमा (Limitations) है, उससे परे की बात हमें दिखाई नहीं देती। इसका अर्थ वह चीज होती नहीं, यह मानना भी तो गलत है। कुछ बातें केवल हमें खुद को ही अनुभव में लेनी होती हैं, जो शायद भावों में या शब्दों में व्यक्त करना

असंभव है। गुड़ या शक्कर में मिठास होती है, यह मैं आपको शब्दों में बता नहीं सकूँगा कि मिठास क्या होती है, वह तो आप को ही खाना होगा। फूलों की सुगंध कैसी होती है, मैं आपको बता नहीं सकूँगा कि कैसी होती है, वह तो आपको सूँघकर अनुभव लेना होगा। उसी प्रकार केवल आशीर्वाद दिखता नहीं है, इसलिए होता ही नहीं, न मानकर केवल अनुभूति के बल पर ही जाना सा सकता है और मैंने यह अनुभव किया है। विश्वास से कह सकता हूँ। आशीर्वाद अपने आड़े वक्त पर दीवार बनकर हमारी रक्षा करता है। ये बातें मैं भावना-विवश होकर नहीं लिख रहा, बल्कि अनुभव से लिख रहा हूँ।

क्या आप जानते हैं ?

इतना बुरा नहीं कान का मैल

कान का मैल हमारे रक्षा तंत्र के लिए बहुत जरूरी होता है। यह कानों को कई प्रकार के बैक्टीरिया से बचाता है; हालाँकि कुछ लोगों को यह बिल्कुल भी पसंद नहीं होता, पर यह हमारे शरीर के लिए फायदेमंद ही होता है।

□

पैर छूकर या पैरों पर सिर रखकर प्रणाम क्यों करें?

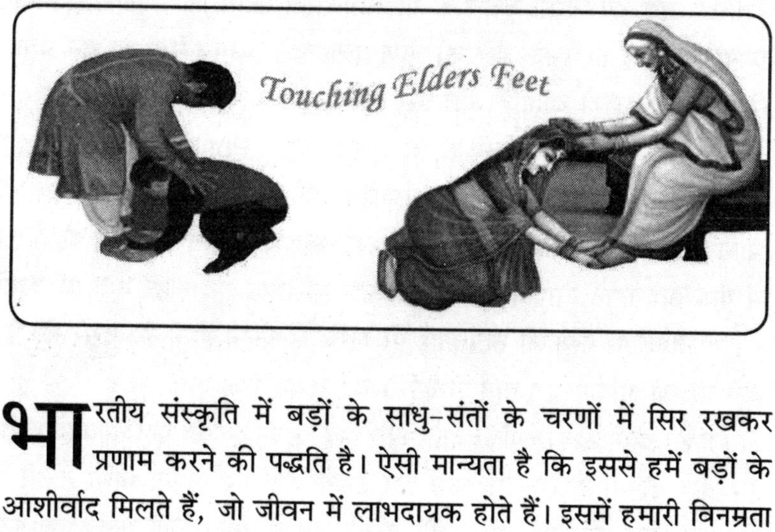

भारतीय संस्कृति में बड़ों के साधु-संतों के चरणों में सिर रखकर प्रणाम करने की पद्धति है। ऐसी मान्यता है कि इससे हमें बड़ों के आशीर्वाद मिलते हैं, जो जीवन में लाभदायक होते हैं। इसमें हमारी विनम्रता भी दिखती है। उसी प्रकार चरणस्पर्श करके प्रणाम करने से बुद्धि, ज्ञान, शक्ति और कीर्ति मिलती है।

वैज्ञानिक दृष्टिकोण : अपने शरीर में दो विद्युत् प्रवाह बहते रहते हैं। एक है धन (Positive) तथा दूसरा है ऋण (Negative)। इसीलिए जब किसी व्यक्ति को अर्धांगवायु अथवा लकवा (Paralysis) हो जाता है, तब उसका एक विद्युत् प्रवाह खंडित हो जाता है और आधा अंग या तो दायाँ या बायाँ, काम करना बंद हो जाता है। इसमें धन विद्युत् प्रवाह

का जोर सिर की ओर ज्यादा तथा ऋण का जोर पैरों में ज्यादा होता है या दूसरी तरह से सोचें तो सिर धन है और पैर ऋण। शास्त्र का नियम है कि जब धन और ऋण एक हो जाते हैं तो वह तटस्थ (Neutral) बन जाता है। अपने सिर से मस्तिष्क (Brain) से सभी तंत्रिकाएँ (Nerves) की शुरुआत होती है तथा वह पूरे शरीर में फैलकर उसके अंतिम छोर अपनी हाथों और पैरों की उँगलियों में समाप्त होते हैं। जब हमारी उँगलियों के अग्रभाग (Fingertips) सामनेवाले के पैरों को छूते हैं तो सर्किट पूरा हो जाता है तथा दोनों शरीरों की एनर्जी एक-दूसरे से कनेक्ट हो जाती है। इसलिए जब हम किसी बुजुर्ग के या साधु-संतों के चरणों में शीश झुकाकर प्रणाम करते हैं तो उनके पैरों का ऋण प्रवाह और अपने सिर का धन प्रवाह मिलकर न्यूट्रल हो जाता है और इस समय जो भी अच्छी भावनाएँ खड़े हुए व्यक्ति के मन में अपने लिये हैं, वे शुभ विचार (Positive Thoughts) नीचे झुके हुए व्यक्ति की ओर प्रवाहित होने लगते हैं, जिसे हम अपनी भाषा में आशीर्वाद कहते हैं। प्रणाम करते समय पैर छूने पर तुरंत दो दिलों में एक अपनापन निर्माण होकर मन और मस्तिष्क की लहरें एक हो जाती हैं। मस्तिष्क से निकली तंत्रिकाएँ पूरे शरीर में फैली होती हैं। दूसरे के पैर छूने पर जो सर्किट पूरा होने से शक्ति का संचार एक शरीर से दूसरे में होने लगता है। इसमें खड़ा व्यक्ति दाता और झुका हुआ व्यक्ति पानेवाला हो जाता है। चाहे दुश्मन क्यों न हो, जब हम उसके पैरों पर अपना माथा टेकते हैं तो कुछ क्षणों के लिए क्यों न हो, उसके मन में अपने लिए करुणा जागती है, अच्छी भावनाएँ उजागर होती हैं। शास्त्रीय दृष्टि से देखें तो अपना शरीर धन और ऋण शक्तियों का भंडार है।

इसके अलावा जब हम प्रणाम करने झुकते हैं तो यह एक प्रकार का व्यायाम भी है। दिन में 5 से 6 बार यदि किसी निमित्त से झुककर प्रणाम करें तो अपनी रीढ़ की हड्डी को लचीलापन मिलता है और वह मज़बूत होती है। रक्तप्रवाह शरीर में सुचारू रूप से चलते रहने में मदद मिलती है।

(आशीर्वाद क्यों? इसका शास्त्रीय विश्लेषण ऊपर दिया है, वह पढ़ने से इस बात को अच्छी तरह समझ सकेंगे)।

क्या आप जानते हैं?

जीभ को स्वाद की अनुभूति

मानव जीभ पर 9000 तंतु होते हैं, जिससे वह मुख्य स्वादों को तुरंत पहचान जाती है। जीभ की नोक से नमकीन तथा मीठे को, पिछले हिस्से से तीखे या चटपटे, खट्टे को जीभ के दोनों किनारों से तथा मिले-जुले स्वाद को जीभ के बीचवाले हिस्से से महसूस किया जाता है, पर जब तक मुँह की लार खाने में नहीं मिल जाती, तब तक स्वाद की अनुभूति नहीं होती।

□

पुरुषों के सिर पर शिखा (चोटी) क्यों?

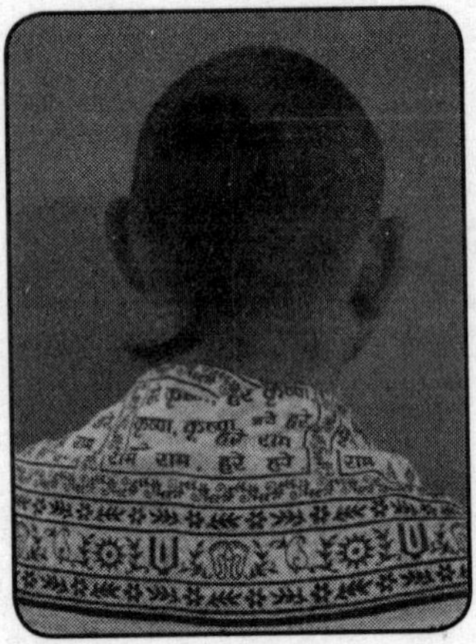

पुराने जमाने में सिर पर शिखा रखने की परंपरा थी। आज भी भारत में कुछ जातियों में शिखा रखने की प्रथा है।

वैज्ञानिक दृष्टिकोण : सुश्रुत को दुनिया का पहला सर्जन यदि कहा जाए तो गलत नहीं होगा। उन्हें शल्य चिकित्सा का पितामह (Father of Surgery) माना जाता है। उन्हें आज के शरीर-शास्त्र (Anatomay & Physiology) का गहन अभ्यास था। यहाँ तक की उस जमाने में भी वे सौंदर्य शल्य चिकित्सा (Cosmetic Surgery) का ज्ञान रखते थे, इसके कई संदर्भ हमें मिलते हैं। उन्होंने लगभग 600 बीसी (जिसके ईसा के जन्म से 600 वर्ष पूर्व) सर्जरी की जानकारी अपने ग्रंथ 'सुश्रुत संहिता' में लिखी है।

उस समय उस शास्त्र को 'शल्यतंत्र' के नाम से जाना जाता था, जिसे आज के जमाने में हम डींसशू (Surgery) के नाम से जानते हैं।

योग के हिसाब से शरीर में सात चक्र होते हैं, जिनमें सबसे नीचे का चक्र मूलाधार होकर अंत में सबसे ऊपर सहस्रदल चक्र होता है। सहस्रदल चक्र को हजारों कमल की पँखुड़ियोंवाला कमल भी कहा जाता है। मूलाधार स्थित कुंडलिनी अथवा शक्ति, जो एक सर्प की कुंडली की भाँति मूलभाग में होती है, यौगिक अभ्यास द्वारा जिसे अंत में सहस्रदल तक चढ़ाया जा सकता है। प्रबुद्ध गुरु के मार्गदर्शन में यह कुंडलिनी मूलाधार से सहस्रदल एवं शिखा तक पहुँचाई जा सकती है।

सुश्रुत के हिसाब से अपने सिर के पिछले मध्य में अत्यंत संवेदक (Sensitive) भाग होता है, जिसे 'अधिपति मर्म' कहा जाता है। जहाँ पर नसों (Nerves) का शृंखलित समूह (Nexus) पाया जाता है। शिखा इस भाग की रक्षा करती है। मस्तिष्क में नीचे ब्रह्मरंध्र होता है, जहाँ पर शरीर में नीचे से आनेवाली सुषुम्ना नाड़ी होती है। योग के हिसाब से ब्रह्मरंध्र सबसे ऊपर का सातवाँ चक्र है, जिसे बुद्धिमत्ता का केंद्र माना गया है। गाँठ मारी हुई शिखा इस केंद्रशक्ति को बढ़ाती (Boost) है एवं सुरक्षित रखती है। इस केंद्र के ऊर्जा (Conserve its subtle Energy), जिसे ओजस कहा जाता है, उसकी रक्षा करता है।

□

मूर्तिपूजा की आवश्यकता क्यों?

सर्वप्रथम एक बात तो निश्चित है कि भगवान् होने का अस्तित्व तो पूरे विश्व के हर धर्म के लोग मानते हैं, भले ही उनकी उपासना पद्धति अलग-अलग हो। इससे पूर्व कि मूर्तिपूजा की चर्चा करें, एक-दो बातें हमें समझने की आवश्यकता है, ऐसा मैं मानता हूँ।

दूसरे विश्वयुद्ध के दौरान, नाजी सेना ने अपने पकड़े गए शत्रुसेना के सैनिकों को मारने का एक बड़ा ही विचित्र तरीका निकाला था। वे उन सैनिकों को एक बहुत ही विषधारी नाग, कहते हैं यह मुंब्रा जाति का साँप है, इसके काटने से पाँच मिनट में तुम्हारे मुँह से झाग आना शुरू हो जाएगा और अगले पाँच मिनट में तुम तड़प-तड़पकर मर जाओगे। फिर वे शत्रु सैनिक के आँखों पर एक पट्टी बाँध देते थे और एक छोटी सी पिन

से शत्रु सैनिक को टोंचते थे। उस सैनिक को लगता कि सही में मुंब्रा नाग ने उन्हें काटा है। देखते-ही-देखते पाँच मिनट के बाद उसके मुँह से झाग निकलना शुरू हो जाता था तथा अगले पाँच मिनट में वह तड़प-तड़पकर मर जाता था, लेकिन आश्चर्य तब होता था, जब उसके पोस्टमार्टम में उसके पेट में सही मायने में मुंब्रा जाति के साँप का जहर मिलता था। कहने का तात्पर्य अपने मानसिक विचारों का परिणाम शरीर पर कितना घातक और किस प्रकार से हो सकता है, यह दिखाना है।

प्रो. डॉ. इमेरिटस विलियम ए. टिल्लर (Prof. Emeritus William A. Tiller, Ph.D, Stanford University's Department of Material Sciences), स्टॉनफोर्ड यूनिवर्सिटी के डिपार्टमेंट ऑफ मटेरियल साइंसिस तथा डॉ. वाल्टर ई. डिब्बल जुनियर (Dr. Walter E. Dibble, Jr., Ph.D) ने 9 वर्षों तक एडवाइजरी फिजिसिस्ट (Advisory Physicist) के नाते शोधकार्य में जीवन के लगभग 34 ते 35 साल बिताए, तत्पश्चात् उन्होंने अपना प्रबंध प्रसिद्ध किया और अपने जिस विषय पर रिसर्च की थी, उसे मानसिक ऊर्जाविज्ञान (Psychoenegetics) कहते हैं। अपने शोधकार्य में वे परिकल्पना आयोजित उपकरणों (Intention Host devices) पर काम करते थे। डॉ. टिल्लर ने लिखा है, (From this research, I and my collegues have discovered that it is possible to make an significant change in the properties of a material substance by consciously holding a clear intention to do so. Fot example, we have been repeatedly able to change the acid/alkaline Balance (pH) in a vessel of water, either up or down, without adding chemical to water, only by creating an intention to do so) मैं स्टैनफोर्ड यूनिवर्सिटी में पिछले 35 से 40 वर्षों से पारंपारिक विज्ञान के शोधकार्य एवं शिक्षा के साथ-साथ इस बात का भी शोधकार्य कर रहा हूँ कि मनुष्य की परिकल्पना (Man Intentions) का असर भौतिक गुणधर्म (Both

Organic and Inorganic; Non-Living and Living) पर, जिसे हम भौतिक सत्य (Physical Reality) पर क्या होता है। इस रिसर्च से मैं और मेरे साथी इस निर्णय पर पहुँचे हैं, सचेत रहकर किसी भौतिक सामान में भी महत्त्वपूर्ण बदलाव करने के इरादे से यदि हम उस पर पूरा विचार करें तो उसमें बदलाव आ सकता है। उदाहरण के तौर पर, एक काँच के बरतन में लिये पानी का अम्लीय अथवा क्षार (Acidic or Alkaline Nature of Water) पानी के ऊपर के या नीचे के लेवल पर बिना कोई केमिकल मिलाए, केवल बदलने के विचार से बदल सकते हैं।

अपने जीवन का एक अनुभव मैं यहाँ निश्चित ही लिखना चाहूँगा। एक बार एक हॉल में हिप्नॉटिज्म प्रयोग चल रहा था, जिसमें मैं भी मौजूद था। उस हॉल में हजारों लोग बैठे थे, वहाँ विचारों की शक्ति का प्रयोग करते समय हमें अपने-अपने जेब में कार की या घर की चाबी, जो जेब में थी, उस पर ध्यान केंद्रित करने के लिए कहा गया था तथा सोचने के लिए कहा कि वह चाबी जेब में पड़े-पड़े ही टेढ़ी हो रही है। पूरा ध्यान लगाकर हमने यह किया और आश्चर्य कि हमारी जेब में रखे कई लोगों की, जिनका ध्यान लगाने की शक्ति ज्यादा थी, उनकी चाबियाँ टेढ़ी हो गईं। यह कोई जादू या हिप्नॉटिज्म का असर नहीं था, क्योंकि हॉल के बाहर आने पर जिनकी चाबियाँ टेढ़ी हुई थीं, उन्हें सीधी करनी पड़ीं। कुछ-कुछ लोगों की चाबियाँ तो पत्थर से मारकर सीधी करनी पड़ीं। यही प्रयोग मैंने टी.वी. पर भी देखा और खुद टी.वी. पर कैमरे के सामने चाबी को टेढ़ी होते देखा है।

ऊपर के दोनों उदाहरणों से केवल यह सिद्ध होता है कि अपने मन और मस्तिष्क के विचारों में इतनी महान् शक्ति होती है, जो जीवित या अजीवित (Living or Non-Living) पदार्थों पर भी अपना प्रभाव डालती है।

अब हम मूर्तिपूजा की चर्चा करेंगे। एक बार राजस्थान के एक राजा

ने चर्चा के दौरान स्वामी विवेकानंदजी से कहा, मैं मूर्तिपूजा नहीं मानता। भगवान् पत्थर या लकड़ी में कैसे हो सकता है? तब स्वामी विवेकानंद ने सामने दीवार पर लगी तसवीर देखकर पूछा कि वह किसकी तसवीर है? महाराज ने कहा, मेरे पिताजी की। पास ही बैठे प्रधानजी से स्वामीजी ने कहा कि वह तसवीर दीवार से उतारें। फिर प्रधानजी से कहा, उस पर थूको। प्रधान ने कहा कि यह मेरे बड़े महाराज की तसवीर है, जिनके प्रति हमारे मन में अत्यंत आदर है, मैं यह नीच कर्म कैसे कर सकता हूँ। वे मेरे लिए अति पूजनीय हैं। महाराज, जो यह सब देख रहे थे, उन्हें बहुत क्रोध आया, किंतु संयम बरतते हुए स्वामीजी से पूछा कि आप कहना क्या चाहते हैं? तब स्वामीजी ने कहा, यह तो महाराज नहीं हैं, न इसमें हाड़-मांस है, न ही इसमें चेतना है। वह तो केवल एक कागज का टुकड़ा है, जिसमें महाराज की प्रतिमा अंकित है। आपके स्वामिभक्त प्रधानजी उस प्रतिमा की ऐसी ही इज्जत करते हैं, जैसे कि वे जीवित हैं। इस चित्र में वे अपने महाराज की छाया देख रहे हैं। उसी प्रकार भक्त भी उस मूर्ति की वैसी ही पूजा करते हैं, वे उस धातु या पत्थर या काष्ठ की मूर्ति या प्रतिमा की पूजा नहीं करते, बल्कि उसमें वे अपने ईष्टदेव को देखते हैं, जिसको वे पूजते हैं। भक्ति करनेवाले इस मूर्ति में अपने ईश्वर को लाकर खड़ा कर देते हैं, जिसमें वे अपने मन को रमा सके। ईश्वर वह परमपिता है, जो जिस रूप में उसे चाहे, उस रूप में उसे दिखते हैं।

श्रीमद्भगवद्गीता में अर्जुन ने जब भगवान् श्रीकृष्ण से पूछा कि तुम सगुण हो या निर्गुण? तब भगवान् श्रीकृष्ण ने कहा, न मेरा कोई रूप है और न ही कोई आकार है, लेकिन मेरे भक्त जिस किसी भी रूप में मुझे भजते हैं, मैं वही रूप ले लेता हूँ।

जैसे पानी द्रवरूप है, भांप वायुरूप है और बर्फ घनरूप है, लेकिन है तो पानी ही, बस रूप अलग-अलग हैं, किंतु अंततः तत्त्व तो एक ही है, वह है जलतत्त्व। उसी प्रकार मूर्तिपूजा अलग-अलग भगवान् के रूप

या देवियों के रूप अंततः मानसिक समाधान प्रदान करते हैं। इसमें जिस किसी भी रूप में हम भक्ति करें, तत्त्व तो वह एक ही है, परम आत्मा या परमात्मा।

उपनिषद् विश्वसनीय शास्त्रीय तथ्यों पर आधारित हैं। वे असीम आध्यात्मिक शक्तियों की जानकारी से भरे पड़े हैं। इनमें इस बात पर जोर दिया गया है कि हमारे मस्तिष्क की ज्ञानात्मक क्षमता (Congnitive Power) हमें प्रतीकों से ही मिलती है।

मूर्तिपूजा का मुख्य कारण है किसी वस्तु पर एकाग्रचित्त से ध्यान (Concentration) लगाना। ध्यान लगाने के लिए, अपने सुख-दुःख बताने के लिए, मन की बात करने के लिए, अपने सामने की समस्याओं की मदद के लिए कोई तो चाहिए अन्यथा हमारा चित्त एकाग्र होना कठिन है, मूर्तिपूजा इस दिशा में सहायक होती है।

इसके अलावा मंदिरों के निर्माण का एक शास्त्र है, जिसे 'आगम शास्त्र' नाम से हजारों वर्षों से जाना जाता है। मंदिर का शिल्प, मूर्ति प्रस्थापित करने का गर्भगृह, मूर्ति में प्राणप्रतिष्ठापना (Establishment of the Force) करके मूर्ति में प्राण भरना आदि बातों से हम मूर्ति की पूजा न करते हुए उसमें स्थापित ईष्टदेव की पूजा करते हैं। उस शिल्प और मंत्रोच्चारों से स्पंदन (Vibrations) गर्भगृह में तैयार होते हैं, उसका पवित्र असर मन और मस्तिष्क पर होता ही है। यदि हम केवल आसमान में देखकर या समुद्र में देखकर प्रार्थना करें तो हमारा ध्यान चंद क्षणों में बिखर जाएगा। मूर्तिपूजा पहला स्तर है, धीरे-धीरे इससे ऊपर उठने के बाद जब भगवान् सर्वशक्तिमान एवं सर्वव्यापी हैं, यह मानने लगते हैं (Omnipotent and Omnipresent), तब मूर्तिपूजा की आवश्यकता नहीं रहती, लेकिन इस स्थिति पर पहुँचने के लिए मूर्तिपूजा केवल एक सीढ़ी है। पिछले कुछ वर्षों के बीच के काल में कर्मकांड को अति महत्त्व देकर, ढोंग-ढकोसलों को बढ़ाकर, धर्म के रक्षकों का या धर्म के

मार्गदर्शकों का अपने निहित स्वार्थ की भावना से जो अतिरेक हुआ, उसकी वजह से मूर्तिपूजा पर से लोगों का विश्वास कम होने लगा, किंतु यदि हम इसकी गहराई में जाकर विचार करें तो मूर्तिपूजा भगवान् के सर्वव्यापी व सर्वशक्तिमान होने का एहसास होने में मददगार है।

क्या आप जानते हैं ?

मनुष्य की स्मरणशक्ति की क्षमता लगभग 2.5 दशलक्ष पेटाबाइट्स (2.5 million petabytes) है। अंदाजा लगाने के लिए अपना मस्तिष्क यदि समझो एक डी.वी.आर. (DVR) की तरह काम कर रहा है, तो उस टेलीविजन को हम 300 सालों तक बिना रुके चलाते रहें तो यह 2.5 दशलक्ष पेटाबाइट्स इतनी स्मरणशक्ति भरेगी। इस पर से हमें मनुष्य के मस्तिष्क की स्मरणशक्ति की क्षमता का पता चलता है। मनुष्य के मस्तिष्क में 100,000,000,000 न्यूरॉन्स होते हैं। (The human brain has about 100,000,000,000 (100 billion) neurons)

□

उपवास क्यों करने चाहिए?

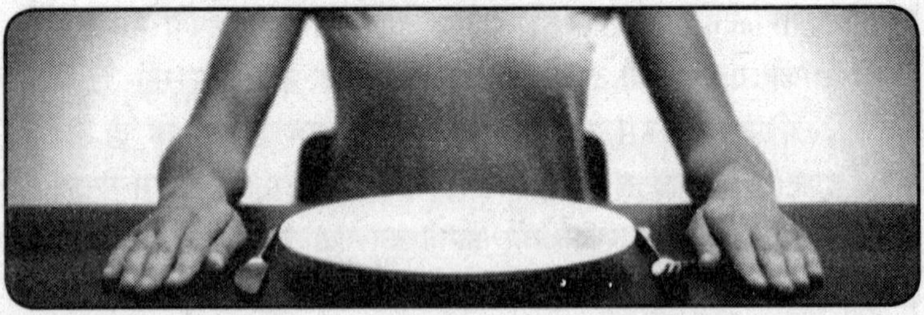

अधिकतर भारतीय विशेष दिनों में जैसे कि एकादशी या विशेष त्योहारों पर जैसे कि जन्माष्टमी आदि पर उपवास करते हैं। इन दिनों वे या तो पूरा दिन कुछ भी नहीं खाते या एक समय खाकर अथवा फलाहार से काम चलाते हैं। उपवास का अर्थ है—उप यानी नजदीक और वास यानी रहना। उपवास यानी उस दिन भगवान् के नजदीक रहना या भगवान् से नजदीकियाँ बढ़ाना।

वैज्ञानिक दृष्टिकोण : अधिकतर हमारा काफी समय अनाज लाना, खाना पकाना तथा उसे पचाने में जाता है। कुछ अनाज खाने से हमें सुस्ती या चिड़चिड़ापन आता है, लेकिन एक मास के कुछ दिन यदि हम भोजन न करें तो हमारा समय भी बचता है तथा मन और मस्तिष्क प्रसन्न, सचेत तथा शुद्ध रहता है। जिस प्रकार शरीर की हर प्रणाली (System) को आराम और मरम्मत की आवश्यकता होती है। इससे अपने पाचन-तंत्र (Digestive System) को भी सुधरने और फिर से सक्षम बनकर अच्छा काम करने की

अवधि मिलती है। यह प्रकृति का नियम है कि जितना हम अपनी इंद्रिय भोगों की संतुष्टि का ध्यान रखते हैं, उनकी उतनी ही आवश्यकताएँ बढ़ने लगती हैं। उपवास से अपने इंद्रियों को वश में करने की आदत विकसित होने में मदद मिलती है, उसी प्रकार इच्छाओं पर अंकुश लगने से मानसिक शांति मिलती है, किंतु जब तक उपवास पूरी समझ के साथ या किसी श्रेष्ठ उद्देश्य या कारण को लेकर नहीं होगा अथवा उपवास से हमें कमजोरी महसूस होने लगे या चिड़चिड़ापन आने लगे तो यह फायदे की जगह हानिकर हो सकता है। श्रीमद्भगवद्गीता के वचन निश्चित ही उपवास में हमारे दिशादर्शक हो सकते हैं, जिसमें कहा गया है कि हमें भोजन उपयुक्त रूप से लेना चाहिए, बहुत ज्यादा या बहुत कम भी नहीं खाना चाहिए उपयुक्त आहार लेना चाहिए, जो सादा, शुद्ध और स्वास्थ्यवर्धक होना चाहिए। केवल उपवास के समय ही नहीं, बल्कि अन्य समय भी भोजन में हमें इस बात का ध्यान रखना चाहिए।

उपवास आयुर्वेद का महत्त्वपूर्ण भाग है। आयुर्वेद का मूल आधार यही है कि अपने शरीर में संचित विषाक्त पदार्थों के कारण ही अलग-अलग रोग होते हैं। उपवास के कारण इन विषाक्त पदार्थों में कमी होकर शरीर सुचारू रूप से काम करने लगता है। पूर्ण उपवास शरीर के लिए अत्यंत लाभकारी है। पृथ्वी जैसे ही अपने शरीर में 80 प्रतिशत द्रव और 20 प्रतिशत घन पदार्थ है। चंद्र की गुरुत्वाकर्षण शक्ति का जैसे पृथ्वी पर असर होता है और समुद्र में ज्वार-भाटा होता है, वैसे ही मानव शरीर पर भी असर होता है। जिसकी वजह से कभी-कभी शरीर में उपद्रव (Disturbances) निर्माण होते हैं। उपवास की वजह से शरीर में जानेवाले अम्ल की कमी होने से निर्माण होनेवाले तनाव और वातोन्माद (Hysteria) में कमी आती है। आधुनिक रिसर्च से यह सिद्ध हुआ है कि उपवास से मधुमेह, कैंसर और अल्झेमेर रोगों पर भी नियंत्रण किया जा सकता है।

यह एक गलतफहमी है कि उपवास से कमजोरी आती है। इसके विपरीत उपवास से शरीर की शुद्धि होकर शारीरिक संतुलन रखा जाता है। उपवास से

पाचन-क्रिया अच्छी होकर शरीर के अन्य कई अंग, जैसे यकृत (Liver), मूत्रपिंड (Kidney), पाचक ग्रंथि (Pancreas) आदि भी के कार्यक्षम बनते हैं। जैन धर्म में तो उपवास को अतिमहत्त्व दिया जाता है। शारीरिक-मानसिक एवं आत्मिक शुद्धि का सर्वश्रेष्ठ मार्ग उपवास ही माना जाता है और बचपन से ही इस बात को सिखाया, समझाया और प्रोत्साहित किया जाता है।

□

सूर्योदय से पूर्व उठना अच्छा क्यों?

हमें बचपन से यह सिखाया जाता है कि 'जल्दी सोए जल्दी जागे, वह दुनिया में सबसे आगे', लेकिन समय के साथ, शहरीकरण की वजह से, भाग-दौड़ की जिंदगी, नौकरी या ऑफिस के लिए दूर तक जाना, टी.वी. लैपटॉप, मोबाइल, वॉट्सअप, फेसबुक आदि के आदी होने से रात में समय कहाँ चला जाता है, पता ही नहीं चलता, किंतु सही मायने में अलग-अलग कारण न दिखाते हुए अपने दिल पर हाथ रखकर अपने आपसे पूछें कि जो कारण हम दिखा रहे हैं, वे कहाँ तक योग्य हैं? निश्चित ही कुछ लोगों की मजबूरियाँ होंगी कि घर पहुँचने में देर होती है, इसलिए वे रात में जल्दी सो ही नहीं सकते, किंतु ऐसे लोगों का अनुपात (Percentage) बहुत कम है। अधिकतर यह बहाना बताया जाता है कि हम देर से उठकर भी हमारे काम तो पूरे होते ही हैं, क्या फर्क पड़ता है? फर्क काम में नहीं अपितु काम के

गुणवत्ता (Quality) और लंबी अवधि के बाद अपने स्वास्थ्य पर होनेवाले दुष्प्रभाव का पड़ता है। जीवन में जो सूत्र हमारे पूर्वजों ने दिए हैं कि जीवन के चार पुरुषार्थ 'धर्म, अर्थ, काम और मोक्ष' का आधार अपना शरीर संपदा ही है। वह यदि न हो तो चारों भी पुरुषार्थ किसी काम के नहीं।

वैज्ञानिक दृष्टिकोण : सूर्योदय से पूर्व उठने से हमारा रक्तप्रवाह अपने शरीर में और मस्तिष्क में अच्छा रहता है। सूर्योदय के पश्चात् हमारा रक्तप्रवाह (Blood Circulation) थोड़ा मंद हो जाता है। देर से उठनेवालों को निराधार सपने आते हैं तथा प्रतिरक्षिता (Immune System) कम होती है। यदि हम सूर्योदय से पूर्व उठते हैं तो शरीर और मन प्रसन्न रहता है। कब्ज तथा अपाचन-क्रियाएँ कंट्रोल में रहती हैं। हमारा दिमाग और मूड दोनों दिन भर अच्छे रहते हैं। हमें सोचने, काम करने और प्लानिंग करने के लिए काफी समय मिलता है। विचारों की क्षमता और शक्ति बढ़ती हैं। आँखों की दृष्टि अच्छी रहती है। एकाग्रता बढ़ती है और सवेरे-सवेरे इससे स्मरणशक्ति बहुत बढ़ती है। सवेरे वातावरण में प्रदूषण की मात्रा कम रहने से ऑक्सीजन का परिणाम ज्यादा रहता है और घूमने जाएँ तो शुद्ध हवा फेफड़ों को मिलने से कई रोग होते नहीं या हों तो ठीक हो जाते हैं। इसीलिए अपने पूर्वजों ने कहा हैं, 'सौ दवा-एक हवा', यानी सवेरे की शुद्ध हवा सौ दवाओं का काम करती है। यदि भक्ति करनी हो तो सूर्योदय से पूर्व की एकाग्रता की वजह से ही ध्यान अच्छी तरह लग जाता है तथा मन विचलित कम होता है। □

स्नान से पूर्व भोजन निषिद्ध क्यों?

अपने धर्म के संस्कारों में स्नान से पूर्व भोजन निषिद्ध माना गया है, क्योंकि स्नान के पश्चात् पूजा-अर्चना करके भोजन करना, यह अपनी परंपरा सदियों से चली आई है। बिना नहाए भोजन का भोग भगवान् को दिखा नहीं सकते और भोग दिखाए बिना खाना यानी पाप है।

वैज्ञानिक दृष्टिकोण : भोजन के पश्चात् यदि हम स्नान करें तो हमारी पाचन-क्रिया धीमी हो जाती है। शरीर पर पड़नेवाला पानी से शरीर में कुछ ऐसे केमिकल्स उत्पन्न होते हैं, जिससे रक्तप्रवाह अपने त्वचा, हाथ और पैरों की ओर ज्यादा जाने लगता है तथा पाचन-क्रिया के लिए भोजन के बाद ज्यादा रक्त की आवश्यकता होती है, बदले में यह क्रिया पीछे रह जाती है। इसीलिए हमारे पूर्वजों ने धर्म के नाम पर भोजन के पश्चात् नहाना निषिद्ध बताया है।

□

मंदिर क्यों जाना चाहिए?

यदि हम अपने भारत देश का विचार करें और इसका चित्र नजरों के सामने लाएँ तो इसमें पूरब से पश्चिम या उत्तर से दक्षिण दिशाओं का विचार करें तो हमारे सामने विभिन्न भागों में स्थित बड़े-बड़े भव्य मंदिरों का ध्यान अवश्य आएगा। ये मंदिर केवल अत्यधिक सुंदर और वास्तुशिल्पीय आश्चर्य ही नहीं हैं, बल्कि ये आध्यात्मिक शक्ति के केंद्र भी हैं। शास्त्रीय विश्लेषण से सिद्ध हुआ है कि ये मंदिर धनात्मक और सकारात्मक ऊर्जा स्थित भूमि पर ही बनाए गए हैं, जहाँ पर वे अधिक प्रमाण में धनात्मक ऊर्जा (Positive Energy) उत्पन्न होती है। मूलस्थान जहाँ पर मूर्ति स्थापित की जाती है, वह स्थान सर्वाधिक ऊर्जा का स्थान होता है। मूर्ति प्रस्थापित करने के बाद चारों ओर गर्भगृह का निर्माण किया जाता है। गर्भगृह के नीचे

ताँबे के प्लेट्स (Copper Plates) वैदिक उच्चारणों के साथ (With Vedic Inscriptions) जमीन में डाले जाते हैं। ताँबा सबसे अच्छा ऊर्जा संवाहक (Best Conductor of Energy) है, जो पृथ्वी से ऊर्जा ग्रहण करके उत्सर्जित करने में सक्षम रहता है (Capable of Absorbing and Radiating Energy)। इसीलिए बिजली के अर्थिंग के रूप में ताँबे की प्लेट्स का उपयोग किया जाता है। जब हम मंदिर जाते हैं और परिक्रमा करते हैं, तब चुंबकीय क्षेत्र के घेरे में आने से धनात्मक ऊर्जा (Positive Energy) अपने आप आत्मसात् होती है। जिसकी वजह से मानव शरीर, मन और आत्मा में (Rejunvates Body, Mind and Soul) नव चैतन्य भर जाता है।

क्या आप जानते हैं ?

मनुष्य का हृदय एक मिनट में 72 बार धड़कता है।

स्वस्थ व्यक्ति की श्वसन गति एक मिनट में 16 से 18 बार होती है।

मनुष्य के मस्तिष्क का वजन लगभग 1350 ग्राम होता है।

सेरेब्रम मस्तिष्क का सबसे बड़ा भाग होता है।

□

पूजा में सिल्क के कपड़े को प्राथमिकता क्यों?

हिंदू धर्म में एक ऐसी मान्यता है कि जब कभी हम पूजा करें तो स्नान करके शारीरिक शुद्धि करके स्वच्छ, धुले हुए वस्त्र धारण करके ही पूजा-पाठ करना चाहिए, जिससे मन प्रसन्न रहे और पूजा में ध्यान लगे, किंतु यदि कई अवसरों पर विशेष पूजा हो तो सिल्क के वस्त्र धारण करने की प्रथा भी भारत में है। विशेष करके दक्षिण भारत के मंदिरों में, जैसे कि तिरुपति बालाजी। जब कभी विशेष पूजा का अवसर होता है, तब सिल्क के वस्त्र पहनने का आग्रह होता है। क्या फर्क पड़ता है सिल्क के वस्त्रों से?

आपने एक छोटी सी बात का अनुभव रोजमर्रा के जीवन में किया होगा। अथवा कर सकते हैं। कुछ वस्तुएँ ऐसी होती हैं, जिसके घर्षण से एक प्रकार

की चुंबकीय विद्युत् निर्माण होती है। उदाहरण के तौर पर, आजकल हर घर में कुरसियाँ पी.वी.सी. की होती हैं। उस पर घर्षण करके यदि आप पैर जमीन पर रखें या किसी अन्य व्यक्ति को छुएँ तो करंट लगने का एहसास होता है, अथवा स्कूल के बच्चों की प्लास्टिक स्केल लेकर यदि अच्छी तरह घर्षण करें और कागज के टुकड़ों पर घुमाएँ तो वे कागज के टुकड़े उस प्लास्टिक स्केल की ओर आकर्षित हो जाएँगे। उसी प्रकार सिल्क में विद्युत् चुंबकीय शक्ति (Electromagnetic Energy) आकर्षित एवं ग्रहण करने की क्षमता है। शरीर और सिल्क के लगातार होनेवाले घर्षण से विद्युत् चुंबकीय शक्ति निर्माण होती है। जब कभी पूजा के समय इस शक्ति का निर्माण होता है तो शरीर इसे अंत:शोषण करता है और इस ऊर्जा से भक्त को तुरंत एक प्रकार की मानसिक शांति की अनुभूति होती है। उसी प्रकार सिल्क जो है, अपने भीतर की ऊर्जा को शरीर के बाहर जाने से रोकता है, जिससे पूजा में एकाग्रता बढ़ती है।

□

क्या आप जानते हैं ?

शरीर का सामान्य तापमान 37 डिग्री सेल्सियस होता है।

दाँतों और हड्डियों की संरचना के लिए 'कैल्सियम और फास्फोरस' आवश्यक होते हैं।

रक्त के थक्का (Blood clot) जमने में 'प्लेटलेटस्' (Platelets) सहायक होते हैं।

श्वसन के दौरान सर्वाधिक मात्रा में ली जानेवाली गैस 'नाइट्रोजन' होती है।

□

पवित्र कार्यों में हल्दी का उपयोग क्यों?

हल्दी भारतीय पाक प्रणाली का एक अभिन्न और महत्त्वपूर्ण भाग है। आयुर्वेद के मुताबिक हल्दी को हजारों वर्षों से एक दवा के रूप में उपयोग में लाया जाता है। आज इसके औषधीय रूप में पेटंट के लिए कई देशों में होड़ लगी है।

शास्त्रीय दृष्टिकोण : हल्दी का उपयोग सूजन और जलननिरोधक (Anti-Inflammatory) तथा अपचायक निरोधक (Anti-Oxidant) के रूप में किया जाता है। भारत में सभी प्रकार के मसालों में हल्दी का उपयोग किया जाता है। हल्दी को पवित्र माना जाता है और कई धार्मिक विधियों में इसका उपयोग किया जाता है। दूसरे प्रकार के अपचायक निरोधक (Anti-Oxidant) के साथ में यदि हल्दी को मिलाया जाए तो

इसकी सूजन और जलननिरोधक शक्ति (Anti-Inflammatory Power) कई गुना बढ़ जाती है। हल्दी में रोगाणुरोधक (Antiseptic) गुण भी पाए गए हैं। जिससे कई प्रकार के घावों में हल्दी का लेप लगाने से वे जख्म जल्द भरने में मदद मिलती है। हल्दी के वातहर (Carminative) गुणों के कारण पेट के विकारों (Digestive Disorders) में इसका उपयोग होता है। उसी प्रकार आधुनिक अनुसंधानों में हल्दी का उपयोग लीवर से संबंधित (Liver Diseases), कैंसर, समय के साथ धमिनयों में होनेवाले वसा के जमा होनेवाले रोग (Atherosclerosis), अस्थि संधि शोथक (Osteoarthritis), मासिक धर्म संबंधित (Mestrual Problems in Women), मधुमेह (Diabetes) तथा अन्य कई प्रकार की व्याधियों में हल्दी दवा के रूप में काम आती है। उसी प्रकार हल्दी के उबटन से रंग में निखार आता है और त्वचा में एक प्रकार की चमक आती है। इसीलिए शादी-विवाह के अवसर अथवा त्योहारों के समय हल्दी का उपयोग उबटन के रूप में किया जाता है। दक्षिण भारत में तो स्त्रियाँ हर रोज अपनी सुंदरता में निखार लाने के लिए हल्दी का उबटन लगाती हैं।

क्या आप जानते हैं?

ऑक्सीजन के परिवहन का कार्य हीमोग्लोबिन (Hemoglobin) करता है।

हीमोग्लोबिन (Hemoglobin) में लोहा (Iron) होता है।

मानव शरीर में खून हिपेरिन (Heparin) के कारण नहीं जमता।

प्लीहा को लाल रक्त कणिकाओं (RBC) का श्मशान कहा जाता है।

□

ॐ सर्वश्रेष्ठ मंत्र क्यों?

हिंदू परंपरा में 'ॐ' अत्यंत पवित्र ध्वनि है, यह सभी मंत्रों में सर्वश्रेष्ठ माना गया है। ॐ अक्षर तीन ध्वनियों 'अ', 'ऊ' तथा 'म' का मिश्रण है। संस्कृत में अ और ऊ स्वर मिलकर ओ बन जाता है तथा ॐ इस प्रतीक का त्रिगुण स्वरूप (Symbol's Threefold Nature) इसके मूल अर्थ को दरशाता है। ॐ प्रकृति के तीन महत्त्वपूर्ण अंगों को दरशाता है—

- तीन जगत् : पृथ्वी, आकाश और स्वर्ग
- हिंदुओं के तीन भगवान् : ब्रह्मा, विष्णु और महेश
- तीन पवित्र वैदिक धर्मग्रंथ : ऋग्वेद, यजुर्वेद और सामवेद

अत: ॐ आध्यात्मिक रूप विश्व के निर्माण का सार प्रस्तुत करता है। भारतीय दर्शनशास्त्र के अनुसार ईश्वर ने पहले ॐ ध्वनि का प्रथम निर्माण किया और उस ध्वनि से विश्व का निर्माण हुआ, अर्थात् विश्व का पहली ध्वनि यह ॐ है।

हिंदू संस्कृति में ॐ का अर्थ

छांदोग्य उपनिषद् अनुसार —

हर अस्तित्व का सार पृथ्वी है।
पृथ्वी का सार जल है।
जल का सार वनस्पति है।
वनस्पति का सार मनुष्य है।
मनुष्य का सार ध्वनि है।
ध्वनि का सार ऋग्वेद है।
ऋग्वेद का सार सामवेद है।
और सामवेद का सार ॐ है।

शंकराचार्य के तैत्तिरीय उपनिषद् के अनुसार मनुष्य जो भी कार्य ॐ अक्षर के उच्चार से शुरू करता है, वह फल अवश्य देता है।

ॐ का उच्चार हिंदुओं के हर मंत्र, प्रार्थना तथा ध्यान के शुरुआत एवं अंत में किया जाता है।

ॐ प्रतीकवाद (Symbolism **) का विश्लेषण**

ॐ का त्रिगुणात्मक स्वरूप विशेष आकार तथा अद्वितीय ध्वनि विविध विस्तृत प्रतीकात्मक विश्लेषण प्रस्तुत करता है। ॐ प्रतीक तीन मोड़ों या तीन घुमावों (Three Curves) को दरशाता है। जिसमें (1, 2 और 3) ये तीन

मोड़ हैं, एक (4) यह अर्धगोल है तथा एक (5) बिंदु है।

इसमें सबसे नीचे का विशाल मोड़ (1) यह जाग्रत् अवस्था को दरशाता है। इस अवस्था में इंद्रियों के माध्यम से चेतना बहिर्मुख होती है। यह विशाल मोड़ यही दरशाता है कि अधिकतर मनुष्य इसी अवस्था में रहते हैं।

इससे ऊपर का मोड़ (2) गहरी नींद या अचेतन अवस्था (सुषुप्त) का द्योतक है। यह वह अवस्था है, जिसमें सोनेवाला न कोई इच्छा रखता है और न ही कोई सपना देखता है।

तीसरा बीचवाला मोड़ (3) जो गहरी नींद और जाग्रत् अवस्था के बीच है, वह स्वप्नावस्था को दरशाता है।

हर व्यक्ति की ये तीन चेतन अवस्थाएँ होती हैं। भारतीय आध्यात्म के अनुसार ये तीन मोड़ मनुष्य का पूर्णतः भौतिक तथ्य दरशाते हैं।

सबसे ऊपर का बिंदु मनुष्य की चौथी चेतन अवस्था को दरशाता है, जिसे संस्कृत में 'तुरिया' कहते हैं। यह पूर्णतः शांतिपूर्ण और सुखद अवस्था है, जो कि आध्यात्मिक और आत्मिक उन्नति का अंतिम ध्येय है।

आखिर में जो अर्धगोल, वह माया को दरशाता है, जो बिंदु को तीनों मोड़ों से अलग रखता है। अतः यह (Illusion) माया है, जो अत्युच्च आनंद या मोक्ष के बोध में अवरोध निर्माण करती है। (Prevents us from the Realization of Highest State of Bliss)

वैज्ञानिक दृष्टिकोण : (नोट : इस लेख में ॐ पर किए गए कुछ अनुसंधानों (Research Papers) का पूरा सारांश जैसे के वैसा (As it is) दिया गया है, ताकि पूर्ण विश्वास हो सके कि यह मनगढ़ंत बातें न होकर सत्य है। ये सभी अंश Guruprasad's Portal से सधन्यवाद लिये गए हैं।

"यदि आप इस विश्व के निर्माण का रहस्य जानना चाहते हो तो ऊर्जा (Energy) आवृत्ति (Frequency) और स्पंदन (Vibrations) के संबंध में विचार कीजिए।"

—*निकोला टेसला* (Nikola Tesla)

सबसे बड़ी गलतफहमी 'ॐ' के बारे में है कि यह धार्मिक शब्द है। हिंदू धर्म में इसका अनन्य महत्त्व है, इसका अर्थ यह नहीं कि यह हिंदुओं का धार्मिक अक्षर है, बल्कि हिंदुओं के साधु-संतों ने कई वर्षों तक इस पर अनुसंधान करके इसे पूरी तरह समझा है, इसका उपयोग शारीरिक, मानसिक और आध्यात्मिक उन्नति के लिए किया है। धीरे-धीरे समय के साथ लोग इसके पीछे का शास्त्र भूलकर इसे धर्म का हिस्सा समझने लगे हैं। सही मायनों में 'ॐ' अक्षर न किसी धर्म या ईश्वर को दरशाता है। ॐ शब्द के पीछे अलग-अलग विश्लेषण है, किंतु सबसे ज्यादा मान्यता प्राप्त सिद्धांत है कि ॐ पहली ब्रह्मांडीय ध्वनि (Cosmic Sound) है, जो विश्व के निर्माण के आरंभ में (Big Bang Theory) निकली थी। ॐ अक्षर के पीछे शास्त्रीय तथा व्यावहारिक (Practical) कारण हैं, जो भौतिक विज्ञान के ध्वनि (Sound) स्पंदन (Vibrations) और गूँज (Resonance) पर आधारित हैं। जिसके उच्चार से लंबी अवधि का लाभ है।

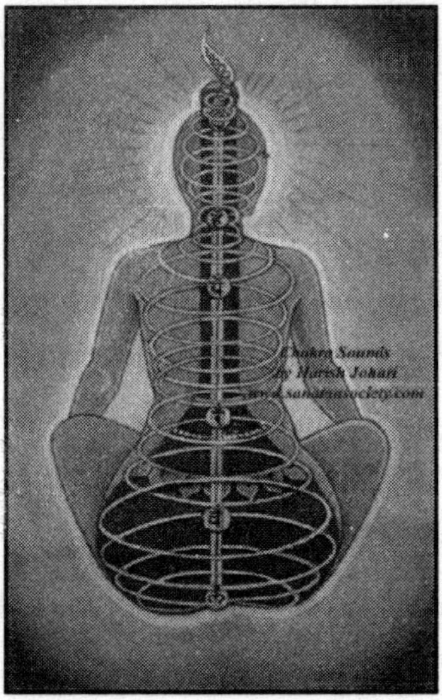

'ॐ' मंत्र क्या है ?

ॐ अक्षर का मूलभूत (Rudimentary) अर्थ इस अक्षर के उच्चार

से निर्माण होनेवाली ध्वनि का प्रभाव अपने शरीर पर है। यह हमारा हमेशा का अनुभव है कि अलग-अलग अक्षरों का अलग-अलग स्पंदन प्रतिरूप (Vibration Pattern) है, जो अपने शरीर के अलग-अलग हिस्सों पर असर निर्माण करते हैं।

उदाहरण के लिए 'अअअअअ' का उच्चार से पेट और छाती के तंत्रिका तंत्र (Nervous System) में संवेदना (Sensation) और स्पंदन (Reasonance) का एहसास हमें होता है। उसी प्रकार 'ऊऊऊऊऊ' के उच्चार से गले और छाती में स्पंदन तैयार होकर उसके स्पंदन महसूस होते हैं। उसी तरह 'ममममम' उच्चार अपने नाक और मस्तिष्क (Brain) में स्पंदन का अनुभव होता है।

यदि हम सभी अक्षरों का एक साथ उच्चार करें तो वह अ, ऊ, म मिलाकर ॐ मंत्र बन जाता है और सिक्वेंस में पेट, स्पाइनल कॉर्ड, गला, नाक तथा मस्तिष्क एक्टिवेट करते हैं। इस प्रकार एनर्जी पेट से होकर ऊपर की ओर मस्तिष्क तक बहती है और यह ऊर्जा स्पाइनल कॉर्ड और मस्तिष्क को सक्रिय (Activate) बनाती है।

नीचे लिखी हुई एक शॉर्ट क्लिप है, जिसमें डॉक्टर्स यही बात बता रही है :

Research Paper :

http://www.youtube.com/watch?v=3Wagb YYcCkE

नीचे एक रिचर्स पेपर के सारांश दिखाए गए हैं, जो वेवफॉर्म के रूप में बताते हैं कि अ, ऊ और म तीन अक्षरों में उच्चार से कैसे ध्वनि लहरें निर्माण होती हैं।

Research Paper :

http://nopr.niscanV.res.in bitsOream/1123456789/93
47/1/IJ/JTK%203(2)%20154-161.pdf.

हजारों वर्षों के अनुसंधान एवं अनुभव से भारतीय योगियों ने यह विश्वास

दिलाया है कि ॐ मंत्र के जाप से मन की एकाग्रता बढ़ती है, मनःशांति मिलती है और हर प्रकार के मानसिक तनाव से मुक्ति मिलती है। किंतु शास्त्रज्ञों ने यह जो कुछ भी दावा योगियों द्वारा किया गया है, उत्सुकतावश उन्हें आज के विज्ञान और तकनीकि प्रयोग द्वारा सिद्ध करने का प्रयास किया।

कुछ वर्षों पहले शास्त्रज्ञों ने एक प्रयोग किया। उन्होंने कुछ ऐसे व्यक्तियों का चयन किया, जिन्होंने पहले कभी ॐ का उच्चार किया ही नहीं था। उन्हें कुछ मिनट ॐ मंत्र का जाप कराया गया और उनका 'ध्वनि मुद्रण'(Waveform) रिकॉर्ड किया गया। उनके फ्रिक्वेंसी विश्लेषण (Frequency Analysis) करने पर जो ध्वनिमुद्रण मिला, वह अनियमित था, जो दरशाता था कि वे मानसिक रूप से अस्थिर थे, किंतु चंद दिनों तक यह ॐ मंत्र हर रोज उच्चार करने पर कुछ दिनों बाद जो ध्वनिमुद्रण रिकॉर्ड या तरंग रूप (Waveform) लिया गया, वह पूरी तरह नियमित (Perfect Symmetrical), पूर्ण सममितीय (In Perfect Symmetry) नियमित अंतर (With Regular Space) तथा पूर्ण तालमेल (Harmony) में पाया गया। इतना ही नहीं, जिन लोगों ने इसमें सहभाग लिया था, उनमें आश्चर्यजनक रूप से ध्यान केंद्रित करने की शक्ति, एकाग्रता, स्थिरता बढ़ी हुई दिखी। इसके अलावा उन्हें मानसिक शांति और तनाव से मुक्ति का भी अनुभव हुआ।

Figure 1 represents the initial chanting of OM by a normal person

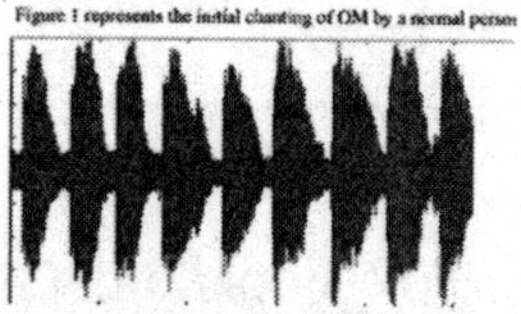

Fig. 1 Initial Chanting of single OM

Figure 2 depicts the chanting of OM by normal person after some days of chanting.

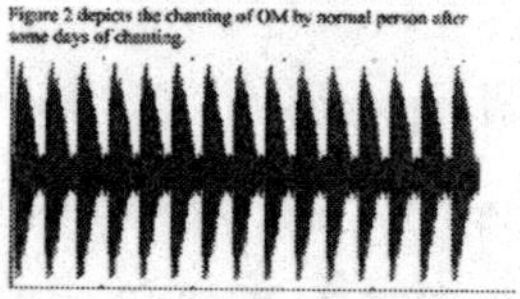

Fig. 2 Chanting of OM after some days

Conclusion

Our attentiveness and our concentration are pilfered by the events around us. Different challenges and impediments have faced by humans due to their occupational activities. Meditation is essential for the human beings to come out of the above troubles. OM is a spiritual mantra, important to obtain peace and calm. The entire mental pressure has been taken away by chanting OM mantra. Consciousness has been improved by the repetition of OM mantra. In this work, we have confirmed the significance of OM chanting. The time-frequency analysis has been carried out wavelet transforms for the divine sound OM. We have concluded that OM chanting affords steadiness in the mind scientifically. This provides calm and peace too to the stressed mind. The mental stress of a person gets reduced while the mind reaches steadiness. As a final point, we have confirmed scientifically the accomplishments of OM chanting in reducing the stress from the human mind.

Research Paper :
http://paper.ijcsns.org/07_book/200808/20080825.pdf

एक दूसरे रिसर्च में शास्त्रज्ञों ने ॐ मंत्र के जाप का असर अपने नर्वस सिस्टम (Nervous) पर क्या होता है, इसका अभ्यास किया। अत्यंत आधुनिक तकनीकी तथा मशीनों के सॉफ्टवेयर इस्तेमाल करके गणित

(Mathematical transofrms) के माध्यम से यह वही रिजल्ट मिले, जो ऊपर के उदाहरण में देखे गए। उस पर से मिले ग्राफ निम्न प्रकार से मिले।

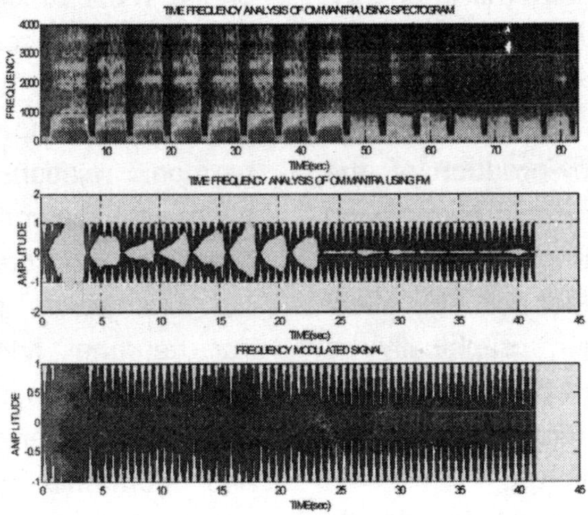

Conclusion

From above observation it is clear that in the initial part of FM signal carrier swing is more which is due to initial OM chanting. As we go on chanting OM mantra, the mind becomes calm. When the mind becomes calm, the body relaxes, and the breath becomes even soother and slower. The rate of speed at which the OM mantra is being repeated naturally slows down. It is not a matter of forcing the mantra to slow, but rather, this slowing comes quite naturally. Allow the mind to stay wide-awake and alert, as the OM mantra and breath become naturally slower and slower. Within minutes your mind and body begin to relax, negative thoughts are dramatically swept away to releasing this internal life force that heals the self on a cellular level, with more energy, strength and focus. The electrical activity presents throughout the body and is a by-product of the activity within every living cell changes. It is all due to biofeedback. This effect is shown graphically by final part of OM chant, for this carrier swing is less and uniform.

From this we could conclude that chanting OM mantra results in stabilization of brain, removal of worldly thoughts and increase of energy. It means that concentrating on OM mantra and continuously doing it slowly shifts our attention. It is reflection of the most fundamental interlocking processes in our bodies...the harmony we play echoes the harmonic relationships of every vital system i.e. our heartbeat, our breathing, our brainwaves pulsing, our neuronal firing, our cells throbbing, our metabolic, enzymatic, and hormonal rhythms and our behaviours in our addictions and our habits. In the sense OM mantra is a brain stabilizer, by practicing it one can enter deeper and deeper into the own natural state, which is also an energy medicine for human being under stress.

Research Paper :

http://paper.ijcsns.org/07_book/200901/20090151.pdf

एक अन्य प्रयोग में वैज्ञानिकों ने pdScientists analysed Functiponal Magnetic Resonance Imagin Scans (f-MIR) before and after OM Manatra Chanting and concluded that regular chanting of OM MANTRA CAN TREAT DEPRESSION & EPILEPSI as well

Neurohemodynamic correlates of 'OM' chanting: A pilot functional magnetic resonance imaging study

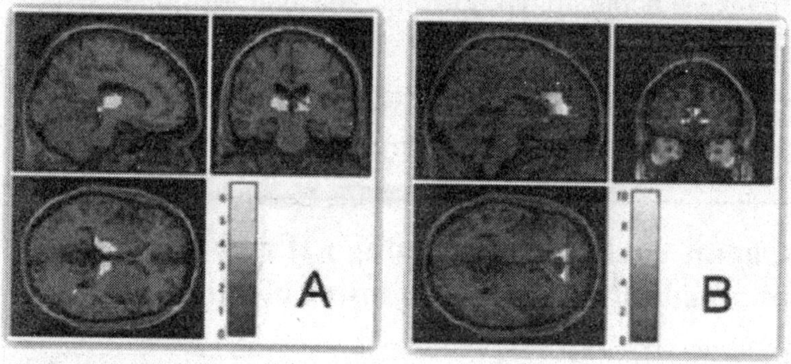

Background

A sensation of vibration is experienced during audible 'OM' chanting. This has the potential for vagus nerve stimulation through its auricular branches and the effects on the brain thereof. The neurohemodynamic correlates of 'OM' chanting are yet to be explored.

Conclusion :

The neurohemodynamic correlates of 'OM' chanting indicate limbic deactivateion. As similar observations hve been recorded with vagus nerve stimulation treatment used in depression and epilepsy, the study findings argue for a potential role of this 'OM' chanting in clinical practice.

Alternatively, 'OM' chanting may have been a cube to relaxation. As meditation is shown to activate structures involved in relaxation response namely cingulate cortex, dorsolateral, prefrontal and parietal cortices, hippocampus and temporal lobes. the confounding effect of relaxation could not be ruled out.

Research Paper :
http://www.ncbi.nlm.nlh.gov/pmc/articles/PMC3099099

हाल ही में किए गए रिसर्च में सिद्ध हुआ है कि ॐ के जाप से ब्लड प्रेशर तो कम हुआ ही है, साथ में हृदयरोग भी दुरुस्त हो गया है।

Chants could be a fine thing : It may should daft but meditation really can lower blood pressure

By NICK HARDING
UPDATED:08:49 GMT, 22 March 2010

Convert: Claudia Zeff, who faced a lifetime of meditation

Despite living what doctors described as a 'virtuous life',Claudia Zeff was at risk of heart disease. A genetic predisposition to high blood pressure meant she face a lifetime of medication and the risk of health problems in later life, including stroke and kidney damage.

Indeed, although she was put on blood pressure drugs two years ago, a recent scan had showed one of the walls in her heart was beginning to thicken-a worry sign.

'I knew that could be hugely problematic as I got older and that motivated me to do something about it,' says the 54-year old.

What Ms Zeff did is sign up to a pioneering programma run by a cardiologist where meditation and chanting are used to combat high blood pressure. Amazingly, she is not only now medication-free, but her damaged heart had repaired itself.

News Report:

Htpp://www.dailymail.co.uk/health/article-1258234/chants-fine-thing-it-sound-draft-doctors-believe-meditation-really-lower blood pressure.html

मोलेक्यूलर लेवल के एक रिसर्च में पाया गया कि ॐ के जाप से मनुष्य के जीन्स भी भले के लिए बदलते हैं।

Say 'Om' : Researchers Find Gene Action Altered After Relaxation Practice

It's widely accepted that yoga. maditation adn other practices that involve conscious relaxation can reduce stress and enhance a person's general well-being. But for many, notions of 'mindfulness' and 'wellness' still come off as a tad New-Age-y and amorphous.

So here, for skeptics, is a moleculear-level reality check. Researchers at Massachusetts General Hospital and Beth Israel Deadconess Medical Center report that the relaxation response-a state of deep rest attained throught breathing, mediation, yoga and other practices- tiggers changes in gene expression that can affect the body;s immune function, energy metabolism and insulin secreation. The new research- the first to look at rapid, ene-level changes following the relaxation practice-is published in the journal PLOS ONE.

Research Paper :

http:/www.plosone.org/articles/info%3Adoi%2F-10.1371%2F Journal pone.0062817

ॐ तथा सायमेटिक्स (OM & CYMATICS)

सायमेटिक्स एक तरंगों के तथ्य का अभ्यास है। इसपर शोध जर्मन शास्त्रज्ञ डॉ. हान्स जेन्न ने सन् 1930 में किया। उसने प्रयोग में यह दिखाया कि यदि महीन पाउडर, बारीक रेती या लोहे का बुरादा या चुरा एक धातु के फलक पर रखा जाए तथा उसे ध्वनि लहरों से स्पंदित किया जाए तो वह पाउडर अपने आपको एक जटिल आकृति या रूप में ढाल लेता है। इसमें जहाँ ध्वनि लहरों का प्रभाव अधिक हो, वहाँ वह पाउडर केंद्रित अधिक मात्रा में होता है और यह विशिष्ट रूप में दरशाता है कि यहाँ पर ध्वनि का घना प्रभाव है।

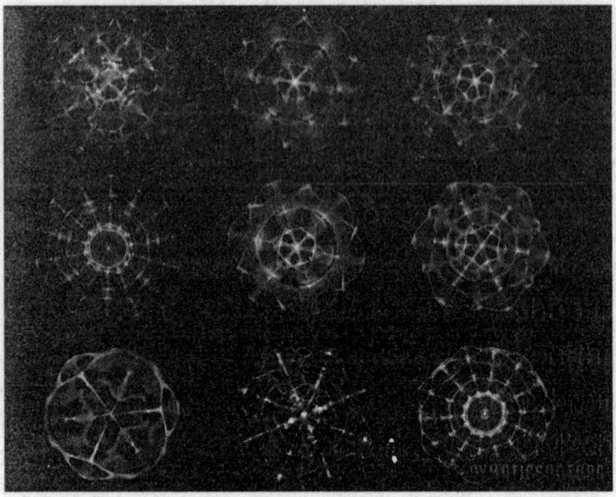

इन अद्‌भूत आकृतियों को 'चॉलिनाडि चित्र' (Chalynadi Figures) भी कहा जाता है। एक सुसंगत ध्वनि से ज्यामितीय समितीय मंडल बनाते हैं। (In case of hormoneous sounds, geometrically symmetrical mandalas are formed) यह दृश्य ध्वनि का एक नमूना है (study of visible sound) यहाँ यह देखने मिलता है कि ध्वनि तो वस्तुत: रेखागणित है। हम ध्वनि से निर्माण होनेवाले दृश्य ऐसे ज्यामितीय स्पंदन (visible geometrical vibrations of and given sound by placing powder on metal plate) एकाद धातु की प्लेट पर पाउडर डालकर

देख सकते हैं। हम जैसे-जैसे फ्रीक्वेंसी बढ़ाते जाएँगे, उस फ्रीक्वेंसी से निर्माण होनेवाले ध्वनि के स्पंदनों से धातु की प्लेट पर पाउडर अलग-अलग आकार बदलते रहेंगे। जो बहुत ही सुंदर ऐसे डिजाइंस में बनते हैं। यहाँ यही फ्रीक्वेंसी बदलने पर ध्वनि निर्माण होती है और इन ध्वनि के स्पंदनों का असर पाउडर पर होकर सुंदर-सुंदर आकार बनते हैं या दूसरे शब्दों में यह कह सकते हैं कि ध्वनि से निर्माण होनेवाले स्पंदनों का असर हम पर होता है। यही प्रयोग पानी की धार पर भी किया गया। पानी की धार में यदि ध्वनि के स्पंदन को जोड़ दें तो पानी की धार का सुंदर ऐसा आकार बन जाता है। हम जैसे-जैसे फ्रीक्वेंसी बदलते हैं, यह पानी की धार की आकृति भी बदलने लगती है।

यह सभी शायद केवल पढ़कर समझने में दिक्कत होती है। इसके लिए नीचे यू-ट्यूब के कुछ नंबर दिए हैं, जो यदि हम देखें तो हर चीज साफ हो जाएगी और ऊपर लिखी हर बात को हम प्रात्यक्षिक रूप में देखकर विश्वास भी कर सकेंगे।

1. **Amazing Cymatic Experiment**
   Htpps://youtu.be/wvJGrUBF4w

1. **Cymatic Experiment**
   https://youtu.be/GtiSCBXbHAg

2. **Amazing High Frequence Sound makes ART!**
   https://youtu.be/5GkFP87Rifw

3. **Amzing Water & Sound Experiment No.2:**
   https://youtu.be/uENITuj5 jU

4. **Chlandi Patterns-Adjust your voulume :**
   https://youtu.be/wMlvAsZvbiw

अमेरिका की नासा संस्था (National Aeronutics and Space Administration NASA) ने सूर्य की आवाज रिकॉर्ड की है, किंतु अपने

कानों की क्षमता 20Hz से लेकर 20,000 Hz तक ही होती है, किंतु सूर्य से रिकॉर्ड की गई आवाज की फ्रीक्वेंसी काफी ज्यादा है। इसलिए नासा ने उसे कॉम्प्रेस करके सुनने की चेष्टा की। उन्होंने जब वह आवाज सुनी तो आश्चर्य का बड़ा धक्का लगा, वह आवाज भारतीय मंत्र 'ॐ' था। नासा के शास्त्रज्ञों को यह समझ में नहीं आया कि हजारों वर्षों पूर्व भारतीय योगियों ने इसका शोध कैसे लगाया, जबकि इस आवाज की क्षमता अपने कानों की ग्रहण करने की क्षमता से कई गुना ज्यादा है।

ॐ मंत्रोच्चार के योग्य उच्चार करने से ऑक्सीजन ग्रहण करने की क्षमता शरीर में बढ़ जाती है, जिससे शरीर और मस्तिष्क की कार्यक्षमता बढ़ती है। अत: वैज्ञानिक अनुसंधानों तथा रिसर्च स्टडीज से यह सिद्ध हो गया है कि पुरातन जमाने से योगियों ने जो दावा किया है कि ॐ नाम जाप करने से मनुष्य को तनाव से मुक्ति (Reduces Mental Stress) मिलती है; उदासी (Depression) दूर होती है; एकाग्रता (Concetration) बढ़ती है; मन:शांति (Calms the Mind) मिलती है और व्यक्ति आनंद का अनुभव (Well Being & Happiness) करता है, ये सभी बातें सत्य हैं। ॐ ऐसा मंत्र है, जिसमें जिह्वा का उपयोग नहीं होता। गूँगा भी ॐ बोल सकता है।

ॐ मंत्रोच्चार के लाभ

ॐ सर्वश्रेष्ठ मंत्र है। हिंदू ऋषियों ने इसका शोध लगाया, इसलिए हिंदुओं में यह सर्वश्रेष्ठ माना जाता है, किंतु हकीकत है कि यह ध्वनि से निर्माण स्पंदनों पर आधारित है, इसलिए संपूर्ण मानव जाति के लिए लाभकारी है। जाति, धर्म, भाषा, रंग सभी मानवों द्वारा निर्मित अपने-अपने स्वार्थ के लिए या उपासना अथवा पूजा की पद्धति का अवलंब करने के लिए बनाए गए हैं। ॐकार के लाभ को ये सीमाएँ बाँध नहीं सकतीं। जल को हम वाटर कहें या पानी कहें अथवा अन्य कोई भी नाम दें तो भी जल तो जल ही है। न उससे जल का धर्म बदलता है, न ही गुण बदलता है। हिंदुओं में जल का या सूर्य का पूजन किया जाता हैं, क्या इसलिए उसका लाभ केवल हिंदुओं को ही होता है ? उसी

प्रकार ॐकार यह मंत्र संपूर्ण मानव जाति की भलाई के लिए है।

ॐकार मंत्र का फायदा उसके योग्य उच्चार सें तथा हर रोज नियमित रूप से लंबी अवधि तक करते रहने से ही मिलता है, रातोरात इसका फायदा नहीं मिलता। शुरू करने से ही इसके लाभ दिखने लगते हैं।

1. ॐ के मंत्रोच्चारण से गले की स्वररज्जु उत्कृष्ट बनती है। (Improving Vocal Cords)

2. ॐ के मंत्रोच्चारण से शरीर का रक्त प्रवाह संतुलित रहता है। (Stables Blood Circulation)

3. ॐ के मंत्रोच्चारण से शरीर का जीवविष बाहर निकालता है। (Helps in Toxin Removal)

4. ॐ के मंत्रोच्चारण से वजन कम होने में सहायता मिलती है। (Helpful is Weight Loss)

5. ॐ के मंत्रोच्चारण से जीवन के दृष्टिकोण में निश्चयात्मकता आती है। (Provides Positivity Towards Life)

6. ॐ के मंत्रोच्चारण से विचार और भावनाओं पर संयम आता है। (Controlled Feelings and Emotions)

7. ॐ के मंत्रोच्चारण से हृदय सुचारू रूप से कार्य करता है। (Helps in Heart Care)

8. ॐ के मंत्रोच्चारण नई शक्ति प्रदान करके थकावट के दूर करने के लिए एक प्रकार का योग ह। (Yoga for Energy and Tiredness)

9. ॐ के मंत्रोच्चारण से पाचनशक्ति सुधरती है। (Improves Digestion)

10. ॐ के मंत्रोच्चारण से हड्डियों की मजबूती बढ़ती है। (Improves Bone Strength)

11. ॐ के मंत्रोच्चारण से थायरॉइड ग्रंथि में सुधार आता है। (Helps in Healing Thyroid)

12. ॐ के मंत्रोच्चारण से अपने अतराफ का वातावरण शुद्ध होता है। (Purifies the environment around us)

13. ॐ के मंत्रोच्चारण से केवल उच्चार करनेवाला ही नहीं, बल्कि सुननेवाले का भी लाभ होता है। (Benefits people around them wherever its vibrations flow)

14. ॐ के मंत्रोच्चारण से तनाव से मुक्ति मिलती है। (Gives Deep Relaxation)

15. ॐ के मंत्रोच्चारण से एकाग्रता बढ़ती है। (Improves Concentration)

16. ॐ के मंत्रोच्चारण से शिरानाल खुले होते हैं, जिससे श्वासो का मार्ग साफ हो जाता है। (Clears the Sinuses to Clear Airways)

17. ॐ के मंत्रोच्चारण से मेरुदंड मजबूत होता है, क्योंकि 'अअअअअ' की ध्वनि हमारे पेट के भाग से निर्माण होती है, जिससे ये हमारे मेरुरज्जू को मजबूत करने में मदद करते हैं। (The spinal cord is strengthened through the vibrations caused sound of 'Aaaaa'. As this sound is generated from the abdomen, it helps strengthen the supporting muscles of the spinal cord.)

18. ॐ के मंत्रोच्चारण के समय यदि हम आवेशित या प्रभारित

हथलियों को मसलकर शरीर के किसी भी भाग को छुएँ तो वह भाग स्वस्थ सक्रिय बन जाता है। (Rubbing your hands together while chanting of ॐ and putting those charged hands on different parts of body heals or activates those body parts)

19. ॐ के मंत्रोच्चारण से लौकिक विचारों से मुक्ति मिलकर मानसिक व्याकुलता से मुक्ति मिलती है और नई ऊर्जा शरीर को मिलती है। (The chanting of OM drives away all wordly thoughts and removes distraction and infuses new vigour in the body)

20. ॐ के नियमित मंत्रोच्चारण से शरीर में एक ऊर्जा की अनुभूति होती है और आँखों में और चेहरे पर एक चमक आती है। (The chanting of OM regularly will get tremendous power. They will have luster in their eyes and faces)

21. रात्रि में सोने से पहले यदि हम ॐ का मंत्रोच्चारण करें तो नींद बहुत अच्छी आती है। (Chanting of OM mantra before going to sleep in the night will help in getting deep sleep)

22. ॐ ही एकमेव दुनिया का ऐसा मंत्र है, जिसके उच्चारण में जीभ का उपयोग नहीं होता और जो हमारे मस्तिष्क के लिए व्यायाम है। (OM is the only Mantra where to pronounce it we don't need to use tongue to pronounce OM and its only Brain Tonic)

□

जमीन पर बैठकर भोजन क्यों करें?

भारतीय परंपरा में भोजन करते समय सभी लोग जमीन पर पालथी मारकर बैठते हैं। आजकल टेबल-कुरसी पर अथवा डायनिंग टेबल पर बैठकर भोजन करने की पद्धति बन गई है। धीरे-धीरे नीचे बैठने की आदत छूटने से कहीं पर भी बिना कुरसी के बैठना मुश्किल प्रतीत होता है, लेकिन जमीन पर बैठकर भोजन करने के अपने अलग फायदे हैं। हम जो पालथी मारकर भोजन करने बैठते हैं, उसे 'सुखासन' कहते हैं। इससे शरीर शिथिल पड़ जाता है और अपनी पाचन-क्रिया के लिए शरीर तैयार हो जाता है। भोजन करते समय स्वाभाविकत: अपने शरीर को आगे और पीछे झुकाना पड़ता है, जिससे अपने जठर के पाचक रस का स्राव निकलने में सुविधा होती है और पाचन-क्रिया शीघ्र होने में मदद मिलती है। इस पाचन-क्रिया के अलावा नीचे बैठने और उठने की आदत की वजह से अपने घुटनों के जोड़ लचीले बन

जाते हैं, जिसमें उम्र के साथ आनेवाले जोड़ों में अकड़न (Stiffness in knee Joints) से भी मुक्ति मिलती है और इन जोड़ों का दर्द कई साल देर से शुरू होता है। जमीन पर भोजन करने बैठते समय थाली के चारों ओर पानी फेरने की पद्धति रूढ़ है, कारण जमीन पर छोट-बड़े कीट हो सकते हैं, जो थाली में आ सकते हैं। थाली के चारों ओर पानी का छिड़काव इन कीटों के थाली प्रवेश में अवरोध निर्माण करता है।

क्या आप जानते हैं ?

किडनी का वजन 150 ग्राम होता है।
शरीर की सबसे बड़ी हड्डी फीमर (जाँघ में) होती है।
मनुष्य शरीर की सबसे छोटी हड्डी स्टेपीज (कान में) होती है।
शरीर में सबसे मजबूत हड्डी जबड़े की होती है।
सामान्य व्यक्ति का रक्तचाप (ब्लड प्रेशर) 120/80 मि.मि. होता है।

□

भोजन की शुरुआत तीखे और अंत मीठे से क्यों?

अपने पूर्वज हमेशा इस बात पर जोर देते थे कि भोजन की शुरुआत कभी भी तीखे खाने से और भोजन का अंत मीठे से करें। इसके पीछे का तर्क क्या है? ऐसा खाने से क्या फायदा है? शास्त्रीय अभ्यास करने पर पता चला है कि जब हम तीखा खाते हैं तो शरीर में पाचक द्रव्य (Digestive Fuids) तथा (Acids) अम्लीय द्रव्यों का स्राव होना शुरू हो जाता है। जो पाचन-क्रिया वृद्धि करने में मदद करते हैं, जबकि मीठे पदार्थों में कार्बोहाइड्रेट्स (Carbohydrates) का परिमाण ज्यादा होता है, जिससे पाचन-क्रिया मंद (Sluggish) पड़ जाती है। उसी प्रकार रक्त में शक्कर का परिणाम (Percentage) बढ़ने से एमिनो एसिड्स टाइप्टोफेन (Amino Acids Typtophan) का अंत:ग्रहण (absorption) बढ़ाता है। शरीर में

टाइप्टोफेन की वजह से सेरोटोनिन (Serotonin) का स्तर बढ़ता है। सेरोटो निन एक तंत्रिका वाहक (Neuro Transmitter) है, जो हममें तंदुरुस्ती की भावना जगाने (Feeling of Well Being) में कारणीभूत है। यह भावना हमें भोजन समाप्त होने का आभास जगाती है, जबकि पेट भरता नहीं है, इसीलिए मीठा भोजन के अंत में खाने की परंपरा हमारे पूर्वजों ने बनाई है। □

पूजा में कपूर आरती क्यों?

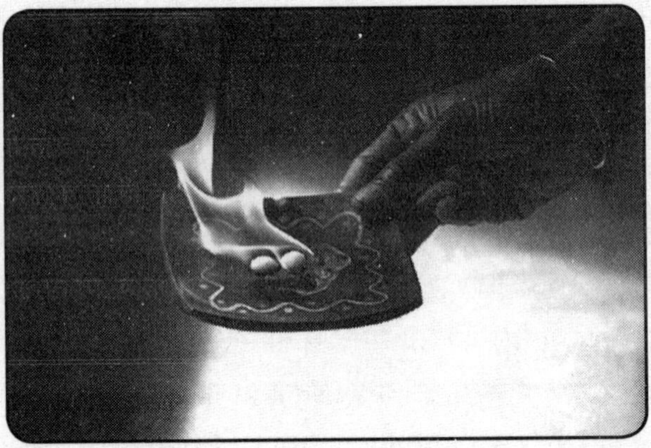

पुरातन काल से हमारे मंदिरों और घर में भी पूजा करते समय कपूर आरती करने की प्रथा रही है। आरती के पश्चात् हम उस पर से हाथ घुमाकर अपने आँखों पर लगाते हैं। घर का वातावरण मंगलमय बन जाता है। हम मंदिरों में या घरों में जब भी भगवान् की आरती करते हैं तो उस पर हाथ घुमाकर सिर पर लगाते हैं और बाद में आँखों पर रखते हैं। भगवान् का आशीर्वाद हमारे शरीर में जाता है, ऐसी मान्यता है।

परंतु क्या वजह है, यह सब करने की?

शास्त्रीय दृष्टिकोण : कपूर अत्यंत उपयुक्त औषधि है, जिसका उपयोग शरीर के भीतर या शरीर के ऊपर कई प्रकार से होता है। यहाँ तक कि उससे निकलनेवाले धुएँ में भी औषधीय गुण होते हैं। कपूर के औषधीय गुणों में

विशेषकर–शरीर के भीतर यह पाचन संस्था के लिए उत्तेजक (Stimulates Digestive System), अपचायक विरोधक (Anti-Oxidant), ऐंठन विरोधक (Anti-Spasmodic), रोगाणु निरोधक (Anti-Septic), विसंकुलक (Decongestant), चेतनाशून्य की औषधि (Anesthetic), उपशामक (Sedative), सूजन–जलन निरोधक (Sedat ive), सूक्ष्मजंतु निरोधक (Anti-Microbial & Anti-Septicidal), विसंक्रामक (Disinfectant) आदि। कपूर अपने चारों तरफ की हवा को शुद्ध करता है, साथ में शरीर को हानि पहुँचानेवाले संक्रामक जीवाणुओं को दूर रखने में मददगार होता है। इसकी भाप या सुगंध (Aroma) नाक को खोलती है और सर्दी, खाँसी से राहत (Decongestant) देती है। कपूर तंत्रिका–तंत्र विकार की कठोरता (Harshness of Nervous Disorders) को कम करता है, उसी प्रकार मिरगी (Epileptic Attack) दिमागी झटके (Convulsions) स्थायी चिंता या घबराहट (Chornic Anxiety) को कम करता है। कपूर तेल की उग्र सुगंध से नासिका द्वार खुल जाते हैं और यह विसंकुलक के रूप में काम करता है। इतना ही नहीं, यह सुगंध श्वसन मार्ग (Bronchi), स्वर यंत्र (Larynx), ग्रसनी (Pharynx), नासिका मार्ग (Nasal Track) तथा फुफ्फुस (Lungs) मार्ग का तुरंत अवरोध शामक का काम करता है। इसलिए कपूर का उपयोग कई सर्दी–खाँसी की दवाओं (Balms and Cold Rubs) में किया जाता है। शरीर के भीतर यह एक असरदार वातहर (Carminative) के रूप में काम करता है तथा पेट की गैस कम करने में मदद करता है। कपूर के भाप की सुगंध से बलगम युक्त गले की सफाई करके श्वसन संस्थान के मार्ग खुले करने में मदद करता है। इसीलिए औषधीयुक्त टॉफी (Lozenges), बाम्स (Balms) तथा कोल्ड रब्ज (Cold rubs) में इसका उपयोग प्राधान्य रूप से किया जाता है। शरीर पर लगाने से या मसलने से यह रक्त प्रवाह बढ़ाता है।

हम जब भगवान् की आरती या तो अच्छे घी से करते हैं या कपूर से

करते हैं। आरती करने के बाद जो ज्योत होती है, उस पर हाथ घुमाकर हम आँखों पर रखते हैं। गरम हाथ आँखों पर रखने से सर्क्युलेशन बढ़ता है। दृष्टि इंद्रिय सक्रिय हो जाते हैं। योगा करने के अंत में भी हाथ रगड़कर हथेलियों को आँखों पर लगाते हैं। कपूर के वातहर गुण (Carminative) के कारण ही मंदिरों के तीर्थ में डाला जाता है।

क्या आप जानते हैं ?

टेस्ट ट्यूब बेबी (Test Tube Babies) का अंडाणु का निषेचन (Fertilization) टेस्ट ट्यूब में और विकास गर्भाशय के होता है। स्त्रियों के नसबंदी (Sterilization) को ट्यूबेक्टॉमी (Tubectomy) कहा जाता है। पुरुषों की नसबंदी (Vasectomy) वैसेक्टॉमी कहा जाता है।

□

मृत व्यक्ति के घर से या श्मशान से आने के बाद स्नान क्यों?

हमें अपने नजदीकी परिवार के व्यक्ति या मित्र परिवार के व्यक्ति के मृत्यु के पश्चात् वहाँ जाना, परिवार को सांत्वना देना, यह अपने कर्तव्य का भाग है। स्वाभिवकतः वहाँ जाने के पश्चात् थोड़ी देर वहाँ रहना, मृतव्यक्ति के शरीर के पास बैठना लाजमी होता है। वहाँ से अथवा श्मशान या कब्रिस्तान से आना अशुभ है और इसलिए शुद्धीकरण के लिए स्नान करना आवश्यक है, ऐसी मान्यता अपने धर्म में मानी गई है।

शास्त्रीय दृष्टिकोण : हम यह समझें कि मृत्यु यानी क्या। मेडिकल

शब्दावली में दो प्रकार की मृत्यु होती है। एक नैदानिक मृत्यु (Clinical Death), दूसरी जैविक मृत्यु (Biological Death)। क्लीनिकल डेथ यानी जब हमारा हृदय काम करना बंद कर देता है, हमारे फुफ्फुस (Lungs) काम करने में श्वासोच्छ्वास रुक जाता है तथा पल्स नहीं लगती, किंतु हमारे शरीर के कुछ अवयव जैसे कि मूत्रपिंड, आँखें (Kidnies, Eyes) जीवित रहती हैं और ये हमें प्रतिरोपण (Transplantation) में काम आ सकती हैं, किंतु बायलॉजिकल डेथ में मस्तिष्क या दिमाग की मृत्यु (Brain Death) हो जाती है। अधिकतर शरीर के सभी भाग काम करना बंद कर देते हैं और प्रतिरोप के काम के नहीं रहते। इसलिए क्लीनिकल डेथ के पश्चात् जीवनरक्षी मशीन (Life Supporting Machines), जैसे वेंटिलेटर (Ventilator) की मदद से कुछ समय तक इन अवयवों को जीवित रखा जा सकता है, जिससे प्रतिरोपण हो सके।

हमारे वातावरण में हम चारों ओर अलग-अलग सूक्ष्मजंतुओं (Micro-Orgnaisms) से घिरे रहते हैं। यह तो हमारी चमड़ी यानी एक प्रकार का ईश्वर का दिया रक्षात्मक कवच (Protective layer) है तथा यह हमारे शरीर की प्रतिकार शक्ति है, जो हमें कई रोगों से बचाए रखती है। जब कभी हमारे शरीर पर कोई घाव हो जाए या हमारे शरीर की प्रतिकार शक्ति कम हो जाए, यह वातावरण के सूक्ष्मजंतु हम पर हावी हो जाते हैं और हम रोगग्रस्त हो जाते हैं। तब एंटिबायोटिक्स या अन्य दवाएँ हमें लेकर इलाज करना पड़ता है। व्यक्ति के मृत्युपश्चात् दूसरे सेकंड से उसके शरीर का अपघटन तथा सड़न (Decomposition and Putrefaction) शुरू हो जाता है या ऐसा भी कह सकते हैं कि शरीर का विघटन (Decay of the Body) होना शुरू हो जाता है, यही अन्य शब्दों में कहे तो शरीर के सेल्स का संक्रमण (Infection) होना शुरू हो जाता है (Body starts decaying as soon as person dies. Decay itself means infection to the cells of body)। मनुष्य के मृत्यु के तुरंत बाद शरीर के भीतर स्थित अथवा वातावरण के सभी सूक्ष्मजंतुओं का असर मृत शरीर पर दिखने लगता है और शरीर का

सड़ना शुरू हो जाता है। जिसका असर हम जो लोग मृत शरीर के पास जाते हैं उन पर भी हो सकता है। श्मशान में तो कितने शव आते हैं, किसकी मृत्यु कब हुई, कैसे रोगों से हुई, पता नहीं होता।

विकिपीडिया के अनुसार : Health risks from dead bodies

From Wikipedia, the free encyclopedia

The health risks of dead bodies are dangers related to the improper preparation and disposal of cadavers. While normal circumstances allow candavers to be quickly embalmed cremated or buried, natural and man-made disasters can quickly overwhelm and/or interrupt the established protocols for dealing with the dead. Under such circumstances, the decomposition and putrefaction of cadavers goes unchecked, and raises a series of health, logostical and psychological issues.

इसलिए मृत व्यक्ति के घर से अथवा श्मशान से आने के बाद स्नान करना आवश्यक है।

□

गायत्री मंत्र का विज्ञान क्या है?

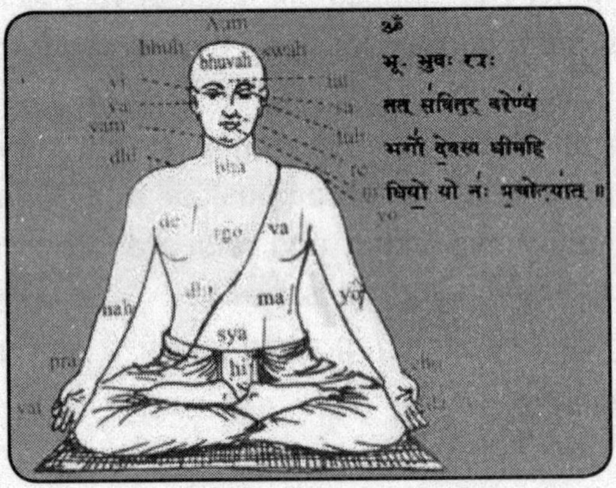

ॐ भूर्भुवः स्वः तत्सवितुर्वरेण्यम्।

भर्गोदेवस्यधीमही धियो योनः प्रचोदयात्।।

हे प्रभु, कृपा करके हमारी बुद्धि को उजाला प्रदान कीजिए और धर्म का सही रास्ता दिखाइए। यह मंत्र सूर्य देवता के लिए प्रार्थना रूप से भी माना जाता है।

मंत्र के प्रत्येक शब्द की व्याख्या : ॐ—प्रणव, भूर—पृथ्वी मनुष्य को प्राण प्रदान करनेवाला, भुवः—दुःखों का नाश करनेवाला, स्वः—galaxy cosmos सुख प्रदान करनेवाला, तत्—Existance वह सवितु—सूर्य की भाँति उज्ज्वल। वरेण्यम्—धारण करने योग्य है, भर्गो—कर्मों का उद्धार करनेवाला, देवस्य—प्रभू, धीम ही—आत्मचिंतन के योग्य, धियो—बुद्धि,

यो—जो, नः—हमारी, प्रचोदयात्—हमें शक्ति दें (प्रार्थना)।

मूर्तिपूजा माननेवाले हिंदुओं ने गायत्रीदेवी की भी मूर्ति बना ली, लेकिन यह निश्चित ही गलत है, क्योंकि यदि हम पानी के केमिकल सूत्र देखें तो वह है, तो वह किसका है हिंदुओं का, मुसलिमों का, सिक्खों का, ईसाइयों का अन्य किसी का। सत्य यह है वह सभी का है। वैसे ही गायत्री मंत्र पूरे विश्व का है, केवल एक धर्म या जाति का नहीं है। गायत्री मंत्र एक विशिष्ट ध्वनि तरंग (Particular Sound Wavelength) है। शुरुआत ॐ से है। ॐ का अर्थ है, सर्व संसार में व्याप्त सत्य चैतन्य अस्तित्व। हम तपस्या करते हैं, उस निर्माता की महिमा की, जिसने इस विश्व का निर्माण किया। जो पूजा के योग्य है, जो ज्ञान और जीवन का मूर्त रूप है। जो अज्ञान और सभी पापों को मिटानेवाला है। वह हमारे अज्ञान को दूर करके हमें प्रबुद्ध करें।

गायत्री मंत्र एक वैश्विक मंत्र है। यह मंत्र किसी भी जाति या धर्म या देश का न होकर संपूर्ण मानवजाति का मंत्र है। इस मंत्र की अंतिम पंक्ति जो कहती है हमारा अज्ञान दूर करके हम सभी को प्रबुद्ध करें, यह प्रार्थना पूरी मानवता का प्रतिनिधित्व करती है। मंत्र विद्या के जानकार इस निर्माता को पता था, मंत्र का हर शब्द मुख के अलग-अलग हिस्से से निकलता है। जैसे कि जीभ, दाँत, गला, होंठ तथा जीभ का मूल बोलते समय हर अवयव के तार स्पंदित होते हैं। बोलते समय विशेष रूप से उस अंग के तंतु कंपायमान होते हैं। मुख से जब आवाज निकलती है, उस समय शरीर के अलग-अलग हिस्से पर खिंचाव पैदा होता है और परिणाम-स्वरूप उस विशेष ग्रंथि पर दबाव निर्माण होता है। जब उस व्यक्ति की कोई विशिष्ट ग्रंथि यदि रोगग्रस्त है और निष्क्रिय या शिथिल हो तो वह शब्द के विशेष उच्चार से वह धीरे-धीरे कार्यान्वित होती है। मनुष्य के शरीर में बड़ी और छोटी दृश्य तथा अदृश्य ऐसी कई ग्रंथियाँ हैं। योगियों को पता है कि इन ग्रंथियों में विशेष ऊर्जा छिपी है। षट्-चक्र अर्थात् सुषुम्ना नाड़ी से संबंधित छह ऊर्जा केंद्र सर्वश्रुत हैं, किंतु इनके अलावा भी शरीर में ऐसी कई ग्रंथियाँ हैं। अलग-अलग शब्दों का

उच्चारण अलग-अलग ग्रंथियों पर प्रभाव करता है। इस ध्वनि के उच्चारण के प्रभाव से इन ग्रंथियों की ऊर्जा उत्तेजित होती है (the energy of these glands get stimulated) और मंत्रों की रचना इसी आधार पर की गई है। गायत्री मंत्र में कुल 24 अक्षर हैं, जो शरीर में स्थित 24 ग्रंथियों से संबंध रखते हैं। जो उत्तेजित होने पर इन ग्रंथियों की क्रियाशीलता और शक्ति जाग्रत् करते हैं। गायत्री मंत्र के उच्चार से साधक के शरीर के कुछ हिस्सों के सितार के तार 24 बिंदुओं पर झंकृत होकर ध्वनि लहरें निर्माण करते हैं और उसका असर अदृश्य विश्व पर होता है। गायत्री मंत्र की साधना से, बार-बार मंत्रोच्चार से, इसका प्रभाव इंद्रिय गोचर होने लगता है। गायत्री मंत्र के 24 अक्षरों की ध्वनि प्रवाहित होने का गहन महत्त्व है। ध्वनि शास्त्र के विशेषज्ञ ध्वनि में छिपी शक्ति तथा ध्वनि के स्पंदन से होनेवाले परिणाम से अच्छी तरह परिचित हैं। जिस प्रकार घड़ी का लोलक आगे-पीछे घूमते रहता है, उसी तरह ॐ की ध्वनि लहरें स्पंदन निर्माण करके यह निर्माण नियंत्रित करती है। तत्पश्चात् तीन मुख्य लहरें, सत्, राजस् और तमोगुण जो रहम् श्रिम् और क्लिम् से क्रमशः संबंध रखती हैं, इस प्रवाह में बहती हैं। आगे चलकर ये शाखाओं और उपशाखाओं में विभाजित होती हैं, जो बीज मंत्र के नाम से जानी जाती हैं। ऋषियों की दूरदर्शिता ने गायत्री मंत्र का हर अक्षर, शब्द और परिच्छेद से निर्माण होनेवाली ध्वनि लहर, उससे निर्माण होनेवाली ऊर्जा और उस ऊर्जा के परिणाम का तथा आपसी तालमेल का अभ्यास करके इस मंत्र महत्त्व विशद किया है। पूरी श्रद्धा और विश्वास से जब इस मंत्र की साधना की जाती है तो साधक को परमात्मा का साक्षात्कार हो सकता है और मन अपरिमित आध्यात्मिक शक्ति से भर जाता है। विशेष ध्वनि से निर्मित स्पंदन आकाश में स्थित ईथर में फैल जाते हैं, प्रभासित उन क्षणों में अपने जैसे ही दूसरे अंश को अपनी ओर आकर्षित करते हैं, जो शरीर के विशेष भाग पर उपचारात्मक प्रभाव करते हैं। इस प्रकार गायत्री मंत्र चमत्कारिक प्रभाव करता है। गायत्री मंत्र मुख की तंत्रिकाएँ (Nerves) क्रियाशील बनाता है

तथा विशेष ग्रंथि को प्रेरित (Activate) करता है। जैसे ही ये क्रियाशील बनते हैं, एक प्रकार की वैदिक स्वरसंगति निर्माण (Vedic Symphony is Created) होती है, जो ईथर में फैलकर पूरे विश्व का भ्रमण करके अपनी शक्ति को कई गुना बढ़ाकर फिर साधक के पास लौटती है और अपना असर दिखाती है। ऋषियों ने मंत्रों में शब्दों की ऐसी रचना की है कि जो केवल अर्थपूर्ण ही न होकर उनके उच्चार से ऊर्जा का निर्माण भी होता है।

गायत्री एक ऐसा मंत्र है, जो सात्त्विक ज्ञान प्रेरित करता है। गायत्री मंत्र हमारे शरीर में उर्जा उद्दीपित कैसे करता है, यह जानने के लिए हमें मंत्र विज्ञान समझना आवश्यक है। मनुष्य के शरीर में सात चक्र और 72,000 नाड़ियाँ हैं, जो नियमित जीवन में सुप्तावस्था में होती हैं। हर नाड़ी का संपर्क या संबंध अपने मुँह में होता है। जैसे ही हम बोलते हैं, वह नाड़ी मुँह के जिस भाग में स्पर्श करती है, वह उस नाड़ी को सक्रिय (Activates) बनाती है। गायत्री मंत्र की समाकृति (Configuration) इस विशेष प्रकार की है कि वह जिसका हर अक्षर, जहाँ कहीं भी अपनी जिह्वा मुँह में छूती है, उस नाड़ी को सक्रिय बनाती है। रोजमर्रा के जीवन का एक अनुभव हम सभी का है कि डॉक्टर की दवा से ज्यादा उस पर विश्वास, वह मुझे अवश्य अच्छा करेगा, मायने रखता है, उसी प्रकार गायत्री मंत्र पर विश्वास और श्रद्धाभाव इस मंत्र

का प्रभाव कई गुना बढ़ जाता है और अपने असाधारण असर को दिखाता है। जिससे शरीर में शारीरिक प्रभाव के अतिरिक्त आध्यात्मिक फायदा भी होता है। अत: गायत्री मंत्र का प्रभाव यह कोई अंधविश्वास न होकर आज के युग के शास्त्र सम्मत है, जो आध्यात्मिक उन्नति का प्रवेशद्वार भी है।

अत: गायत्री मंत्र के नियमित जाप से निम्न फायदे देखे गए हैं—

1. मन शांत होता है।
2. शरीर की प्रतिकारशक्ति बढ़ती है।
3. मन और मस्तिष्क की एकाग्रता बढ़ती है।
4. श्वसन-क्रिया सुधरती है।
5. तनाव से मुक्ति मिलती है।
6. अवसाद (Depression) से मुक्ति मिलती है।
7. त्वचा में चमक आती है।
8. दमे की शिकायत में कमी।
9. शरीर की तंत्रिकाओं (Nerves) में सुधार।
10. हृदय के कार्य में सुधार।

क्या आप जानते हैं ?

मानव शरीर में 65 से 80 प्रतिशत जल की मात्रा पाई जाती है।
रक्त की मात्रा शरीर के भार का 7 प्रतिशत होती है।
किडनी रक्त को शुद्ध करता है।
लाल रक्त का निर्माण अस्थिमज्जा में होता है।
लाल रक्त कणों का जीवन काल 120 दिन होता है।

□

प्रातः कर दर्शन क्यों?

अपने संस्कारों में बचपन से हमें सिखाया जाता है कि सवेरे उठते ही पहले अपनी हथेलियों को देखकर एक प्रार्थना करें और फिर पलंग से नीचे उतरें। प्रार्थना से दिन की शुरुआत करने से अपने में समर्पण की भावना जागती है। आत्मविश्वास बढ़ता है। दिन भर के लिए जो भी काम करना है, उसके लिए एक उत्साह मन में भरता है। उठते ही सर्वप्रथम अपनी हथेलियों को देखकर हम प्रार्थना करते हैं—

कराग्रे वसते लक्ष्मीः करमध्ये सरस्वती।
करमूले तू गोविन्दः प्रभाते कर दर्शनम्।।

हाथ के अग्रभाग में लक्ष्मी का निवास है, मध्यभाग में सरस्वती तथा हाथ के मूलभाग में कृष्ण भगवान् का वास है, इसलिए प्रातःकाल उठते ही सर्वप्रथम कर का दर्शन करना चाहिए।

उठते ही यह श्लोक बोलते समय हाथों को देखकर बोलना चाहिए। यह काफी अर्थपूर्ण विधान है। इससे अपने मन में एक आत्मविश्वास, आत्मनिर्भरता और स्वावलंबन का भाव जागता है। जीवन में हर काम के लिए दूसरों पर निर्भर न रहकर अपने आप हर काम करने से ही जीवन सफल होगा, यह संदेश हम अपने आप को देते हैं। इस जीवन में जो भी अच्छा या बुरा कार्य है, वह हम अपने हाथों से ही करते हैं। जीवन के चार पुरुषार्थ यानी धर्म, अर्थ, काम या मोक्ष, जो इस मनुष्य जीवन का लक्ष्य होता है, उसका मूल आधार अपने हाथ ही है। श्लोक यह लक्ष्मी, सरस्वती एवं गोविंद की याद से दिन की शुरुआत करने के लिए है या हम यह कह सकते हैं कि धन, ज्ञान तथा ईश्वर इन तीनों के बीना अपना जीवन अधूरा रहेगा और इन तीनों की प्राप्ति के लिए अपने हाथों की आवश्यकता है और जब तक हम कर्म नहीं करेंगे, तब तक इन तीनों की प्राप्ति असंभव है। दूसरे शब्दों में इन तीनों की प्राप्ति केवल अपने हाथों से ही हो सकेगी। इस प्रातः की प्रार्थना के साथ यह भाव अपने मन में जागना चाहिए कि मैं अपने जीवन का जो भी लक्ष्य है, उसे प्राप्त करके रहूँगा, अपने परिश्रम से, बुद्धि से इस जीवन को यशस्वी बनाऊँगा और इस कार्य में ईश्वर मेरी मदद करेंगे।

साथ में एक और श्लोक हम कहते हैं—

समुद्रवसने देवी पर्वतस्तन मण्डले।
विष्णुपत्नी! नमस्तुभ्यं पादस्पर्श क्षमस्व में।।

हिंदू संस्कृति में प्रकृति को बहुत महत्त्व दिया गया है। हम लोग पर्वत, पेड़, नदियों की पूजा करनेवाले लोग हैं। बीच के काल में लोक हमें पिछड़ा हुआ मानते थे, अब पूरी दुनिया कहती है कि पेड़ बचाइए, नदियों को हम माता मानकर पूजा करते हैं, अब संदेश यह दिया जाता है कि नदियों को शुद्ध रखिए अन्यथा अकाल का सामना करना पड़ेगा। इस श्लोक में भी हमें यही कृतज्ञता का भाव दिखता है। जिस पृथ्वी ने हमें अन्न, पानी, फल आदि दिए हैं, उसको हम अपने पैरों का स्पर्श करने से पहले क्षमा माँगते हैं। यदि चलते समय हमारा पैर किसी को लग जाए तो भी हम उसे सॉरी कहकर क्षमा माँगते

हैं। उसी तरह इस पृथ्वी को भी हम आदर देते हुए प्रार्थना करते हैं कि 'हे समुद्ररूपी वस्त्रोंवाली, पर्वतरूपी स्तनों से विभूषित विष्णुपत्नी, मैं तुम्हें प्रणाम करता हूँ, मैं अपने पैर तुम पर रख रहा हूँ, क्षमा करना।' ऐसा उदात्त भाव शायद ही हमें और किसी संस्कृति में देखने मिलेगा।

क्या आप जानते हैं ?

एड्रिनॉलिन (Adrenaline) को लड़ो-लड़ो (Flight to Flight) हार्मोन कहा जाता है।

दाँतों से खून गिरना विटामिन सी (Vitamin C) की कमी के कारण होता है।

□

यज्ञोपवीत (जनेऊ) क्यों?

यज्ञोपवित या जनेऊ पहनना अपने धर्म में महर्षि वेदव्यासजी ने जो सोलह संस्कार बताए हैं, उसमें से एक संस्कार है। अतः धार्मिक विधियों में यह एक आवश्यक भाग माना गया है।

शास्त्रीय दृष्टिकोण : आजकल के जमाने में जनेऊ आउट डेटेड हो गया है। कर्मकांड का एक भाग, जिसमें बिना काम के बंधनों में बँधना माना जाता है, किंतु अपने पूर्वजों ने हर बात बड़े ही सूक्ष्मता से विचार करके जीवन के नियमों का एक भाग बनाया था। यज्ञोपवीत के बाद ही द्विज बालक को यज्ञ तथा स्वाध्याय करने का अधिकार प्राप्त होता है। यज्ञोपवीत धारण करने के मूल में एक वैज्ञानिक पृष्ठभूमि है। शरीर के पृष्ठभाग में पीठ पर से जानेवाली एक प्राकृतिक रेखा है, जो विद्युत् प्रवाह की तरह काम करती

है। यह रेखा दाएँ कंधे से लेकर कटिप्रदेश तक स्थित होती है। यह नैसर्गिक रेखा अत्यंत सूक्ष्म नस है। कभी-कभी इस पर संक्रमण होता है तो काफी परेशानियों तथा तकलीफ का सामना करना पड़ता है, जिसे आज के मेडिकल की भाषा में हम हर्पस (Herpes) या विसर्पि के (मराठी में नागवेडा) कहते हैं। यदि यह नस संकुचित अवस्था में हो तो मनुष्य काम, क्रोध आदि विकारों की सीमा नहीं लाँघता।

जैसे व्यक्ति गले में रुद्राक्ष की माला पहनने पर कोई भी भ्रष्टाचार या अन्य गलत कर्म करने से पूर्व उसे एक प्रकार से यह माला नैतिकता की याद दिलाती है, उसी प्रकार यज्ञोपवीत भी उसे गलत कर्मों से परावृत रहने की याद दिलाता है।

अपने शास्त्रों में दाएँ कान के माहात्म्य का वर्णन किया गया है। इसे पवित्र माना गया है। इसके पीछे वैज्ञानिक कारण यह है कि इस कान की नस तथा गुप्तेंद्रिय और अंडकोष का आपस में अभिन्न संबंध हैं। मूत्रोत्सर्ग के समय सूक्ष्म वीर्यस्त्राव होने की संभावना रहती है। जिससे हमारी शरीर की ऊर्जा का नाश हो सकता है। दाएँ कान को जनेऊ, जिसे ब्रह्मसूत्र भी कहा जाता है, से लपेटने से इस अनपेक्षित शुक्र नाश से बचा जा सकता है। यह बात आयुर्वेद की दृष्टि से भी सिद्ध हुई है। युवा काल में यदि बार-बार स्वप्नदोष होता है तो दायाँ कान ब्रह्मसूत्र से बाँधकर सोने से यह रोग दूर हो जाता है। बिस्तर में पेशाब करनेवाले बालकों के दाएँ कान पर यदि धागा बाँधा जाए तो यह प्रवृत्ति रुक सकती है। अंडवृद्धि (Prostate Gland बढ़ने के) के कई कारण हैं। मूत्रज अंडवृद्धि उसमें से एक है। दायाँ कान सूत्रवेष्टित होने पर मूत्रज अंडवृद्धि का प्रतिकार होता है, इसीलिए मूत्रोत्सर्ग करते समय दाएँ कान पर जनेऊ रखने का शास्त्रीय विधान है।

□

जीवन में प्राणायाम आवश्यक क्यों है?

यज्ञोपवीत संस्कार के समय गुरु दो महत्त्वपूर्ण प्रक्रिया बताते हैं, गायत्री मंत्र तथा प्राणायाम, किंतु समय के साथ कर्मकांड में इसे अंतर्भूत मानकर इसका लोप हो गया तथा अपने जीवन में इसका महत्त्व कम हो गया, किंतु हम भारतवासियों की एक आदत है, जो कुछ भी पश्चिमी संस्कृति से आता है, उसे हम महत्त्व देते हैं। हजारों वर्षों से योग हमारे ऋषि-मुनियों ने सिखाया है, इसका महत्त्व बताया है, लेकिन योग जब पश्चिमी देशों से योगा बनकर आया, तब हमें उसका महत्त्व समझ आने लगा। अपने प्रधानमंत्री आदरणीय नरेंद्रजी मोदी के प्रयासों से विश्व में 'योगा डे' भी मनाया जाने लगा है तथा बाबा रामदेवजी के अथक प्रयासों से फिर से अपने देश में

योग का महत्त्व बढ़ गया है और लोग फिर से योग की ओर आकर्षित होने लगे हैं, लेकिन फिर भी वैज्ञानिक कारण जानना आवश्यक है।

वैज्ञानिक दृष्टिकोण : एक छोटी सी बात की ओर हमारा ध्यान नहीं जाता, वह यह कि जब कभी हम टेंशन में होते हैं अथवा क्रोध में होते हैं, तब अपने श्वासोच्छ्वास की गति तेज हो जाती है और जब कभी हम शांतचित्त होते हैं तो अपने श्वास की गति धीमी हो जाती है, अर्थात् अपने मन का और श्वासों का चोली-दामन का साथ है। प्राणायाम के शारीरिक लाभों के व्यतिरिक्त मानसिक विकास भी होता है। चित्त की एकाग्रता बढ़ती है। मन चंचल है, अस्थिर है, इसलिए काबू में नहीं रहता और उस समय बाहरी साधन निष्फल हो जाते हैं। ऐसे समय प्राणायाम ही मन को स्थैर्य प्राप्त करने का एकमात्र उपाय है। प्राणायाम से अगली अवस्थाएँ चिंतन, मनन, निदिध्यासन, ध्यान-धारणा तथा समाधि हैं, किंतु इन सबका मूल पाया यह प्राणायाम ही है।

जिस तरह प्राण हमारे जीवन का आधार हैं, उसी तरह प्राणायाम शरीर और मन का संतुलन बनाए रखने में अत्यंत उपयोगी होता है। बिना प्राणायाम अपने जीवन में आध्यात्मिक विकास असंभव है। प्राणायाम का सबसे महत्त्वपूर्ण लाभ है—पूर्ण शरीर का सर्वांगीण विकास। अपने शरीर में सबसे महत्त्वपूर्ण भूमिका प्राण, यानी वायु की होती है। शरीर के लिए सर्वाधिक तीन घटक आवश्यक हैं : अन्न, जल तथा हवा। अन्न और पानी के बिना मनुष्य कई दिनों तक जीवित रह सकता है, परंतु हवा के बिना कुछ क्षण भी जीना असंभव है, क्योंकि शरीर की संपूर्ण प्रणाली श्वासोच्छ्वास पर आधारित है।

शरीर में नाक द्वारा ली गई हवा पहले अपने फेफड़ों में जाती है। अपने फेफड़े स्पंज के समान (Spongy) होते हैं। नाक के द्वारा ली गई श्वास से प्राणवायु फेफड़ों में आती है। वहाँ पूरे शरीर से आए अशुद्ध रक्त के साथ प्राणवायु का संपर्क आने पर वह अशुद्ध रक्त शुद्ध हो जाता है और

वहाँ से अपने हृदय की ओर जाकर हृदय की पंपिंग द्वारा वहाँ से पूरे शरीर में वह शुद्ध रक्त फैल जाता है, किंतु सोचनेवाली बात यह है कि हमारे हर रोज के जीवन में अपने फेफड़ों का केवल एक तृतीयांश भाग ही काम करता है और शेष भाग बिना उपयोग के पड़ा रहता है। केवल हम जब दौड़ते हैं या व्यायाम करते हैं या सीढ़ियाँ चढ़ते हैं, तभी इस शेष फेफड़ों का उपयोग होता है और प्रकृति का नियम है कि जिस भाग का उपयोग हम नहीं करते, वह धीरे-धीरे कार्यहीन हो जाता है। प्राणवायु से संपर्क न आने से उनमें कुछ वर्षों में कमजोरी आ जाती है और रोग उप्तन्न होते हैं। प्राणायाम इन सोए हुए फेफड़ों के कोषों को कार्यान्वित करता है तथा असाध्य रोगों को ठीक करने में मदद करता है।

प्राणायाम में पूरक 'कुंभक तथा रेचक' ये तीन अवस्थाएँ होती हैं। पूरक द्वारा लिया गया श्वास कुछ ही क्षणों में संपूर्ण शरीर में अत्यावश्यक ऊर्जा का निर्माण करता है। इसी कारण दिन भर काम करने या परिश्रम करने के बाद थक जाने पर लगातार प्राणायाम करने से तुरंत ऊर्जा प्राप्त जाती है। प्राणायाम की दूसरी अवस्था कुंभक है, इसमें श्वास को अंदर रोके रखा जाता है। तीसरी अवस्था यानी रेचक में श्वास बाहर निकाला जाता है और पूरा श्वास निष्कासित होने पर उसे बाहर ही रोके रखना रेचक कहलाता है। प्राणायाम में श्वास रोककर रखने का समय धीरे-धीरे बढ़ता जाता है। जितने प्रमाण में प्राणायाम का श्वास दीर्घ होगा, उतने ही प्रमाण में प्राणायाम में प्रगति होगी।

प्राणायाम का अन्य लाभ यह है कि श्वासोच्छ्वास में एक प्रकार की लयबद्धता आ जाती है। ऐसा मानते हैं कि ईश्वर ने मनुष्य को पृथ्वी पर साँसें गिनकर भेजा है। जिसकी जितनी साँसें हैं, वह उनको खर्च कर अंतिम श्वास लेगा। खरगोश की साँसें बहुत तेज चलती हैं, इसलिए उसका आयुमान बहुत कम है। कुत्ते की साँसें एक मिनट में खरगोश से कम है, इसलिए उसकी औसतन आयु ज्यादा है। घोड़े की साँसें और कम है,

इसलिए वह ज्यादा जीता है। मनुष्य एक मिनट में 15 से 17 साँसें लेता है इसलिए औसत आयु 60 से 70 वर्ष है। कछुआ एक मिनट में केवल तीन या चार साँसें लेता है, इसलिए वह पाँच सौ साल से भी ज्यादा जीता है। प्राणायाम से हमारे साँसों पर कंट्रोल आता है और अपने जीवन की डोर लंबी हो जाती है तथा मनुष्य दीर्घायु होता है।

□

भोजन करते समय टी.वी. क्यों न देखें?

सामाजिक या पारिवारिक कारण : आज के इस जमाने में टी.वी. क्या अभिशाप तो नहीं बन गया है? इस बात का चिंतन करना आवश्यक हो गया है। किसी भी बात के उपयोग का जब दुरुपयोग हो, तो वह अभिशाप बन जाता है। हालाँकि आज के जमाने में दुनिया में क्या चल रहा है, कुछ मिनटों में हमें पता करने का सबसे आसान माध्यम टी.वी. है। यदि हम विचार करें कि जिस अग्नि से हम भोजन बनाते हैं, वही अग्नि घर को भी जलाकर राख कर सकती है। इसलिए दोष अग्नि का नहीं है। किसी भी बात का सदुपयोग या दुरुपयोग उसे अच्छा या बुरा बनाता है। टी.वी. के बारे में यही बात लागू होती है। हमारा रोज का अनुभव है कि टी.वी. की वजह से हमारा आपसी संवाद समाप्त हो गया है। परिवार का सोचें तो बच्चों को कार्टून फिल्म चाहिए,

युवाओं को या तो पिक्चर अथवा क्रिकेट मैच चाहिए, स्त्रियों को सीरियल्स चाहिए, बड़े-बुजुर्गों को समाचार चाहिए। घर में आते ही बस अपने-अपने पसंद के चैनल शुरू हो जाते हैं। या तो अलग कमरों में अपने-अपने टी.वी. के सामने बैठ जाते हैं। आपस में बात ही नहीं। यहाँ तक कि यदि कोई मित्र या संबंधी भी मिलने आए तो दोनों भी टी.वी. देखने लगते हैं। आपस में संभाषण ही नहीं। जाते समय 'फिर से जरूर आना' कहकर उन्हें विदा किया जाता है। परिवारों की यह अत्यंत सोचनीय अवस्था होने लगी है। आज इस पर गंभीरता से चिंतन और मनन करने की आवश्यकता है।

वैज्ञानिक दृष्टिकोण : इससे पूर्व कि वैज्ञानिक कारण क्या है, हमें कुछ मेडिकल का अथवा अपने शरीर में स्थित ग्रंथियों का ज्ञान होना आवश्यक है। मनुष्य के शरीर में कई ग्रंथियाँ (Glands) होती हैं। जिसमें मुख्यत: दो प्रकार होते हैं : एक एक्सोक्राइन (Exorine Glands) और दूसरी एंडोक्राइन ग्रंथि (Endocrine Glands)। जिसमें Exocrine Glands उदाहरणार्थ सलायवरी ग्लैंड्स (Salivary Glands), (Sperms) स्पर्म आदि रक्तवाहिनी द्वारा एन्जाइम्स (Enzymes) शरीर में एक विशिष्ट जगह स्त्रावित (Secretes) करती हैं और शरीर पर अपना असर दिखाते हैं तथा एंडोक्राइन ग्रंथियाँ, जो बिना रक्तवाहिनी (Ductless Glands) सीधे रक्तप्रवाह में स्त्रावित होती हैं। इनके स्राव को 'हारमोन्स' (Harmones) कहते हैं। ये हारमोन्स दूर तक जाकर अपना असर दिखाते हैं, उदाहरण के लिए पिनीअल (Pineal Gland), पिट्युटरी (Pituitary Gland), थायरॉइड (Thyroid Gland), टेस्टिस (Testes), ओवरी (Ovary), ऑड्रेनल (Adrenal gland) आदि।

जिसमें से कई एंडोक्राइन ग्रंथियों का सीधा संबंध मानवी भावनाओं (Emotions) से होता है।

मेडिकल के अभ्यास और रिसर्च में यह देखा गया है कि "As emot ions are experienced however, there is a more immediate impact on the Endocrine glands. Fear creates

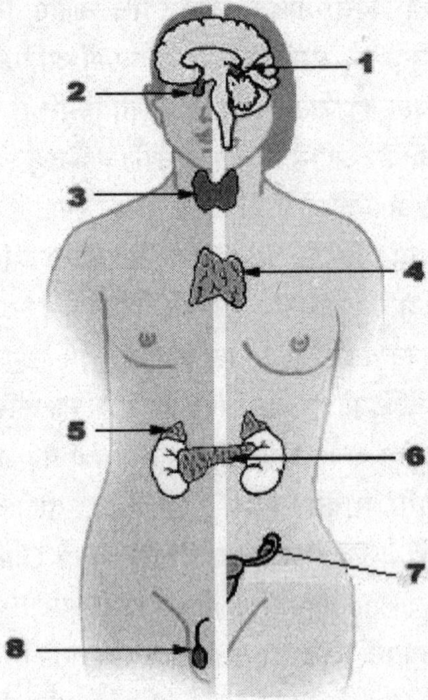

a release of Adrenaline from Adrenal gland, for example, which triggers an instant set of change we call the 'fight or flight' with numerous effects. These responses include heightened mental alertness, higher blood pressure, muscle tensing, lack of appetite, suppressed digestive and sexual desire, along with rapid and shallow breathing. Those of you who are Certified Biofeedback Practitioners will be very familiar with these stress related responses, which can become chornic and a major cause of illness."

Another research paper says,"certain stressful events have been associated with the onset or symptoms exacerbation in some of the most common chronic disorders of the digestive system, including Functional Gastrointesinal

Disorders (FGD), Inflammatory Bowel Diseases (IBD), Gastro Oesophageal Reflux Diseases (GORD) and Peptic Ulcer Diseases (PUD)". (Ref. Archive Volume-47, Issue-6, 'The Neurobiology of stress and gastrointestinal disease' by E.A.Mayer)

मेडिकल शब्दावली (Medical Terminology) शायद समझने में कठिन हो सकती है, किंतु अपने दिन-ब-दिन के अनुभवों से हम विचार करेंगे। हम जब कभी भी टेंशन में आते हैं या डर जाते हैं, तब अपनी साँसें जोर-जोर से चलने लगती है तथा अपने हृदय की गति तेज होकर अपनी धड़कनें हमें खुद को सुनाई देती हैं। इसका कारण है, उस मनःस्थिति में अपने शरीर की एड्रेनल ग्रंथि (Adrenal Gland) से जो हारमोन निकलता है, उसे एड्रेनालाइन (Adrenaline) कहते हैं और इसके स्त्राव की वजह से साँसें तेज चलने लगती हैं तथा दिल की धड़कन तेज हो जाती हैं। ये दिखनेवाली बातें या महसूस करनेवाली बातें हैं, न दिखनेवाले कई शारीरिक असर अपने शरीर के अंदर होते हैं, जैसे कि हमारा ब्लड प्रेशर बढ़ जाता है। अर्थात् अपनी मानसिक भावनाओं या मनःस्थिति का (Effect of Emotions) असर अपने शरीर पर होने लगता है।

हम जब टी.वी. देखते हैं, तब आज के इस जमाने में इंटरनेट की वजह से सैकडों चैनल्स चलते हैं। हम कभी सिनेमा तो कभी कोई सीरियल देखते हैं। सिनेमा या सीरियल देखते समय हम उस घटना के बहाव में इतना बह जाते हैं कि यदि कोई दुःख का सीन हो तो हमारी आँखों में पानी आ जाता है, करुणा का दृश्य हो तो मन में करुणा जाग जाती है, अन्याय होता देख हमें संताप होकर क्रोध आ जाता है। अर्थात् हमारे इमोशंस चलचित्र की घटना के अनुसार बदलने लगते हैं। भोजन करते समय मार-धाड़ के सीन देखकर या दुःख भरे सीन देखकर हमारी भावनाएँ बदलती रहती हैं और साइंस कहता है कि भावनाओं का असर हमारे एंडोक्राइन ग्रंथि के हारमोन्स पर होता है और इसका दूरगामी परिणाम भले ही तुरंत न दिखे, अपने शरीर पर होता है।

इसलिए भोजन शांत चित्त से, प्रसन्न वातावरण में आनंद के साथ लें, जो हमारी पाचन-क्रिया में भी मदद करता है और शरीर स्वस्थ रखने में भी मदद करता है।

क्या आप जानते हैं ?

जबड़ा होता है सबसे तगड़ा

किसी भी प्रकार की दुर्घटना होने पर हड्डियाँ ही सबसे अधिक टूटती हैं, परंतु जबड़े की हड्डी इतनी मजबूत होती है कि उस पर कोई असर नहीं पड़ता है। यह लगभग 280 किलो वजन भी सहन कर सकती है।

□

मकर संक्रांति में तिल-गुड़ क्यों?

मकर संक्रांति सूर्य जब मकर राशि में प्रवेश करता है, तब मनाई जाती है। यह केवल एक ही ऐसा भारतीय त्योहार है, जो अंग्रेजी मास की तारीख 14 जनवरी को ही आता है, क्योंकि सभी भारतीय त्योहार तिथियों से मनाए जाते हैं, जिसमें अंग्रेजी महीने से कभी मेल नहीं खाते। पुराणों में आया है कि भगवान् सूर्य अपने बेटे शनि से नाराज रहते हैं, किंतु आज के दिन वे अपने बेटे से मिलने जाते हैं, इसलिए तिल और गुड़ के लड्डू बाँटकर खुशियाँ मनाई जाती हैं। संक्रांति पूरे भारत में बड़े ही धूमधाम से मनाई जाती है, लेकिन सभी भागों में नाम अलग-अलग होते हैं। उत्तर भारत में इसे लोहड़ी, दक्षिण में पोंगल, कुछ भागों में उत्तरायण, खिचड़ी, मघी या अन्य नामों से जाना जाता है। इस दिन पवित्र नदियों में स्नान का बड़ा माहात्म्य माना गया है।

शास्त्रीय दृष्टिकोण : मकर संक्रांति त्योहार लगभग ठंडी के दिनों

के मध्य में आता है। इस दिन पूरे 12 घंटे का होता है। अन्यथा इससे पूर्व दिन छोटे और रातें बड़ी रहती हैं। संक्रांति के बाद दिन बड़े और रातें छोटी होने लगती हैं। संक्रांति के समय ठंडी रहने से सूरज की गरमी का एहसास नहीं होता, इसलिए सभी पतंग उड़ाने का आनंद लेते हैं, सूरज की किरणों में दाहकता न रहने से इन किरणों में स्थित अल्ट्रावयलेट किरणों का फायदा मानव शरीर को मिलता है। ठंडी का वातावरण रहने से गुड़ गरम रहने से खाना संभव है, अन्यथा गरमी के दिनों में अधिक गुड़ खाना हानिकारक सिद्ध होता है। इसीलिए संक्रांति में तिल और गुड़ का महत्त्व बताया गया है। तिल में कॉपर, मैगनीज, आयरन, कैल्सियम, विटामिन बी 1, झींक आदि मिनरल्स होते हैं। कॉपर जोड़ों के दर्द में, मैग्निशियम ब्लड प्रेशर कम करने में, कैल्सियम हड्डियों को मजबूत करने में तथा आधे सिरदर्द में एवं झींक उम्र के साथ हड्डियों की कमजोरी रोकने में मदद करता है। उसी प्रकार गुड़ भी बहुत लाभदाई है। गुड़ कब्ज दूर करता है, लीवर की सफाई करता है, फ्लू जैसे लक्षण दूर करता है, रक्त शुद्ध करता है, शरीर की प्रतिकार शक्ति बढ़ाता है, शरीर की नैसर्गिक शुद्धि करता है, स्त्रियों की माहवारी की तकलीफ कम करता है, रक्ताल्पता या एनीमिया कम करता है, आँतों को मजबूत करता है, जठर को ठंडा रखकर भोजन के बाद थोड़ा खाने से एसिडिटी का नाश करता है, ब्लड प्रेशर कम करता है, श्वास संबंधित तकलीफें कम करता है, जोड़ों का दर्द कम करता है, वजन कम करने में मदद करता है और शरीर में त्वरित शक्ति मिलने में मदद करता है। पूर्वजों ने संक्रांति का समय इसके सेवन के लिए और औषधि लाभ के लिए अति उत्तम मानकर तिल और गुड़ के सेवन की प्रथा शुरु की।

□

घर के मंदिर में अखंड ज्योति क्यों?

अधिकतर भारतीय घरों में भगवान् की मूर्ति या प्रतिमा के सामने तेल या घी का दीपक जलाया जाता है और कई घरों में वह चौबीस घंटे बारह मास जलाए रखा जाता है, जिसे 'अखंड दीप' कहा जाता है अथवा कुछ घरों में सवेरे व शाम को दीया जलाया जाता है। अकसर किसी भी पूजा में या पवित्र कार्य में अथवा किसी भी कार्यक्रम के शुरुआत में दीप प्रज्वलित करना शुभ तथा कार्यक्रम की यशस्विता का द्योतक माना जाता है।

शास्त्रीय दृष्टिकोण : भारतीय परंपरा में प्रकाश ज्ञान एवं अँधियारा अज्ञान का प्रतीक माना जाता है। ईश्वर चैतन्य, उत्साह तथा ज्ञान के प्रकाश का स्रोत है। इसीलिए भारतीय संस्कृति में प्रकाश को ही ईश्वर माना गया है।

जैसे ज्ञान अज्ञान को दूर करता है, उसी तरह प्रकाश अँधियारे को

दूर करता है। ज्ञान ऐसी स्थायी आंतरिक शक्ति है, जिससे बाहरी जगत् की उपलब्धियाँ प्राप्त की जा सकती हैं। ज्ञान ही सर्वश्रेष्ठ संपत्ति का रूप मानकर हम दीप प्रज्वलित करके उसके सामने झुकते हैं। यदि प्रकाश को इतना महत्त्व देते हैं तो मंदिर में लाइट का ट्यूब अथवा बल्ब लगाकर भी तो प्रकाश फैलाया जा सकता है, फिर दीपक को इतना महत्त्व क्यों दिया जाता है? बल्ब की तरफ हम ज्यादा देर देख ही नहीं सकते, जबकि दीपक की ज्योति की तरफ देखकर हमें शांति मिलती है। इसका कारण है कि दीपक में जलते घी या तेल के पीछे भी आध्यात्मिक कारण और शास्त्रीय कारण हैं। अखंड दीपक जब चौबीसों घंटे जलता रहता है तो उसके चारों ओर की धीरे-धीरे बढ़नेवाली उष्णता से पूरा वातावरण जंतु विरहित या जीवाणुहीन (Sterile) हो जाता है। जो वहाँ बैठे व्यक्ति के चारों ओर एक 'सूक्ष्म कवच' बना देता है। दीप की ज्योति से उत्पन्न होनेवाली सूक्ष्म फ्रीक्वेंसीज (Subtle Frequencies) प्रार्थना करनेवाले में एक 'आत्मिक शक्ति' को उजागर कर देती हैं। यौगिक मार्ग में 'कुंडलिनी योग' सात चक्र हैं, जिसे यौगिक भाषा में 'ऊर्जा केंद्र या चेतना' कहा जाता है और चेतना के बहने के मार्ग होते हैं, जिसे 'नाड़ी' कहा जाता है। जिनमें से तीन नाड़ियाँ महत्त्वपूर्ण हैं, उन्हें 'चंद्रनाड़ी, सूर्यनाड़ी तथा सुषुम्नानाड़ी' के नाम से जाना जाता है। जब चंद्रनाड़ी क्रियाशील होती है, व्यक्ति को मन:शांति मिलती है। जब सूर्यनाड़ी क्रियाशील होती है, व्यक्ति को मानसिक शक्ति मिलती है और जब सुषुम्ना नाड़ी क्रियाशील होती है, तब व्यक्ति में आध्यात्मिक शक्ति का उदय होता है। तेल के दीपक से सूर्यनाड़ी क्रियाशील होती है तथा घी के दीपक से उत्पन्न होनेवाली ऊर्जा उस समय प्रार्थना करनेवाले व्यक्ति की आवश्यकतानुसार शक्ति भर देता है। शाम को सूर्यास्त के पश्चात्, जिसे हम 'संधिकाल' कहते हैं, जिसमें न दिन होता है, न रात होती है, उस समय सूक्ष्म जीवों (Micro Organisms) का उद्रेक होता है और नकारात्मक शक्तियों (Negative Forces) का प्रादुर्भाव बढ़ जाता है, ऐसे समय दीपक की ज्योत से उन सूक्ष्म जीवों का नाश होता है, ये उन

नकारात्मक शक्तियों को घर में आने से रोकती हैं।

जहाँ हम बैठते हैं या प्रार्थना करते हैं वह स्थान अपने आप पवित्र बन जाता है और वहाँ ध्यान अच्छी तरह लग सकता है। दीपक का घी या तेल अपने भीतर की वासना का प्रतीक है या अपने भीतर जो नकारात्मक प्रवृत्ति है, उसका द्योतक है और बाती अहंकार की प्रतीक है। जब भी हम दीपक जलाते हैं, तब अपने भीतर की वासना तथा अहंकार का धीरे-धीरे नाश होने लगता है। दीपक की ज्योत हमेशा ऊपर की ओर ही जाती है, जो यह संदेश देती है कि यह ज्ञान हमें भी ऊँचे आदर्शों की ओर ले जाए। सवेरे-शाम भगवान् के सामने दीपक जलाते समय यही प्रार्थना बोली जाती है, उस छोटी सी प्रार्थना में सभी कुछ है—

दीपज्योती परब्रह्मः दीपसर्व तमोपहः।
दीपेना साध्यते सारं संध्यादीपो नमोस्तुते॥

मैं साष्टांग नमस्कार करके सवेरे-शाम के दीपक की ज्योति को प्रणाम करता/करती हूँ, जिसका प्रकाश ज्ञान का मूलतत्त्व (ईश्वर) है, जो अज्ञान के अँधियारे को दूर करके जीवन सफल बनाएगा।

□

घर में प्रार्थना-स्थान अथवा पूजाघर क्यों?

आज के आधुनिक जमाने में घर बनाते समय हमारा ध्यान बेडरूम तथा वार्डरोब, लीविंग रूम, किचन, टॉयलेट्स आदि बनाने और घर के हर भाग में फर्नीचर्स कैसा हो, इस पर केंद्रित होता है, किंतु अपने पूर्वजों ने शुरू से यह परंपरा रखी है कि घर में एक छोटा सा क्यों न हो, पूजाघर या प्रार्थना कक्ष (Prayer Room) अवश्य हो।

शास्त्रीय दृष्टिकोण : इसके पीछे यही कारण है कि अन्य कमरों में फर्नीचर होता है। हर कमरे का विशेष आकार या उपयोग होता है। जिस कमरे में हम जाएँ, वहाँ उसी का ध्यान होता है। जब हम किचन में होते हैं तो पूरा ध्यान रसोई बनाने या मैन्यु क्या होना चाहिए, इधर ही होता है। लीविं

में जाएँ तो टी.वी. के सामने अपना ध्यान अलग-अलग सीरियल्स, न्यूज या सिनेमा देखने में ही होगा।

उसी प्रकार बाथरूम और बेडरूम में अपने अलग-अलग विचारों में हम होंगे। तब प्रार्थना-कक्ष का अपना अलग से महत्त्व बन जाता है।

अधिकतर भारतीय घरों में प्रार्थना-स्थान या प्रार्थना-कक्ष होता ही है, जहाँ पर भगवान् के सामने दीप जलाया जाता है, प्रार्थना की जाती है, जाप किया जाता है, माला फेरी जाती है, धार्मिक पुस्तकों का अध्ययन किया जाता है और भजन किए जाते हैं। अतः जीवन की भाग-दौड़ में मानसिक तनाव में मानसिक शांति की आवश्यकता होती है। जहाँ पर नई ऊर्जा और नए विश्वास के साथ हम फिर से अपने रोजमर्रा के जीवन की अलग-अलग चुनौतियों का सामना करने निकलते हैं। भगवान् के सामने जलनेवाले दीपक से निर्माण होनेवाला ऊर्जाकवच और उस जंतु विरहित वातावरण का सकारात्मक परिणाम अपने मन और शरीर पर होता है। उसी प्रकार अपने मन में पवित्र विचार और पूजाकक्ष में उत्पन्न होनेवाले स्पंदन (Vibrations) का असर अपने पर होता ही है। जब कभी हम थक जाते हैं अथवा जीवन में निराश हो जाते हैं तो पूजाकक्ष या प्रार्थनाकक्ष में बैठने से हमें मानसिक शांति, उत्साह मिलता है एवं आध्यात्मिक उत्थान होता है।

अपने पूर्वजों ने जो प्रथा और परंपरा बनाई, उसके पीछे दूसरा कारण यह है कि इससे अपने मन में समर्पण भाव निर्माण होता है। मैं इस घर का केवल रखवाला हूँ, यह घर तो भगवान् ने बनाया है और उसी का है। इस भावना से अपने मन का अहंकार दूर हो जाता है, जिससे जीवन में प्रगति के नए सोपान हम आसानी से तय कर सकते हैं। अंग्रेजी में एक कहावत भी है—

The Family
which Eats together
Pryas together
Stays together.

जो परिवार एक साथ भोजन करता है, एक साथ प्रार्थना करता है, एक साथ रहता है। अतः पारिवारिक एकता और मन:शांति का केंद्र यानी अपना प्रार्थनाकक्ष है।

क्या आप जानते हैं ?

श्वेत रक्त कणों का जीवन काल 1 से 4 दिन होता है।
श्वेत रक्त कणों को ल्यूकोसाइटस् कहा जाता है।
लाल रक्त कणों का एरिथ्रोसाइटस् कहा जाता है।
शरीर का तापमान हायपोथोलॉमस ग्रंथि नियंत्रित करती है।
मनुष्य का सर्वदाता (Universal Donour) रक्त समूह (ब्लड ग्रुप) 'ज' होता है।

□

मंदिर में नारियल की भेंट क्यों?

पूरे भारत में सबसे ज्यादा भेंट या चढ़ावा यदि किसी चीज का दिया जाता है, तो वह नारियल है। नारियल को भगवान् का फल (God's Fruit) माना जाता है। शादी-विवाह, पूजा, किसी भी शुभ कार्य में किसी भी वास्तु की पूजा या शांति में नारियल पूजा का महत्त्व अपनी संस्कृति में माना गया है। यज्ञ में भी इसकी आहुति दी जाती है। भगवान् के मंदिर में इसे फोड़ा जाता है तथा बाद में प्रसाद के रूप में वितरित किया जाता है। नारियल की तीन आँखों को भगवान् शिव का रूप मानकर हर इच्छा को पूरी करनेवाला माना जाता है।

शास्त्रीय दृष्टिकोण : पहले के जमाने में जानवरों की बलि दी जाती थी, किंतु बीच का एक काल ऐसा आया, जिसमें यह बलि देना, जीवों की हत्या करना लोगों को अच्छा नहीं लगता था। इसीलिए कहते हैं नारियल का

उपयोग शुरू हुआ। नारियल की जटाएँ निकालने के बाद वह सिर जैसा लगता है। बाहरी आवरण काफी कठिन होता है, जो अपने भीतर के अहंकार का प्रतीक माना जाता है। उस अहंकार को तोड़कर अंदर जो नरम नारियल है, वह अपना मन है, जिसे भगवान् की शरण में अर्पण करने की भावना मानी जाती है। दूसरा, नारियल निष्काम सेवा का प्रतीक है। इस पेड़ का हर भाग, फिर वह चाहे तना हो, पत्ते, फल या जटा, सभी का उपयोग होता है। अनेक प्रकार से इसके हर भाग का उपयोग किया जाता है, जैसे कि चटाई, तेल, अलग-अलग प्रकार के खाने के व्यंजन, साबुन आदि में। नारियल के पेड़ अधिकतर समुद्र के किनारे पर होते हैं, जहाँ से खारा पानी लेकर वह नारियल में मीठा पानी बना देता है। नारियल का पानी स्वादिष्ट होने के अलावा औषधीय गुणों से युक्त होता है। नारियल भी आयुर्वेद की कई औषधियों में उपयोग में लाया जाता है।

क्या आप जानते हैं?

भोजन नहीं, नींद जरूरी

हमेशा से माना जाता है कि व्यक्ति खाए बिना ज्यादा समय तक जिंदा नहीं रह सकता, लेकिन इस बारे में यह तथ्य है कि व्यक्ति भोजन के बिना तो कई हफ्ते गुजार सकता है, लेकिन बिना पानी और नींद के एक सप्ताह निकालना भी मुश्किल हो जाता है।

□

शुभ कार्यों में कलशपूजन क्यों?

धार्मिक विधि : सबसे पहले यह देखें कि यह कलश क्या है ? पूजा की विधि में मिट्टी, पीतल या ताँबे का एक पात्र होता है, जिसे पानी से भरा जाता है। आम के पत्ते इसके मुँह पर रखे जाते हैं और फिर उसके ऊपर नारियल रखा जाता है। एक लाल अथवा सफेद रंग का धागा इसके पात्र के मुँह के चहुँ ओर बाँधा जाता है और कभी-कभी बड़े ही शानदार ढंग से सजाया जाता है। इस पात्र को 'कलश' कहा जाता है।

जब यह पात्र पानी अथवा चावल से भरा जाता है, इसे 'पूर्णकुंभ' कहा जाता है। यह पूर्ण कुंभ 'जड़तत्त्व' का द्योतक है और इसे जब 'दैवी ऊर्जाशति' से भरा जाता है, तब इसमें कई आश्चर्यजनक कार्य करने की शक्ति आ जाती है।

यह कलश पूरे धार्मिक संस्कारों के साथ कई महत्त्वपूर्ण अवसरों पर, जैसे कि गृहप्रवेश, विवाह, पूजा आदि में रखा जाता है। यह प्रवेश-स्थान पर रखा जाता है, जिसे स्वागत का प्रतीक माना जाता है। उसी प्रकार इसे पारंपारिक रूप से किसी पुण्यात्मा या पवित्र व्यक्ति के स्वागत में उपयोग में लाया जाता है।

कलश-पूजन के पीछे की धार्मिक मान्यता ऐसी है, इस विश्व के निर्माण से पूर्व भगवान् विष्णु समुद्र में शेषनाग की शय्या पर दूधिया समुद्र में लेटे रहते थे। उनके नाभि से एक कमल निकला, जिसमें से ब्रह्मा अवतरित हुए और उन्होंने इस विश्व और प्रकृति का निर्माण किया। इस कलश का पानी प्रारंभिक काल का पानी माना जाता, जबकि इस विश्व का निर्माण हुआ। पानी सभी के लिए जीवनदायी तत्त्व है और जिसमें अनेक नाम और रूप लेने का सामर्थ्य है और जो इस विश्व में की पवित्र शक्तियों के पीछे की ऊर्जा है। मानसिक आह्वान करके पृथ्वी पर स्थित सभी पवित्र नदियों, जैसे कि गंगा, यमुना, सरस्वती, कावेरी आदि के जल को, उसी प्रकार वेदों और सभी ईश्वरीय तत्त्वों को इस कलश में अवतरित होने का आह्वान किया जाता है, जिससे इस कलश में सभी पवित्र जल एकत्र होकर अत्यंत पवित्र बन जाता है। पत्ते और नारियल उत्पत्ति का प्रतिनिधित्व करते हैं। धागा प्रेम का प्रतीक माना जाता है, जो पूरे विश्व को एकसूत्र में बाँधे रखता है। तत्पश्चात् इस कलश का जल सभी धार्मिक विधियों और अभिषेक के उपयोग में लाया जाता है। मंदिर के निर्माण के समय यही 'कुंभाभिषेक' बहुत ही बड़े पैमाने पर और कई कलशों द्वारा मंदिर के ऊपरी भाग पर डालकर किया जाता है।

शास्त्रीय दृष्टिकोण : समुद्र-मंथन के समय निकले कलश में अमृत था, जो देवों ने अमर बनने के लिए उपयोग में लिया। आज के इस आधुनिक युग में एक बात शास्त्रीय रूप से सिद्ध हो गई है कि अपने 'अर्ध-चेतन मस्तिष्क' (Sub Conscious Mind) में जो भी बात भर दी जाती है (Feeded), वह पूरी होती है। इसलिए हमेशा सकारात्मक विचार करते

रहना चाहिए, ताकि जीवन में सभी सकारात्मक कार्य अपने आप पूरे होते हैं। उसी प्रकार श्रद्धा और भक्ति के साथ मानसिक रूप से किए गए आह्वान भी निश्चित ही अपना प्रभाव दिखाते हैं। कलश अमरत्व का द्योतक है। ज्ञानी मनुष्य इस कलश के माध्यम से उस 'असीम और अंतिम सत्य (पूर्णत्व या ईश्वर)' पर ध्यान केंद्रित करके पूजा में उपस्थिति की प्रार्थना करता है। जिससे उनमें आनंद, प्रेम और आदर की भावनाएँ से पूरी तरह भर जाती हैं और वही उस विधि में 'सौभाग्यशाली' माना जाता है। 'पूर्णकुंभ' पूर्णरूप से आंतरिक हृदय से आह्वान किए ईष्ट का स्वागत कर रहे हैं, यह दरशाता है। □

यज्ञ अथवा होम (हवन) क्यों?

यज्ञ अथवा हवन की हजारों वर्षों से हमारी ऋषि-परंपरा चलती आई है। अपने वेदों में से यजुर्वेद में इसका अधिक विश्लेषण और जानकारी दी गई है। इसे यग्न, यग्य अथवा यज्न भी कहा जाता है, परंतु बहुप्रचलित शब्द यज्ञ ही है। पौराणिक कथाओं में कुछ यज्ञ, जो हमारे पढ़ने में अधिकतर आते हैं, जैसे राजाओं द्वारा किए गए राजसूय यज्ञ, अश्वमेध यज्ञ आदि। समय के साथ हम यज्ञ के पीछे की उदात्त भूमिका और शास्त्रीय कारण भूल गए तथा आज यह केवल एक कर्मकांड बनकर रह गया है। यज्ञ करनेवालों को और करानेवालों द्वारा भी यह एक धार्मिक पूजा-पाठ समझकर पूर्तता करने के लिए की जाती है। विशेषकर विवाह-संस्कार में किया गया हवन जल्द-से-जल्द कैसे पूरा हो, इसलिए पंडितजी से निवेदन करके पूरा करने का

प्रयास आज की युवा पीढ़ी करती है। आजकल की युवा पीढ़ी, इसका मूल उद्‌देश्य मालूम न होने से यज्ञ को केवल समय की बरबादी तथा घी आदि का नुकसान मानने लगी है। इसमें उनका दोष भी नहीं है, क्योंकि उसके पीछे के शास्त्रीय कारणों का उन्हें पता ही नहीं। अतः यह इसी प्रकार चलता रहा तो आनेवाले दिनों में यज्ञ या हवन की प्रथा लुप्त हो जाएगी। इसलिए इसका शास्त्रीय दृष्टिकोण से अभ्यास करना अनिवार्य मानकर यहाँ जानकारी देने का यशाशक्ति प्रयास कर रहे हैं।

सर्वप्रथम यह जानेंगे कि यज्ञ और हवन में फर्क क्या है? हवन 'पंच महायज्ञ' का ही एक भाग है। हवन अधिकतर अपने स्वतः के अथवा परिवार के दैनंदिन जीवन में आनेवाली समस्याओं के निराकरण, समाधान, आत्मिक उन्नति, शुद्धि, आरोग्य, लंबी उम्र, शांति तथा अपने चहुँओर के वातावरण की शुद्धि के लिए किया जाता है। यह एक प्रकार से समर्पण के साथ की गई प्रार्थना ही है। हवन हिंदुओं में अलग-अलग अवसरों पर, जैसे शादी, उपनयन, कर्णवेध आदि संस्कारों के समय भी किया जाता है। होम या हवन घर अथवा ऑफिस में भी हो सकता है। हवन कुछ घंटे या एकाध दिन का होता है।

किंतु यज्ञ बड़े पैमाने पर किया जाता है, जो कई दिनों तक चलता रहता है। 'महायज्ञ' कई महीनों तक चलता है। यज्ञ के बारे में कहा गया है—

'यज्ञो विश्वस्य भुवनस्य नाभी'

अर्थात् यज्ञ 'वह नाभि बिंदु है, जो पूरे विश्व को बाँधे और जोड़े रखता है। इसमें इतना बड़ा सार तथा मानवमात्र की सेवा की उदात्त भावना निहित है। यज्ञ पूरे विश्व, पूरी सृष्टि, सभी मस्तिष्क और आत्माओं की अलग-अलग प्रचलित (Pervalent) ऊर्जाओं (Energies) के साथ संपर्क स्थापित करने का एक मार्ग या माध्यम है। यज्ञ का लाभ व्यक्तिगत न होकर, पूरे विश्व के लिए है। यज्ञ 'परा' यानी लौकिक या भौतिक तथा 'अपरा' यानी पारलौकिक लाभ के लिए किया जाता है, किंतु 'महायज्ञ' केवल वैश्विक कल्याण के लिए ही किया जाता है।

शास्त्रीय दृष्टिकोण : अपनी भौतिक दुनिया में दो प्रकार की ऊर्जा

कार्य शक्ति (Energy) पाई जाती है। एक है, ताप या उष्णता (Heat) और दूसरी है, ध्वनि (Sound)। इन दो ऊर्जाओं का यज्ञ में उपयोग किया जाता है। इसमें से ताप ऊर्जा यज्ञ की अग्नि से मिलती है और ध्वनि की ऊर्जा गायत्री अथवा अन्य वैदिक मंत्रोच्चार से निर्माण होती है। संस्कृत के हर मंत्र का हमारे ऋषियों ने इस प्रकार निर्माण किया है कि हर शब्द तथा उस शब्द का विशेष उच्चार से निर्माण होनेवाली ध्वनि लहरें ऊर्जा निर्माण करती हैं। आजकल के यंत्रों से उसकी ध्वनि की फ्रीक्वेंसी (Frequency of Sound Waves) की गिनती भी शक्य है, जो अपने आपमें एक प्रमाण (Proof) बन सकता है। अत: वैदिक मंत्रोच्चार और अग्नि व अग्नि में डाली समिधा के प्रभाव से दोनों ऊर्जाओं के मिश्रण से निर्माण होनेवाली इस ऊर्जा से इच्छित भौतिक (Physical), मनोवैज्ञानिक (Psychological) और आध्यात्मिक (Spiritual) लाभ मिलते हैं। इसके अलावा यज्ञ से और भी फायदे होते हैं—

1. **दुर्गंध का निष्कासन :** यज्ञ के अग्नि से वाष्पी भवन से निकलनेवाली वाष्प (Steam), अलग-अलग प्रकार के वाष्पशील तेल (Volatile Oils) और धुआँ (Smoke) यह चारों ओर के वातावरण में बिखर जाता है, क्योंकि इन तेलों की एक विशेष सुगंध होती है, वहाँ की दुर्गंध का अपने आप नाश कर देती है। यह सुगंध यज्ञ की सामग्री में स्थित अजवानफूल, देवदार, चंदन, कपूर आदि की वजह से होती है।
2. **जीवाणुओं का निष्कासन :** (Removal of Bacteria) समिधा में स्थित अलग-अलग औषधियाँ जलकर हाइड्रोकार्बन (Hydrocarbon) का अंशत: ऑक्सीकरण (Oxidation) होकर तथा अन्य कई कार्बनिक द्रव्यों (Organic Substances) (Decomposition) अपघटन होकर फॉर्मािल्डिहाइड (Formaldehyde) का निर्माण होता है, जो एक शक्तिशाली रोगाणुरोधक (Antiseptic) है। यहाँ यह जानना भी रुचिकर होगा कि फॉर्मािल्डिहाइड का असर केवल पानी के वाष्प के साथ ही होता है और यज्ञ में यह काफी मात्रा में बनता रहती है। उसी

प्रकार प्रयोगशाला में चूहों और खरगोश पर किए गए प्रयोगों से यह सिद्ध हो चुका है कि यज्ञ से निकलनेवाले धुएँ में जंतुनाशक (Antiseptic) तथा प्रतिजीवाणु (Antibiotic) गुणधर्म होते हैं।

3. **ऑक्सीजन की निर्मिति :** यज्ञ से उठनेवाले वाष्प सूर्यप्रकाश में विघटन (Photochemical Reaction) होकर अपघटन (Decomposition) ऑक्सीकरण (Oxidation) तथा (Reduction) रिडक्शन क्रियाएँ होती हैं और इसमें से कार्बन डाइऑक्साइड (CO^2>) की कमी होकर ऑक्सीजन का निर्माण होता है। इसीलिए यज्ञ हमेशा सूर्यप्रकाश में ही करना उचित माना जाता है।

4. **कीटकों का निष्कासन :** कई प्रकार के जीव-जंतु आसपास होते ही हैं, जिन्हें यदि कीटकनाशकों का प्रयोग करके मारना चाहें तो उसका बुरा असर मनुष्यों पर भी होता है, किंतु यज्ञ में स्थित कपूर आदि पदार्थों द्वारा निर्मित वाष्प से या तो इन जीव-जंतुओं का नाश होता है या वे दूर भाग जाते हैं।

5. **वनस्पतियों के पोषण और वनस्पति वृद्धि के लिए :** वातावरण में होनेवाले विसंक्रमण से केवल मनुष्य प्राणियों का ही नहीं, अपितु वनस्पतियों या वृक्षों को भी लाभ होता है। यज्ञ द्वारा वनस्पतियों पर अलग-अलग कीटकों द्वारा होनेवाली हानि से भी बचा जा सकता है। भारत ही नहीं, बल्कि कई यूरोपीय देशों में भी प्रयोगों एवं अनुभवों द्वारा यह सिद्ध हो चुका है कि अग्निहोत्र से निकलने वाला धुआँ वातावरण के लिए और बननेवाली राख खेती के लिए बड़ी लाभप्रद होती है। राख का उपयोग खाद के रूप में भी किया जाता है, जिससे जमीन की उपजशक्ति भी कम नहीं होती। अग्निहोत्र से निर्माण होनेवाले धुएँ और राख से पर्यावरण का संतुलन रखा जा सकता है।

□

माला क्यों फेरें एवं माला में 108 दाने ही क्यों?

कबीरजी ने कहा है—

माला तो कर में फिरे जीभ फिरे मुख माही।
मनुवा तो चहूदिस फिरे ये तो सुमिरन नाही॥

माला तो दिन भर फेर रहे हैं, मुख से राम का नाम निकल रहा है, किंतु मन तो अस्थिर है, वह तो एकाग्र है ही नहीं, सब दिशाओं में भाग रहा है, तो ऐसी माला फेरने से क्या लाभ? किंतु इसी की दूसरी बाजू से विचार करें तो यही प्रश्न एक संत से पूछा गया कि ऐसी माला फेरने से क्या लाभ? तब संत ने कहा कि खेत में बीज जब डाले जाते हैं तो जरूरी नहीं कि हर बीज सीधा ही गिरेगा। कुछ बीज उलटे भी तो गिर सकते हैं। भले ही उलटे गिरे बीजों को

उगने में थोड़ा ज्यादा समय लगेगा, फिर भी उगेंगे तो जरूर। उसी तरह माला फेरते रहो, आपके मुख से निकला भगवान् का नाम खाली नहीं जाएगा। भक्ति अवश्य रंग लाएगी, भले ही देर से ही सही। महर्षि वाल्मीकि अपने पूर्व काल में लूट-मार करते थे, लेकिन नारदजी के कहने पर बुरे काम छोड़कर जाप यज्ञ शुरू किया। जिसमें 'राम-राम' की जगह 'मरा-मरा' कहना शुरू किया, लेकिन अंत में भक्ति का फल अवश्य मिला। कहने का तात्पर्य की जैसे भी हो कि माला फेरने की आदत पड़ने और ध्यान लगने में देर लग सकती है, लेकिन कुछ समय पश्चात् निश्चित ही फायदा होता है।

शास्त्रीय दृष्टिकोण : माला का सबसे बड़ा फायदा है कि भगवान् के नाम जाप में निरंतरता आती है। भले ही थोड़ी देर मन इधर-उधर भटके, फिर से एक जगह आने में मदद मिलती है। माला अलग-अलग चीजों से बनती है, जैसे कि तुलसी, चंदन, स्फटिक आदि। माला का महत्त्व हर धर्म में माना गया है, चाहे वह हिंदू या मुसलिम या क्रिश्चयन हो। रास्ते अलग-अलग हो, मगर मंजिल सबकी एक ही है। नामस्मरण अपने-अपने ईष्ट का लेते हो, किंतु अंतिम उद्देश्य एक ही है। सभी की माला में 108 दाने ही होते हैं।

कारण अलग-अलग बताए जाते हैं। ऐसा मानते हैं कि प्रकृति पृथ्वी, आकाश, जल, तेज, वायु, मन, बुद्धि और अहंकार ऐसी 8 प्रकार की हैं। शिकागो के विश्वधर्म सम्मेलन में स्वामी विवेकानंद को शून्य (0) पर बोलने के लिए कहा गया। उन्होंने कहा, "शून्य प्रतीक हैं निर्गुण निराकार ब्रह्म का और 1 अंक उस ईश्वर का, जो दिखाई तो त्रिदेव के रूप में देता है, लेकिन वास्तव में एक ही है।" नाम रूप का भेद कार्य भेद से है। 8 अंक में पूरी प्रकृति समाहित है।

हमारी साँसों की संख्या के आधार पर 108 दानों की माला को स्वीकार किया गया है। एक मिनट में लगभग 15 साँसें मनुष्य लेता है, उस हिसाब से एक घंटे में 900 और 24 घंटों में 21,600 साँसें लेता है। यदि 12 घंटे हर रोज की दिनचर्या में चला जाए तो शेष 12 घंटे की आधी साँसें यानी 10800

भगवत् स्मरण में जाएँ, ऐसी मान्यता है, किंतु यह अशक्य है, इसलिए 10800 में से अंतिम दो शून्य निकालकर 108 की माला बनाई गई है और इसे ईश्वर के स्मरण की मान्यता प्रदान की गई।

दूसरी मान्यता के अनुसार, सूर्य एक वर्ष में 216000 कलाएँ बदलता है। सूर्य हर 6 मास उत्तरायण तथा दक्षिणायण में रहता है। इस प्रकार 6 मास में सूर्य की 108000 (एक लाख आठ हजार) कलाएँ होती हैं। अंतिम तीन शून्य यदि निकाल दें तो 108 संख्या शेष रहती हैं। इसलिए 108 दाने को सूर्य की एक-एक कला का प्रतीक माना गया है।

तीसरी मान्यता के अनुसार ज्योतिष शास्त्र इन्हें 9 ग्रह और 12 राशियों से जोड़ता है। 9 ग्रह और 12 राशियों का गुणाकार 108 आता है। यही हम दूसरे शब्दों में कहे तो 108 अंक संपूर्ण जगत् की गति का प्रतिनिधित्व करता है।

चौथी मान्यता भारतीय ऋषियों द्वारा 27 नक्षत्रों की खोज पर आधारित है। प्रत्येक नक्षत्र के 4 चरण होते हैं। अतः इनके गुणाकार की संख्या भी 108 आती है, जिसे बहुत ही पवित्र माना जाता है। इसीलिए महान् संतों एवं महापुरुषों के नाम के पूर्व 108 अंक का प्रयोग किया जाता है। यह पद्धति सम्मानदर्शक है और इन संत-महात्माओं के आगे लगा 108 अंक यह दरशाता है कि वे प्रकृति, ईश्वर एवं ब्रह्म के संबंध में परोक्ष-अपरोक्ष ज्ञानवाले हैं । □

सोलह संस्कार कौन से और क्यों?

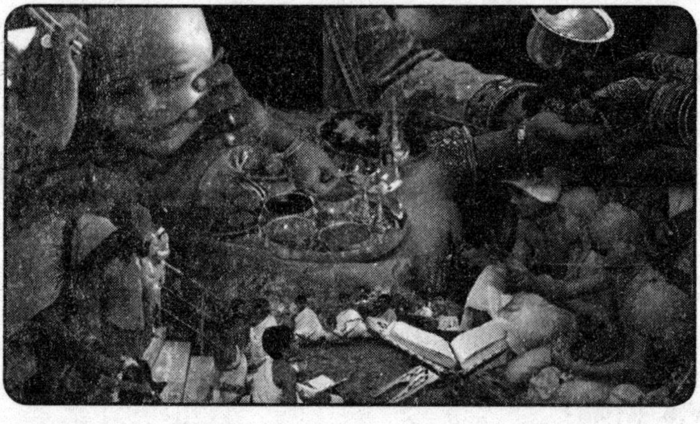

'संस्कार' या 'संस्कृति' संस्कृत भाषा का शब्द है, जिसका अर्थ है, 'मनुष्य का वह कर्म, जो अलंकृत और सुसज्जित है।' हिंदू संस्कृति यज्ञमय है। गर्भादान से लेकर अंत्येष्टि क्रिया तक सभी कृत्य (संस्कार) यज्ञमय रूप में जाने या माने जाते हैं। हिंदू धर्म में यह मान्यता है कि जीवन का हर पहलू और हर अवस्था पवित्र है। इसीलिए जीवन का हर पड़ाव, जन्म से लेकर मृत्यु तक एक उत्सव की तरह मनाना चाहिए, ताकि इस बात की याद रहे कि यह जीवन भगवान् का दिया उपहार है। अनंतकाल से मनुष्य अपने आप में सुधार करता चला आ रहा है, जिसमें वह शारीरिक, मानसिक और आध्यात्मिक उन्नति का प्रयास करता रहा है। अपने ऋषियों ने अत्यंत अभ्यासपूर्ण विचार करके ये संस्कार बनाए। शुरुआत में 24 संस्कार बनाए,

किंतु समय के साथ परिवर्तन होते महर्षि वेदव्यासजी ने अंत में 16 संस्कार निश्चित किए। हिंदू धर्म के ये संस्कार मात्र कर्मकांड न होकर वैज्ञानिक एवं तथ्यपूरक हैं। समय की धारा में देशकाल परिस्थिति के कारण कुछ का लोप हो गया है और कुछ प्रतीक मात्र रह गए हैं।

संस्कारों का मुख्य उद्देश्य है

सांस्कृतिक : संस्कारों में अलग-अलग प्रकार के कार्यक्रम, धार्मिक कृत्य, रिवाज की वजह से व्यक्तित्व का विकास होने में मदद मिलती है। पाराशर स्मृति में ऐसा लिखा है— 'जैसे किसी चित्र में अलग-अलग रंग भरने से वह सुंदर बन जाता है, वैसे ही अलग-अलग संस्कारों से चरित्र में उभार आ जाता है।'

आध्यात्मिक : ऋषियों ने संस्कार बनाने के पीछे का उद्देश्य यही बताया कि संस्कार मानव जीवन को पवित्रता प्रदान करते हैं। इस स्थूल शरीर की जो भी अशुद्धताएँ हैं, वे इन संस्कारों के माध्यम से शुद्ध कर शरीर को आत्मा के निवास के लिए एक योग्य स्थान बनाते हैं।

सोलह संस्कार

महर्षि वेदव्यासजी ने जन्म से पूर्व 3, जीवनकाल में 12 एवं मृत्युपश्चात् 1 इस तरह 16 संस्कार बताएँ हैं—

(अ) जन्मपूर्व संस्कार

1. **गर्भादान :** (गर्भधारणा) एक स्वस्थ, निरोगी एवं बुद्धिमान संतति तथा अगली पीढ़ी निर्माण हेतु पवित्र मन से पति अपने पत्नी के गर्भकोष में बीजारोपण करता है। ईश्वर का दिया हुआ प्रसाद हमारे घर आया है, इस भावना से पति-पत्नी गर्भ का स्वागत करते हैं।
2. **पुंसवन :** यह केवल पहली संतान के समय ही किया जानेवाला संस्कार हैं। यह संस्कार गर्भावस्था के तीसरे या चौथे मास में किया जाता है। इसका उद्देश्य 'पुत्रप्राप्ति' है। पुत्र अपने कुल का चिराग

है, यह मानकर पुत्र अवश्य ही चाहिए, यह धारणा पूर्व काल में थी, किंतु समय के साथ-साथ मान्यताएँ भी बदलते जाती हैं। इसीलिए आज के इस युग में लड़का या लड़की मायने नहीं रखता।

3. **सीमंतोन्नयन :** इसे गोदभराई कार्यक्रम के नाम से जाना जाता है। गर्भवती माता एवं गर्भ स्थित शिशु की समृद्धि के लिए यह संस्कार किया जाता है। सृश्रुत की आज्ञानुसार गर्भवती माता को इस अवस्था में अतिश्रम न करना, दिन में न सोना, रात में अधिक न जागना, भयमुक्त रहना, विरेचक दवाएँ न खाने का आदेश दिया है। अपने विचार और आचार पवित्र हों, इसका ध्यान गर्भवती माता को रखने की सलाह दी जाती है, मन के विचारों का प्रभाव कोख में बढ़ते शिशु पर भी होता है (अभिमन्यु की कथा सर्वश्रुत है)।

(आ) बाल्यावस्था के संस्कार

4. **जातकर्म :** जातकर्म संस्कार बच्चे के जन्म के तुरंत बाद किया जाता है। यह संस्कार बालक को इस विश्व में स्वागत के रूप में किया जाता है। नाभिच्छेदन के पश्चात् पिता अपने बालक की जीभ पर एक पतली सी सोने की छड़ से 'ॐ' लिखता है। यह क्रिया बालक के जन्म के समय, जो गर्भोदक द्रव (Amniotic Fluid) पेट में चला जाता है, वह हानिकारक रहने से बचाया जाता है।

5. **नामकरण :** जन्म के समय नक्षत्रों की स्थिति देखकर यह नामकरण संस्कार किया जाता है। बालक के जन्म के समय चंद्र

की स्थिति तथा 27 नक्षत्रों के 212 विभागों का अभ्यास करके एक पवित्र नाम बालक को दिया जाता है। जिसके पीछे का कारण है कि बालक या बालिका की उम्र लंबी हो और उसका सांसारिक जीवन समृद्ध हो।

6. **निष्क्रमण :** यह विधि 40वें दिन अथवा तत्पश्चात् की जाती है। बालक पर पवित्र जल छिड़का जाता है और उसे पहली बार सूर्यदर्शन के लिए खुली हवा और प्रकाश में लाया जाता है। इसका उद्‌देश्य बालक में 'पंचमहाभूत' के लिए कर्तव्यपालन की भावना भरना है।

7. **अन्न प्राशन :** यह संस्कार सामान्यतः छठे मास में किया जाता है। माता का स्तनपान कम करके बालक को अब विधिसहित पहली बार चावल, घी तथा शहद मिलाकर खिलाया जाता है। इस संस्कार से यही संदेश दिया जाता है कि 'जैसा खाए अन्न, वैसा बने मन'। अन्न शरीर के लिए पोषक एवं पवित्र होना चाहिए।

8. **चूड़ाकर्म (चौल, झडुला, मुंडन, मुंज) :** यह संस्कार लड़कों में ही किया जाता है। 'चूड़ा' का अर्थ बालों का गुच्छ। पहली बार बालक के पूरे बाल निकालकर सिर के आखिरी भाग में 'शिखा' रखी जाती है। सिर के ऊपरी भाग में एक महत्त्वपूर्ण शिरा (Artery) होती है और एक संधि (A Critical Junture) होती है। यह भाग सिर का अत्यंत संवेदनशील होता है। इस भाग को 'अधिपति' कहा जाता है। इसे यदि चोट लगे तो मृत्यु का भय रहता है। अतः चोटी इसकी रक्षा करती है। उसी तरह यह शिखा ब्रह्मांड से आनेवाली 'सत्त्व ऊर्जा' को ब्रह्मरंध्र में प्रवेश करने में सुकर होती है। यह एक एंटेना का काम करती है।

9. **कर्णवेध :** बालक के कान के लौ (Ear Lobe) के छेद किया जाता है। यह एक 'एक्युपंक्चर' ही है। शास्त्रों की मान्यता है कि कर्णवेध से अंडवृद्धि (Hydrococele) या हर्निया (Hernia) जैसे रोगों से रक्षा होती है। साथ में यह कानों के अलंकार के लिए भी काम आता है।

(इ) शैक्षणिक संस्कार

10. विद्यारंभ : यह संस्कार वेदारंभ, अक्षरारंभ, अक्षरलेखन, अक्षराविकरण या अक्षरविश्करण नामों से भी जाना जाता है। बालक के पाँच साल का होने पर पहली बार गुरु अपने पास बैठाकार पहला अक्षर 'ॐ' लिखाकर शुरू करता है। तत्पश्चात् सरस्वती, गणेश और अपने ईष्टदेव का

नाम लिखकर लिखना आरंभ किया जाता है।

11. उपनयन : इसे 'यज्ञोपवीत' नाम से भी जाना जाता है। इस संस्कार में आचार्य द्वारा 'पवित्र धागा' या जनेऊ दी जाती है। यहाँ से बालक का बुद्धिबल (Intellectual) और आध्यात्मिक (Spiritual) प्रवास शुरू होता है। जनेऊ के तीन धागे जीवन में पितृऋण, मनुष्यऋण तथा देवऋण के कर्तव्य दरशाते हैं।

12. समवर्तन : गुरुकुल से शिक्षा पूर्ण करके विदाई को समवर्तन कहा गया है। यह ब्रह्मचर्य आश्रम का अंतिम पड़ाव है।

(ई) पारिवारिक संस्कार

13. विवाह : हिंदू धर्म में विवाह को एक संस्कार माना गया है, जहाँ कि पाश्चिमात्य देशों में यह एक करारनामा (Agreement) है। यह जीवन का दूसरे महत्त्वपूर्ण पड़ाव में प्रवेश है, जिसे गृहस्थाश्रम कहा जाता है। पति-पत्नी जीवन भर एक-दूसरे से विश्वास के साथ पूरा जीवन साथ निभाने का वचन, एक-दूसरे के प्रति निष्ठा रखने का, हर सुख-दुःख में साथ निभाने का वचन अग्नि एवं परिवार को साक्षी मानकर एक-दूसरे को करते हैं।

14. वानप्रस्थाश्रम : यह लगभग उम्र के 50 साल में होता है, जब बच्चे बड़े हो जाते हैं और पारिवारिक जिम्मेदारियाँ सँभालने लगते हैं, मनुष्य तीसरे आश्रम में यानी वानप्रस्थाश्रम अपनाता है। इसका उद्‍देश्य अब सांसारिक कर्तव्यों से मुक्त होकर भगवान् की ओर

ध्यान लगाए। यदि कोई माँगे तो ही राय-मशविरा दे, अन्यथा अलिप्त रहे।

15. **संन्यास :** जीवन का चौथा आश्रम। संसार से पूरी तरह अलिप्त होकर केवल भगवत्स्मरण में समय बिताना।

(उ) मृत्युपश्चात् संस्कार

16. **अंत्येष्टि :** जिसे हम अंतिम या अग्निसंस्कार कहते हैं। मृत्यु के पश्चात् का हिंदुओं में अधिकतर अग्निसंस्कार ही होता है। यह पंचमहाभूत का बना शरीर फिर से पंचमहाभूत में विलीन हो जाना ही अंतिम संस्कार है।

क्या आप जानते हैं ?

प्लीहा (Spleen) शरीर का 'ब्लड बैंक' कहलाता है।

भोजन पाचन की शुरुआत मुख से ही हो जाती है।

पचे हुए भोजन का अवशोषण (Absorption) छोटी आँत (Small Intestine) में होता है।

पित्त (Bile) यकृत (Liver) द्वारा स्रावित होता है।

पूजा में शंख क्यों?

शंख का उपयोग हिंदू और बौद्ध धर्मों में पूजा में किया जाता है। पुराने जमाने में युद्ध शुरू करने के लिए भी शुरुआत में शंखनाद किया जाता था। महाभारत के युद्ध में श्रीकृष्ण ने पांचजन्य, अर्जुन ने देवदत्त, भीम ने पौंड्र, युधिष्ठिर ने अनंतविजय, नकुल ने सुघोष, सहदेव ने मणिपुष्पक आदि के शंखनाद करने का उल्लेख आया है। इसका शास्त्रीय नाम टर्बिनेल्ला पायरम (Turbinella Pyrum) है। शंख बजाने पर ॐ ध्वनि निर्माण होती है, जो विश्व की सबसे पहली ध्वनि या नाद है। शास्त्रों के हिसाब से बजाने का शंख पूजा में न रखकर बाजू में तिपाही पर रखा जाता है।

शंख की आयुर्वेदिक औषधि के रूप में उपयोगिता : आयुर्वेद में शंख के दवा के रूप में बहुत उपयोग बताए गए हैं। जिसमें विशेषकर—

- रात भर शंख में पानी भरकर दूसरे दिन त्वचा पर मालिश करने से

कई प्रकार के चर्म रोगों से मुक्ति मिलती है ।

- रात भर शंख में रखे पानी में यदि गुलाब जल मिलाकर केश धोए जाएँ तो केशों का नैसर्गिक रंग बनाए रखने में मदद मिलती है, इसके अलावा केश कोमल बनकर उनमें चमक आती है।
- शंख का संचित दो चम्मच पानी पीने से पेट का दर्द, अपचन आदि कम हो जाते हैं।
- संचित शंख पानी से यदि आँखें धोई जाएँ तो आँखों से संबंधित छोटी-मोटी समस्याएँ दूर होती हैं और दृष्टिदोष दूर होता है। आँखों के चारों ओर के काले धब्बे दूर होते हैं।
- स्नान के पश्चात् शंख यदि चेहरे और गले पर से घुमाएँ तो झुर्रियाँ कम होती हैं।
- शंख भस्म का उपयोग आयुर्वेद में पेट की कई बीमारियाँ दूर करने में होता है।

शास्त्रीय कारण : शंखनाद से निकलनेवाला ॐ का महानाद मानसिक रोगों की निवृत्ति करता हुआ कुंडलिनी जागरण का सशक्त साधन बनता है। शंखनाद करने से प्राणायाम का बहिर्कुंभक अपने आप हो जाता है। इसलिए शरीर के पूरे तंत्रिका-तंत्र को उत्तेजित (Stimulate) करता है। शंखनाद से निर्मित ध्वनि लहरें समूचे वातावरण की शुद्धि करती हैं। इसका स्पंदन शुभ और सतो गुणी क्रियाशीलता का संचार करता है। प्रयोगों से सिद्ध हुआ है कि वाणी संबंधी विकार शंखनाद के सतत अभ्यास से नष्ट होते हैं। गर्भवती स्त्रियों की शंखनाद नहीं करना चाहिए, क्योंकि शंख फूँकते समय अवयवों पर तनाव आने से गर्भ पर विपरीत प्रभाव पड़ता है। उसी प्रकार ऋतुकाल में भी शंख बजाने से स्त्रियों के आरोग्य पर विपरीत प्रभाव होते हैं।

□

विवाह-संस्कार को विशेष महत्त्व क्यों?

भारतीय संस्कृति और परंपरा में विवाह को अत्यंत महत्त्व दिया गया है। हिंदू धर्म के सोलह संस्कारों में से सबसे महत्त्वपूर्ण संस्कार विवाह-संस्कार माना गया है। इसके पश्चात् गृहस्थाश्रम में प्रवेश होता है, किंतु पाश्चात्य संस्कृति में विवाह एक करारनामा माना जाता है, जो जब भी इच्छा हो तोड़ा जा सकता है। यह हमारे देश की शोकांतिका है कि हमारी युवा पीढ़ी भी धीरे-धीरे इस पाश्चात्य संस्कृति की ओर बढ़ रही है। केवल विवाह ही नहीं, यहाँ तक कि बच्चे भी अपने कॅरियर में रुकावट हैं, ऐसा मानने लगे हैं। केवल पैसा और भोगवाद जीवन का लक्ष्य मानने लगे हैं। विवाह की जगह बिना विवाह (live-in-relationship) के रहने में कोई हर्ज नहीं, ऐसा मानने लगे हैं। और दुःख की बात यह है कि सरकार ने भी इसे मान्यता दे दी है। अर्थात् केवल शारीरिक भूख मिटाने के लिए

युवा एकत्र रहना पसंद करने लगे हैं। केवल शरीर से वे स्त्री और पुरुष एक भले ही हों, मानसिक, भावनिक और आध्यात्मिक धरातल पर एक हो ही नहीं सकते। और जब कभी इस शारीरिक भूख का दमन हो जाएगा, यह परिवार बिखर जाएगा। बच्चे या तो माँ या बाप के पास रहेंगे। इन बच्चों पर क्या संस्कार होंगे, मानसिक रूप से ये बच्चे कितने अशांत और परेशान रहेंगे, इसकी चिंता माँ-बाप को नहीं रहती। इससे अगली पीढ़ी को बरबाद करने के जिम्मेदार वही रहते हैं। मनुष्य जीवन जो ईश्वर ने दिया है, उसका अन्य पशु-पक्षियों की भाँति, जिनमें न विवाह होता है और न ही संस्कार होते हैं, पूरा जीवन बिता देते हैं। अंत में केवल और केवल पश्चात्ताप व दु:ख ही मिलता है, किंतु जब तक यह बात ध्यान में आती है, बहुत देर हो चुकी होती है। इसलिए आज की भारतीय युवा पीढ़ी से प्रार्थना है कि यह जीवन, जो हमें मिला है, उसका उद्देश्य केवल धनार्जन नहीं है, बल्कि अपनी मानसिक, भावनिक और आध्यात्मिक उन्नति भी है। अपनी संस्कृति में धर्म, अर्थ, काम और मोक्ष जीवन के चार आधार माने गए हैं। हमारे ऋषियों और पूर्वजों ने अत्यंत अभ्यासपूर्ण विचार करके जीवन की दिशा निश्चित की है। अत: सही मानों में इस जीवन के अंतिम क्षणों में पीछे मुड़कर देखने में समाधान चाहिए तो संस्कारों के पीछे का कारण समझकर निर्णय लें।

इसके विपरीत भारतीय संस्कृति में विवाह-संस्कार यही सिखाता है कि पति और पत्नी केवल कामोपभोग के लिए नहीं, बल्कि धर्मपालन के लिए एवं सुप्रजा निर्माण करने के कर्तव्य की भावना से एक होते हैं। 'मम हृदये हृदयं ते अस्तु' यह मंत्र विवाह-संस्कार में पति-पत्नी के लिए कहता है। इसका अर्थ, तेरा और मेरा हृदय, चित्त, विचार एक ही रहेंगे, ऐसा वचन मैं तुझे देता हूँ। परिवार में जब हमारे मन एक-दूसरे से मिले रहेंगे, तभी परिवार सुखी रहेगा। पैसे से सुख मिलता है, यह भ्रांत कल्पना है। मन यदि एक हो तो गरिबी में भी परिवार सुखी रहता है। 'सप्तपदी' को विवाह-संस्कार में

अनन्य महत्त्व है, जिसमें पती-पत्नी अग्नि को साक्षी मानकर, पूरे परिवार के उपस्थिति में, जीवन भर एक-दूसरे पर प्रेम, विश्वास, सहकार्य, समझदारी और सुख-दुःख में साथ निभाने का वचन देते हैं।

अपने पूर्वजों ने पत्नी के जीवन में महत्त्व बताते हुए जीवन का सार लिख दिया है—

अर्धभार्या मनुष्यस्य भार्या श्रेष्ठतमः सखा।
भार्या मूलम् त्रिवर्गस्य भार्या मूलम् तरिष्यति॥

अर्थात् मेरी धर्मपत्नी मेरा आधा अंग है। इस जीवन में यदि कोई सच्चा मित्र है तो वह मेरी भार्या है। इस जीवन के तीन पुरुषार्थों का मूल मेरी पत्नी है और इस जीवन की नैया को पतवार बनकर पार लगाने का कार्य केवल मेरी भार्या ही करती है। अपने संस्कृति में पत्नी को 'अर्धांगिनी' कहा गया है, जो यही दरशाता है कि मेरी धर्मपत्नी मेरा आधा अंग है। पति के बिना पत्नी का और पत्नी के बिना पति का जीवन अधूरा है। ऐसे पवित्र और उदात्त विचार केवल हिंदू संस्कृति में ही देखने को मिलते, संसार के किसी अन्य धर्म में नहीं। सबसे महत्त्वपूर्ण भारतीय संस्कृति में विवाह-संस्कार की देन यही है कि विवाह से केवल पति-पत्नी निकट नहीं आते, बल्कि दो परिवार एक हो जाते हैं। विवाह-संस्कार का गंभीरता से चिंतन आज के समय की माँग है, जिसमें हर ज्येष्ठ नागरिक ने समझकर युवाओं को इसका महत्त्व समझाने का, उन पर बचपन से इन संस्कारों की मन में छाप देने का प्रयास करना आवश्यक है अन्यथा अगली पीढ़ी नष्ट-भ्रष्ट हो जाएगी।

लेकिन व्यावहारिक दृष्टि से एक बात अवश्य विचार करने योग्य है कि आज की युवा पीढ़ी को अनावश्यक कर्मकांड व फिजूलखर्ची पसंद नहीं। यह निश्चित ही सराहनीय है। उस बात का भी ध्यान शादी-विवाह में हमें रखना आवश्यक है।

क्या आप जानते हैं ?

विटामिन ए (Vitamin A) लीवर में संचित होता है।

शरीर की सबसे बड़ी ग्रंथि (Largest Gland) यकृत (Liver) है।

शरीर की सबसे छोटी ग्रंथि पिट्युटरी ग्लैंड (Pituitary Gland) है। जिसे मास्टर ग्रंथि भी कहा जाता है।

शरीर में पसलियों (Ribs) की संख्या 12 जोड़ियाँ होती है।

शरीर में हड्डियों (Bones) की कुल संख्या 206 होती है।

□

क्या नजर लगना सत्य है?

केवल भारतीयों में ही नहीं, बल्कि दुनिया के कई भागों में, दुनिया की अलग-अलग संस्कृतियों में और रीति-रिवाजों में यह मान्यता है कि नजर लगती है। नजर केवल जीवित प्राणी को ही नहीं, अपितु निर्जीव वस्तु को भी लगती है। इसीलिए भारतीय शास्त्रों में कोई और सुंदर वस्तु बनती है अथवा कोई नई वस्तु खरीदी जाती है, उस पर एक काले रंग की गुड़िया टाँग दी जाती है। यही नहीं, माँ के लिए हर बालक सुंदर ही होता है। उसे नजर न लगे, इसलिए वह उसे काला टीका लगाती है। उसी प्रकार किसी सुंदर स्त्री को नजर न लगे, इसलिए काला टीका लगाया जाता है। किसी व्यक्ति की बहुत तारीफ हो रही है और समाज में सब तरफ वाह-वाह हो रही है तो घर में माँ उसकी बलैयाँ लेकर उसकी नजर निकालती है। मुझे याद है, मेरे

बचपन में मेरी माँ कई बार झाड़ू या जूते से मेरी नजर निकालती थी और आश्चर्य की बात यह कि तुरंत मुझे अच्छा लगता था, किंतु बड़ा होने पर लगता था कि यह मानसिक रूप से समाधान (Psychologically) होने की वजह से होता था।

शास्त्रीय दृष्टिकोण : हमारी आँखों में एक बहुत बड़ी शक्ति है, जिससे शायद हम अनभिज्ञ रहते हैं। योगशास्त्र में 'त्राटक' को बहुत महत्त्व दिया गया है। त्राटक यानी किसी भी वस्तु को यदि हम पूरी तरह ध्यान देकर, बिना पलक झपकाए देखते रहें और इच्छाशक्ति प्रबल हो तो निश्चित ही अपनी आँखों की शक्ति से सामनेवाली वस्तु या व्यक्ति पर प्रभाव होता है।

पुराणों में तो साधु-संतों को सिद्धियाँ मिलने पर आँखों से जलाने की भी क्षमता का उल्लेख कई जगह आता है, किंतु हम इन बातों पर विश्वास नहीं करेंगे, लेकिन मैंने जादू के कुछ प्रयोग देखे हैं, जिसमें जादूगर ने अपनी नजरों को एकटक सामने एक छोटी मेज पर रखी वस्तु को कुछ देर देखकर उसे अपनी जगह से हिलाते हुए अपनी आँखों से देखा है।

उसी प्रकार मैंने हिप्नॉटिज्म का, एक हॉल में जहाँ हजारों लोग बैठे थे, वहाँ कमाल देखा। लगभग 10 से 12 लड़कियों को स्टेज पर बुलाया। जिसमें मेरी बेटी भी एक थी। सभी को बारी-बारी से एकटक देखकर उसने हिप्नोटाइज किया। उसमें से एक या दो लड़कियों की आँखों में घूरकर देखा, लेकिन शायद जादूगर को लगा कि इन पर हिप्नॉटिज्म का असर नहीं हो रहा, उसने उन्हें वापस भेज दिया। फिर सभी से कहा कि आप राजनर्तकी हैं। आप नृत्य कला में बहुत ही निपुण हैं। राजा के दरबार में आप खड़ी हैं। पूरे दरबारी आपको देख रहे हैं। अब संगीत शुरू होने जा रहा है और आप नृत्य करनेवाली हैं। संगीत शुरू हुआ और आश्चर्य कि सभी लड़कियाँ स्टेज पर नाचने लगीं। संगीत बंद हुआ और नाच बंद हुआ। फिर से उसने हर एक की आँखों में देखा, उन्हें हिप्नॉटिज्म से बाहर लाया। यह कोई पूर्वनियोजित नहीं था, क्योंकि मेरी बेटी भी उसमें थी। उसे कुछ भी याद नहीं कि क्या हुआ।

फिर एक दूसरा प्रयोग उसने किया, जिसमें विचारों की शक्ति का प्रयोग करते समय हमें अपने-अपने जेब में कार की या घर की चाबी, जो जेब में थी, उस पर ध्यान केंद्रित करने के लिए कहा गया तथा सोचने के लिए कहा कि वह टेढ़ी हो रही है। पूरा ध्यान लगाकर हमने यह किया और आश्चर्य! कई लोगों की, जिनका ध्यान लगाने की शक्ति ज्यादा थी, उनकी चाबियाँ टेढ़ी हो गईं। यह कोई जादू या हिप्नॉटिज्म नहीं था, क्योंकि हॉल के बाहर आने पर चाबी को सीधा करना पड़ा। यही प्रयोग मैंने टी.वी. पर भी देखा और खुद टी.वी. पर चाबी को टेढ़ी होते देखा है।

ऊपर की दो बातें सिद्ध करती हैं कि अपने विचार और नजरों में कितनी शक्ति होती है, अर्थात् अच्छी या बुरी नजर का परिणाम सामनेवाले पर होता है। तो बुरी नजर का असर भी होता है और नजर लगना भी सच है।

अब यदि हम सोचें कि काली चीज लगाने से कैसे बचा जाता है। इसका उत्तर तो मैंने ढूँढ़ने का अथक प्रयास किया, किंतु नहीं मिला। फिर भी मुझे लगता है कि आज का आधुनिक शास्त्र कहता है कि काला रंग गरमी सोखता है और सफेद रंग गरमी परावर्तित करता है (Black Bodies Absorb Heat and White Bodies Reflect Heat)। इसीलिए गरम प्रदेशों में रहनेवाले लोग सफेद कपड़े पहनते हैं और घरों को सफेद रंग लगाते हैं। दूसरा ऊँची बिल्डिंगों पर एक नुकीला ताँबे का तार लगाया जाता है और ताँबे की पट्टी से उसे जोड़कर जमीन में अर्थिंग दी जाती है। बरसात में यदि बिजली उस वास्तु पर गिरे तो वह उस वास्तु को नुकसान न करके उस पट्टी से प्रवाहित होकर जमीन में चली जाती है, इसी प्रकार जब काली गुड़िया या कोई अन्य काली चीज घर पर लगाते हैं या काला टीका लगाते हैं तो शायद वह बुरी नजर को सोखकर जमीन में प्रवाहित कर देता है।

क्या आप जानते हैं ?

शरीर में मांसपेशियों (Muscels) की कुल संख्या 629 होती है।

लार (Saliva) में पाया जानेवाला एंजाइम (Enzyme) 'टायलिन' (Tylin) होता है।

लिंग निर्धारण (Male Or Female) पुरुष क्रोमोजोम्स (Male Chromosomes) पर निर्भर करता है।

मनुष्य का हृदय चार कोष्टीय (Four Compartments) होता है।

□

क्या मौन रखना लाभप्रद है?

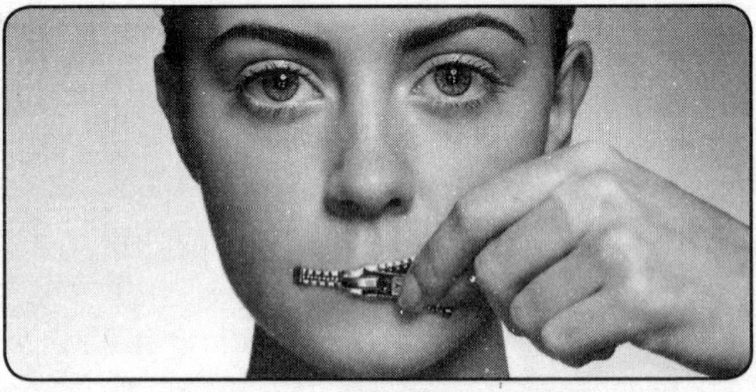

धार्मिक कारण : नित्य मौन के विषय में धर्मशास्त्र कहता है—

उत्सर्ग मिथुने चैव प्रस्त्रवे दन्तधावने।
श्राद्धे भोजन काले च षट्सु मौनं समाचरेत्॥

अर्थात् मल-मूत्र, श्लेष्मा, नाक-कान मैल, पसीना और आँखों के चिपड़े सफाई करते समय, मैथुन करते समय, शरीर के घाव से रक्त बहने पर, दाँत का मंजन करते हुए श्राद्ध काल में तथा भोजन करते समय मौनाचरण आवश्यक है।

मौन पालन के समय मुँह से न बोलना जितना आवश्यक है, उससे अधिक महत्त्वपूर्ण किसी भी व्यावहारिक बात का विचार न करना है। परमार्थ सिद्धि के लिए व्यावहारिक बातों का अस्पष्ट विचार भी मन में नहीं आना चाहिए। यही मौन पालन का सही अर्थ है। मौन पालन की समयावधि में

साधना, चिंतन तथा मनन की अधिक से अधिक प्रमाण में आवश्यकता होती है। मौन साधना यह प्राचीन काल की तपस्या का लघु रूप ही है। मौन धारण करनेवाले साधक के शरीर में दैवी शक्ति उत्पन्न होती है। उसकी इच्छाशक्ति एवं मनोबल जैसे-जैसे बढ़ता है, वैसे-वैसे अल्प, लघु, क्षुद्र या महासिद्धि का लाभ प्राप्त होता है।

शास्त्रीय दृष्टिकोण : मौन दो प्रकार के होते हैं— पहला 'वाचिक' और दूसरा 'वैचारिक'। वाचिक मौन का मतलब मुँह से कुछ भी बोलना, शांत रहना और वैचारिक मौन से मतलब अपने विचारों पर भी अंकुश लगाकर एकाग्रता रखने का प्रयास करना।

हम शायद अपने दैनदिन व्यवहार में ध्यान ही नहीं देते कि बोलने से हमारी कितनी ऊर्जा (Energy) नष्ट होती है। जब किसी को 'हृदयाघात' (Heart Attack) आता है तो डॉक्टर की सबसे पहले हिदायत यही होती है कि बोलना बंद, क्योंकि बोलने में शरीर की काफी ऊर्जा नष्ट होती है। दूसरा व्यावहारिक दृष्टि से भी सोचें तो कई वाद-विवाद में हम अपने आपको खो देते हैं और मैत्रीपूर्ण चर्चा का रूपांतर क्रोध में हो जाता है। मुँह से अपशब्द निकल जाते हैं, जिससे सामनेवाले का दिल टूट जाता है और अपने संबंधों में एक बड़ी दरार निर्माण हो जाती है। जैसे रहीमजी ने कहा है—

रहिमन धागा प्रेम का, मत तोड़ो चटकाय।
टूटे से फिर न जुरे, जुरे गाँठ पड़ जाय॥

अर्थात् रहीमजी कहते हैं प्रेम का धागा टूटने मत देना। यदि हम इस टूटे हुए धागे को फिर से जोड़ने की कोशिश करेंगे तो भी बीच में एक गाँठ आ ही जाएगी। उसी प्रकार यदि हमने वाद-विवाद में अपशब्दों से किसी का दिल दुखाया तो फिर नाराजगी दूर करना कठिन है और ऊपर से नाराजगी समाप्त भी हो गई तो मन में एक गाँठ तो पड़ ही जाएगी, वह धागा (संबंध) पूर्ववत् होना बड़ा कठिन है। वाचिक मौन रखने की आदत यदि हमें हो जाए तो ऐसी परिस्थिति में हम अपने आप खुद पर काबू करने में सफल हो जाते हैं। यही वाचिक मौन का सबसे बड़ा फायदा है।

दूसरा है वैचारिक मौन। अपने जीवन में जब कभी हम एकांत में होते हैं तो हमारी विचार-शृंखला शुरू हो जाती है। हम भूतकाल की या अतीत की यादों या भविष्यकाल की योजनाओं (Planning) में खो जाते हैं। अतः यदि हम इस विचार-शृंखला को तोड़कर एकाग्रता का प्रयास करें तो हमारे मस्तिष्क (Brain) और बुद्धि (Intelligence) को आराम मिलता है। और फिर से जब हम किसी विषय का विचार या चिंतन करते हैं तो संचित ऊर्जा की वजह से मस्तिष्क अधिक क्षमता से काम करने लगता है और अपनी निर्णय क्षमता (Decisive Power) कई गुना बढ़ जाती है। वैचारिक मौन अत्यंत कठिन है, इसीलिए वैचारिक मौन ही सर्वश्रेष्ठ मौन माना गया है। □

ताँबे के बरतन का पानी श्रेष्ठ क्यों?

हजारों वर्षों से ताँबे का उपयोग अलग-अलग उपकरणों में किया जाता है। वर्तमान में अति उच्च विद्युत् वाहक तथा उष्मीय वाहक (As Electrical and Heat Conductor) के रूप में किया जाता है।

समय-समय पर यह सिद्ध हुआ है कि हमारे पूर्वज आज के जमाने के हिसाब से शारीरिक, मानसिक तथा तकनीकी दृष्टि से हमसे अधिक अभ्यासु तथा विकसित थे। इजिप्त की सुमेरियन और चाल्डीयन प्रजातियाँ सबसे पहली ताँबे का उपयोग करनेवाली प्रजातियाँ मानी जाती हैं।

मुझे याद है, मेरे बचपन में एक ताँबे का बड़ा हंडा रसोइघर में रखा होता था। जिसमें का ही पानी पीना सबके लिए जरूरी था। समय के साथ बदलाव आता गया। पता नहीं वह ताँबे का हंडा कहाँ गायब हो गया। उसकी जगह पानी के फिल्टर्स ने और बाद में आर.ओ. सिस्टम ने ली। पानी का स्टोरेज

या तो फ्रिज में या प्लास्टिक के बरतनों में होने लगा, किंतु जैसे-जैसे लोगों में जागृति आने लगी, लोगों का झुकाव फिर से पुरानी बातों की ओर जाने लगा। फिर भी नई पीढ़ी इस बात को मानने को तैयार नहीं कि ताँबे के बरतन के कुछ फायदे हैं। इसीलिए यह बात बताने का प्रयास किया गया है कि शरीर के लिए यह पानी कितना और क्यों लाभदाई है।

ताँबा शरीर के लिए जरूरी मिनरल माना गया है। आयुर्वेद के हिसाब से रातभर ताँबे के जग में रखा हुआ पानी सवेरे पीने से स्वास्थ्य के लिए लाभदाई है। 8 से 10 घंटों तक ताँबे के बरतन में रखा पानी शरीर के लिए अच्छा होता है।

शास्त्रीय दृष्टिकोण : आयुर्वेद के मुताबिक ताँबे के जग में रखा पानी पीने से वात, कफ और पित्त तीनों दोषों में संतुलन रहता है। 8 से 10 घंटे तक ताँबे के पात्र में रखे जल को 'ताम्रजल' कहते हैं। ताम्रजल में ताँबे का अंश धीरे-धीरे घुलता रहता है, जिससे ताँबे के सभी गुणों के फायदे इस पानी में उतर जाते हैं। एक मुख्य फायदा इस ताम्रजल का यह है कि तुलनात्मक दृष्टि से यह अधिक समय तक भरकर रख सकते हैं, अधिक समय तक शुद्ध रहकर पानी में दुर्गंध नहीं आती। ताँबे के लोटे में रखा गंगाजल कई वर्षों तक बिना दुर्गंध के रखा जा सकता है। ताम्रपात्र में रखे पानी के पीने से क्या लाभ हैं, यह हम देखेंगे—

1. पाचन-तंत्र को ठीक रहने में सहायक

ताँबे के बरतन में रखे पानी में जंतुनाशक (Antibacterial) तथा रोगाणुरोधक (Antiseptic) गुण आ जाते हैं। शास्त्रज्ञों के अनुसार पानी में 'ई कोलाय' (E-Coli) गुड बैक्टीरिया, जो खराब खाना खाने से हुई बीमारियों के (Food Poisoning) कारणीभूत होते हैं, उन्हें नष्ट करने की शक्ति ताँबे में है। ब्रिटिश शास्त्रज्ञ, जो ताँबे पर अनुसंधान कर रहे हैं, पाया कि ताँबे के आयन्स बैक्टीरिया (Ions Kill Bacteria) मारते हैं और ताँबे का यह गुण सोने में भी नहीं है। Southampton University के शास्त्रज्ञों ने पाया कि कोलाय 157 बैक्टीरिया स्टेनलेस स्टील के बरतनों में कई महीनों तक जीवित रह सकते हैं, जबकि ताँबे के बरतन में यही बैक्टीरिया रूम टेंपरेचर पर चार घंटों में मार देते हैं। सवेरे रूम टेंपरेचर पर रखा पानी पीने से वह अपने गुर्दों को साफ कर देता (Flushes Kidneys) है और पाचन-तंत्र (Digestive System) को साफ कर देता है, जिससे शरीर की अतिरिक्त चर्बी बाहर निकालकर वजन कम करने में भी सहायक बनता है।

2. ताँबा और जनन क्षमता (Fertility)

Andrew Saul, Contributing Editor for the Journal of Orthomolucular Medicine ने जनन क्षमता, गर्भधारणा और परिवार नियोजन पर अपने भाषण में कहा, "यदि किसी को गर्भ धारण करना हो तो उस व्यक्ति से संपर्क करें, जो विटामिन-सी की खुराक हर रोज, कम-से-कम 6,000 मिली ग्राम लेता हो और जो लगभग 20,000 मि.ग्रा. हर रोज लेता है, उसके शुक्राणु अच्छे गुणों के निर्माण होते हैं। University of Texas किए गए प्रयोगों में पाया गया कि इससे कम डोसेस लेनेवालों के शुक्राणु भी गिनती में अधिक, ज्यादा शक्तिशाली और अच्छी तरह तैरनेवाले पाए गए।"

3. शरीर में कॉपर का योग्य स्रोत

ताँबा अपने शरीर का आवश्यक सूक्ष्म पोषक तत्त्व (Micro nutrient) हैं। भले ही इसकी मात्रा कम लगती है, किंतु यह हमें भोजन द्वारा ही प्राप्त

होती है। ताँबा हमें अपने खाद्य पदार्थ, जैसे गेहू, शहद, हरी सब्जियाँ आदि से प्राप्त होता है। परंतु सबसे अच्छी पद्धति है कि रातभर ताँबे के पात्र में रखा पानी पीना हैं। दो लीटर पानी ताँबे के पात्र का पीने से हमारी हर रोज की चालीस प्रतिशत जरूरत पूरी कर देता है।

4. शक्तिवर्धक

कॉपर शरीर में जीवनावश्यक Trace Mineral हैं। ताँबा हमारे हृदय, मेंदू, गुरदे, यकृत और कंकालीय मांसपेशियों (Skeletal Muscles) में पाया जाता है। ताँबा लौह को सोखने (Absorption of Iron) में सहायक होता है, कोलॉजन (Collagen) बनाने में और ऊर्जा निर्मिति (Formation of Energy) में महत्त्वपूर्ण भूमिका निभाता है।

5. दिमाग शक्तिवर्धक (Brain Stimulant)

अपना दिमाग एक स्नायु से दूसरे स्नायु को एक प्रकार के आवेग को एक जगह से दूसरी जगह प्रवाहित करने का कार्य एक माध्यम से करता रहता है, जिसे 'अंतर्ग्रंथन' कहते हैं। (Our brain works by transmitting impulses from one neuron to another through an area known as 'synapses')। ये न्यूरॉन्स एक प्रकार के आवरण से आच्छादित होते हैं, जिसे 'मायेलिन आवरण' (Myelin Sheath) कहते हैं, जो एक चालकीय पदार्थ (Conductive Agent) का कार्य करता है। यह दिमाग के आवेग को एक जगह से दूसरी जगह भेजने में सहायता करते हैं (Helping the flow of impulses)। ताँबा यह फॉस्फोलिपिड्स के निर्माण में सहायक होते हैं, जो मायेलिन आवरण के निर्माण में आवश्यक होते हैं (Copper actually helps in synthesis of phospholipids which are essential for formation of myelin sheaths)। इससे अपना दिमाग अत्यंत तेज और प्रभावशाली रूप से कार्य करने में सक्षम बनता है। इसके अलावा ताँबा दिमाग के पड़नेवाले दौरों को रोकने का भी काम करता है।

6. बुढ़ापा रोकने में सहायक (Slows down the Aging Process)

बढ़ती उम्र के साथ चेहरे पर और शरीर पर झुर्रियों को लेकर आप यदि परेशान हैं, तो ताँबा निश्चित ही यह प्रक्रिया रोक तो नहीं सकता, किंतु आगे बढ़ाने में नैसर्गिक उपाय सिद्ध हुआ है। ताँबे की कोशिका बनाने और एंटीऑक्सीडेंट गुणों के कारण शरीर में निर्माण होनेवाले मुक्त उग्र तत्त्वों समाप्त कर देता है, और यही तत्त्व ही अपनी झुर्रियाँ बनाने में अनेक कारणों में से एक मुख्य कारण है (Copper fights of free radicals, which are one of the main reasons for formation of fine lines)। ताँबा अपने शरीर में नए और स्वस्थ चर्म कोशिकाएँ निर्मिति (Formation of new and healthy skin cells) में सहायक होते हैं।

7. ताँबा जोड़ों के दर्द को कम करता है

ताँबे के सूजन-जलननिरोधक (Anti-Inflammatory) गुणों की वजह से गठिया रोग या संधिशोध (Arthritis) तथा जोड़ों का दर्द कम करता है। यही गुण खास करके जब जोड़ों में जलन होती है, तब कम करने में सहायक होता है। अस्थि सुषिरता (Osteoporosis) घटाने में तथा शरीर की प्रतिकार शक्ति बढ़ाने में भी ताँबा उपयुक्त पाया गया है।

8. अवटु ग्रंथि (Thyroid Gland) के कार्य में उपयुक्त

ताँबा अवटु ग्रंथि के योग्य कार्य करने के लिए उपयोगी पाया गया है, किंतु अधिक मात्रा में ताँबा यदि शरीर में आ जाए तो यह अवटु ग्रंथि के कार्य में बाधा भी निर्माण कर सकता है।

9. लाल पेशियों के निर्माण में उपयोगी

ताँबा लौह को अपने भोजन से शोषण (Absorption) करने में मददगार होने से इसका महत्त्व रक्त की लाल पेशियाँ (Red Blood Cells) रुधिर वर्णिका (Haemoglobin) और हड्डियों के निर्माण में (Bone Matter) उपयुक्त पाया गया है।

10. शरीर की प्रतिकार शक्ति में उपयुक्त

शरीर की प्रतिकार शक्ति बढाने में ताँबे की अत्यंत उपयोगिता पाए गई है। उसी प्रकार एनीमिया कम करने में भी यह उपयोगी सिद्ध हुआ है। शरीर में अलग-अलग प्रकार के एंजाइम (Enzyme) बनाने में भी ताँबा उपयोगी है। अलग-अलग जख्मों के उपचारात्मक गुण (Healing Properties) उपयोग भी ताँबे में पाए गए हैं। शरीर में नए सेल्स बढ़ाने में भी ताँबा उपयुक्त है।

11. नदियों में ताँबे के सिक्के इसीलिए फेंके जाते हैं

हमारी संस्कृति में नदी, तालाब, सरोवर या कुएँ में सिक्के फेंकने की पद्धति काफी पुरानी है, चूँकि पहले सिक्के ताँबे के हुआ करते थे। जंतुओं का नाश करने की शक्ति ताँबे में होने से यह जंतुनाशक है और पानी के जंतुओं का नाश करके यह पानी मनुष्यों या मछलियों के पीने योग्य बना देता है। इसीलिए ताँबे के सिक्के नदी या सरोवर में फेंकने की प्रथा भारतीय संस्कृति में है।

12. बाल काले रहने में उपयोगी

अपने शरीर में 'मेलानीन' नाम का एक पिगमेंट होता है, जिसकी वजह से चमड़ी, आँखें और बालों का रंग गहरे काले रंग का होता है। शरीर में इस मेलानीन पिगमेंट का निर्माण 'मेलॉनोसाइट्स' (Melanocytes) से होता है, मेलॉनोसाइट्स का निर्माण एक प्रकार का 'क्युप्रोएन्जाइम' (Cuproenzymes), जिसका नाम 'टायरोजीनेज' (Tyrosinase) है, से बनता है। यह 'टायरोजीनेज' ताँबे से पैदा होता है। ताँबे के पात्र में खाने से बाल सफेद होने से रक्षा होती है।

□

क्या गंगाजल पवित्र है–क्यों और कैसे?

(सत्य, श्रद्धा या अंधश्रद्धा)

(हर व्यक्ति के मन में एक प्रश्न होता है कि क्या सही मायनों में गंगाजल पवित्र है ? और यदि है तो क्यों ? कैसे ? इसके पीछे केवल धार्मिक भावनाएँ हैं या शास्त्र भी हैं ? भगीरथ ने तपस्या करके गंगा को स्वर्ग से पृथ्वी पर अवतरित होने की प्रार्थना की, जिससे उनके पूर्वजों का उद्धार हो गया। अति वेग के कारण पृथ्वी गंगा का यह अवतरण सह नहीं पाएगी, इसलिए भगवान् शंकर ने अपनी जटाओं में उसे बाँध लिया। ये कथाएँ मन के कोने में एक अविश्वास निर्माण करती हैं, क्योंकि हजारों वर्षों से यह हमारी संस्कृति, परंपराएँ और अध्यात्म से जुड़ा हुआ प्रश्न है, इसलिए इस विषय पर मैंने कई दिन विशेष अभ्यास किया और हर प्रकार से पहले स्वतः का समाधान होने के

पश्चात् ही यह लिख रहा हूँ। करबद्ध प्रार्थना एक ही है कि इसे ध्यान देकर, समझकर पढ़ने का प्रयास करें।)

'मैं पर्वतों में हिमालय हूँ और नदियों में गंगा', भगवान् कृष्ण, श्रीमद्भगवद्गीता।

पं. जवाहरलाल नेहरू ने अपनी पुस्तक 'डिस्कवरी ऑफ इंडिया' में लिखा है—'इतिहास की शुरुआत से भारत की नदी गंगा, जिसे सभी भारतीयों के दिलों में विशेष स्थान है, वह भारत के लाखों गाँवों के किनारों से बहती जाती है। गंगा की कहानी, जो इसके स्रोत से सागर तक पुराने जमाने से वर्तमान तक भारतवर्ष की सभ्यता तथा संस्कृति, अलग-अलग साम्राज्यों के उदय और अंत, महान् और विशाल शहरों और मनुष्य के साहसों को दरशाती है।'

गंगा नदी को, जिसका उगम महान् पर्वत हिमालय से होता है, भारत में सबसे अधिक पवित्र नदी या ऐसा कहें कि माँ के रूप में पूजा जाता है तो अतिशयोक्ति नहीं होगी। गंगाजल स्वयं प्रक्षालनशक्ति (Self Cleansing Power) रखता है और इसमें एक डुबकी मारें तो जीवन के सभी पाप धुल जाते हैं, ऐसी मान्यता हिंदू धर्म में है। लाखों लोग गंगा के अलग-अलग किनारों पर हर रोज स्नान करते हैं और विशेष त्योहारों पर एक दिन में लाखों लोग एक डुबकी लगाकर पुण्य का लाभ लेने गंगा तट पर पहुँचते हैं, किंतु आज तक किसी भी संक्रामक रोग या छूत से होनेवाले रोगों का प्रसार इसके पानी के कारण हुआ है, ऐसा सुनने में नहीं आया। मृत्यु से पूर्व गंगाजल मुँह में डालना, मोक्ष प्राप्त कराता है, ऐसी मान्यता भारतीयों में है और इसीलिए गंगाजल घरों में सँभालकर रखा जाता है। कई वर्षों तक रखे गए इस गंगाजल में कभी दुर्गंध नहीं आती, जबकि शुद्ध, फिल्टर किया हुआ पानी भी बंद बोतल में सँभालकर रखें तो कुछ दिनों में उसमें दुर्गंध आने लगती है।

गंगा, जो 2,525 किलोमीटर लंबी है, वह लगभग तीस करोड़ भारतीयों की जीवनरेखा है। प्रश्न है गंगा को पवित्र क्यों माना जाता है? इसके पीछे क्या राज है? कही यह पुराणों में लिखी गई कथाओं की वजह से निर्मित अंधश्रद्धा तो नहीं?

शास्त्रीय दृष्टिकोण : गंगा का जीवाणुरोधक गुण (Antibacterial Nature of Ganga Water) : सन् 1896 में एक ब्रिटिश डॉक्टर ई. हॉन्बुरी हेनकिन (A British Physician-E. Hanbury Hankin) ने गंगाजल का अलग-अलग परीक्षण किया और एक पेपर फ्रेंच जनरल (Annels de Institute Pasteur) में प्रकाशित किया। जिसमें उन्होंने लिखा है कि Bacterium Vibrio Cholerae नाम के विषाणु से कॉलरा जैसी जानलेवा बीमारी का फैलाव होता है। इस विषाणु को जब गंगाजल में डाला गया तो यह केवल तीन घंटे में मर गया, जबकि इसे शुद्ध पानी में डाला गया तो भी यह 48 घंटों के बाद भी जीवित पाया गया। उस समय उन्होंने इस बात पर भी विशेष जोर दिया कि गंगा और इसकी उपनदी यमुना की वजह से ही कॉलरा जैसे घातक रोग के फैलाव में अंकुश रहता आया है।

गंगा के पानी में सड़न विरोधी गुण हैं (Anti-Putrefaction Properties)

एक अन्य ब्रिटिश डॉक्टर, सी.ई. नेल्सन ने पाया कि इंग्लैंड वापस जाते समय कोलकाता के नजदीक हुगली के किनारे से, एक अत्यंत गंदी जगह से गंगाजल लिया गया तो वह पूरे लंबे प्रवास के दौरान भी ताजा बना रहा। आमतौर पर पानी कुछ दिनों में ऑक्सीजन की कमी के कारण उसमें वात निरपेक्ष जीवाणु बढ़ने लगते हैं (Normally, river water begins to putrity over a period of time due to lack of oxygen which promotes the growth of anaerobic bacteria,which in turn give smell of stale water) और पानी सड़ने लगता है तथा उसमें दुर्गंध आने लगती है।

किस प्रकार से गंगा नदी मृत शरीर का प्रक्षालन करती है (How River Ganga Cleans the Dead Bodies)

सन् 1927 में एक फ्रेंच अणुजीव वैज्ञानिक (a French

Microbiologist) को अत्यंत आश्चर्य हुआ, जब उसने पाया कि एक मृत शरीर, जो गंगा नदी में तैर रहा था और जिसकी मृत्यु कॉलरा जैसी घातक बीमारी तथा पेचिश (Dysentery) की वजह से हुई थी, उसके नीचे लाखों जीवाणुओं का पाया जाना अपेक्षित था, किंतु एक भी जीवाणु या बैक्टीरिया नहीं मिला। उन्होंने कहा, "अन्य शब्दों में कहा जाए तो हिंदुओं में हजारों वर्षों से जो धारणा है कि गंगाजल मृत शरीर की शुद्धि करता है, वह सत्य है।"

गंगा पर किया गया आधुनिक अनुसंधान (Recent Research of Ganga)

श्री डी.एस. भार्गव, पर्यावरण इंजीनियर तथा जल विज्ञान के प्राध्यापक (Environemental Engineer/Professor of Hydrology), जिन्होंने अपना पूरा जीवन गंगा के जल के आश्चर्यजनक गुणों का अभ्यास करने में गुजार दिया। सुविस्तृत रूप से किए गए अभ्यास एवं प्रयोगों से उन्होंने पाया कि गंगा के पानी की 'स्वंय प्रक्षालन क्षमता' (Self Cleansing Ability) अन्य नदियों के पानी से कई गुना ज्यादा है। अन्य शब्दों में कहा जाए तो गंगाजल की अधिक तेज गति से अपनी जैव रासायनिक ऑक्सीजन आवश्यकता स्तर कम करने की क्षमता अन्य नदियों के पानी की अपेक्षा ज्यादा है (Ganga is able to reduce its biochemical oxygen demand levels much faster than other rivers)। यानी 'स्वयं शुद्धि' का यह गुण गंगाजल में ऑक्सीजन का प्रमाण दुनिया भर की किसी भी नदी के पानी की अपेक्षा 25 गुना ज्यादा होने से हैं। गंगाजल में डूबे कूड़े-कचरे को साफ करने की क्षमता 15 से 20 गुना अन्य नदियों की अपेक्षा ज्यादा है।

मलेरिया रिसर्च, सेंटर नई दिल्ली ने यह पाया है कि अपने ऊपरी भाग से लिये गए गंगाजल में मच्छरों का प्रजनन (Breeding of Mosquitoes) नहीं होता है। यहाँ तक कि गंगाजल यदि दूसरे पानी से मिलाकर भी रखा जाए तो उस पानी में भी मच्छरों का प्रजनन नहीं होता, जबकि अन्य नदियों के पानी की सतह पर मच्छर प्रजनन पाए जाते हैं।

यह अद्‌भुत शक्ति गंगाजल में क्यों हैं ?

इसके दो मुख्य कारण हैं, जो गंगाजल को यह 'विशिष्ट क्षमता' प्रदान करते हैं।

1. इस गंगाजल में स्थित 'बैक्टीरिओफेज' (इसका हिंदी शब्द नहीं मिलता), जो जिवाणु-विरोधक (Anti-Bacterial Nature) गुणों के होते हैं, बैक्टीरिओफेज यह शब्द ग्रीक शब्द से लिया गया है, जिसका अर्थ है बैक्टीरिया को बरबाद करनेवाला (The Term bacteriophage combines 'bacteria' and Greek word "phagein which means 'to devour'), (इसका अर्थ है कि 'फेज' यह एक प्रकार का परजीवी वायरस है, जो बैक्टीरिया के अंदर जाकर उसके अंदर की पूर्ण शक्ति और तंत्र का उपयोग करके अधिक मात्रा में अन्य फेज निर्माण करता है तथा उस बैक्टीरिया का पूर्ण नाश करता है एवं यह 'फेज' फिर से आसपास के अन्य बैक्टीरिया पर आक्रमण करने के लिए अधिक मात्रा में निर्मित फेज मुक्त हो जाते हैं (Phage is a Virus that is parasitic in bacteria, "Phage uses the bacteriums machinery and energy to produce more phage until the bacterium is destroyed and phage is released to invade surrounding bacteria").

2. दूसरा एक अज्ञात घटक, जिसे रहस्यमय घटक (An Unknown Factor called the Mystery Factor) कहा जाता है, जो गंगा के जल को एक असामान्य ऐसी घुले हुए ऑक्सीजन रोक रखने की क्षमता (An Unsual ability to retain dissolved oxygen) प्रदान करता है। (हमें एक बात यहाँ अच्छी तरह समझनी चाहिए कि अंग्रेजी में Research or Re-Search का अर्थ है कि जो पहले से मौजूद है, उसकी तलाश। पृथ्वी सूर्य के चारों ओर घूमती है, इसका शोध लगाया गया तो इसका अर्थ यह नहीं कि पृथ्वी इस शोध से पहले सूर्य के चारों ओर घूमती ही नहीं थी। उसी प्रकार कई बातें, जिनसे आज हम अनभिज्ञ हैं, वह है ही नहीं, मानना गलत होगा। मुझे याद है, मेरे Pharmacology रिसर्च के दौरान कई बार जब एकाद

विषय की मालूमात कहीं भी नहीं मिली तो एक शब्द रिसर्च की बड़ी-बड़ी पुस्तकों में पढ़ने में आता था, GOK यानी God Only knows)।

गंगाजल में बैक्टीरिओफेज : बैक्टीरिओफेज बैक्टीरिया को खानेवाले वायरस हैं। अन्य शब्दों में कहा जाए तो बिल्ली के लिए जैसे चूहे होते हैं, वैसे ही बैक्टीरिओफेज के लिए बैक्टीरिया होते हैं। अत्यधिक प्रमाण में ऑक्सीजन होने के कारण गंगाजल लंबे समय तक ताजा रहता है। इसीलिए भारतीयों में यह परंपरा है कि वे गंगाजल भरकर अपने गाँव ले जाते हैं, घर में भी सँभालकर रखते हैं और अन्य जल में इसे मिला देते हैं। गंगाजल में स्थित बैक्टीरिओफेज की वृद्धि उस मिलाए गए पानी में होने लगती है और वह पानी भी शुद्ध हो जाता है। गंगाजल बायोटेक्नोलॉजीज (Ganga Gen Biotechnologies) इस बंगलुरु स्थित कंपनी ने हाल ही में एंटिबायोटिक्स प्रतिरोधी बैक्टीरिया (Bacteria Resistant to Antibiotics) के ऊपर बैक्टीरिओफेज का उपयोग करने का अनुसंधान भी शुरू किया है।

Structure of Bacteriophage

ग्राहम कोम Graham Colm ने 13 जुलाई, 2008 में बैक्टीरिओफेज के स्वरूप को प्रसिद्ध किया। जो यहाँ पर विकिमीडिया (Wikimedia Commons, the free media Respository) से प्रकाशित माध्यम से लिया गया है। यह प्रोटीन से बना होता है।

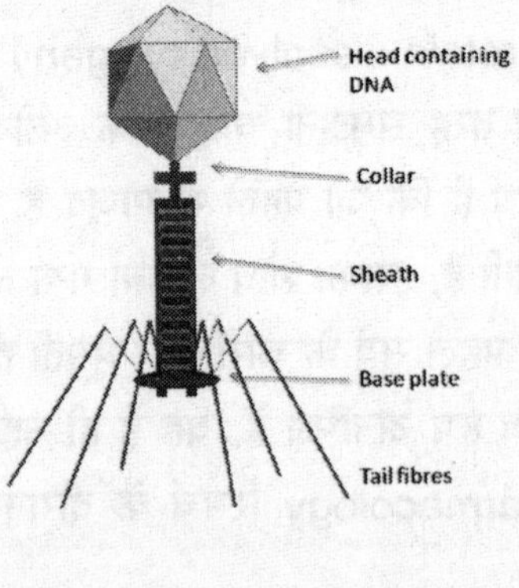

ब्रिटिश बैक्टीरिओलोजिस्ट ने एक प्रयोग किया, जिसमें उसने गंगाजल को दो प्रकार से उपयोग किया—एक प्रकार में गंगाजल को छानकर और दूसरे में गंगाजल को उबालकर। उसे तब बहुत आश्चर्य हुआ जब छानकर उपयोग में लाए गए पानी में जंतुनाशक गुण मौजूद थे, लेकिन उबाले हुए पानी में जंतुनाशक गुण समाप्त हो गए थे। इससे दो बातें सिद्ध होती हैं कि गंगा के पानी में बैक्टीरिओफेज पाए जाते हैं तथा ये उष्णता से परिवर्तनशील (Thermo Labile) हैं।

अपने मन में यह प्रश्न उठना स्वाभाविक है कि केवल गंगा के पानी में ही बैक्टीरिओफेज क्यों मिलते हैं। इसका निश्चित कारण तो कहीं नहीं मिला। कई शोध हुए, लेकिन आज तक इसका पता लगाने में शास्त्रज्ञों को यशस्विता नहीं मिली। हो सकता है, भविष्य में इसका उत्तर भी मिल जाए, किंतु मेरी समझ के हिसाब से गंगा का उद्गम हिमालय पर्वत से हुआ है। हिमालय वनौषधियों का असीम भंडार है। जब पानी पहाड़ों से बहकर आता है तो इसमें इन औषधियों का गुण उतरकर यह बैक्टीरिओफेज बनना होगा। कारण कुछ भी हो, रिजल्ट सामने है। दूसरा कारण यह भी हो सकता है कि गंगा गंगोत्तरी से हिमालय पहाड़ की ऊँचाइयों से निकलती है। रास्ते में कई जगह ऊँचे पहाड़ों से नीचे गिरती है, जिससे उस धार में प्रकृति का शुद्ध ऑक्सीजन मिलता रहता है और इस पानी में ऑक्सीजन की मात्रा अत्यधिक परिणाम में मिल जाती है, जिससे बैक्टीरिओफेज निर्माण में सहायता मिलती है।

इसलिए हम कह सकते हैं कि शास्त्रीय दृष्टिकोण से भी गंगाजल पवित्र है।

□

हिंदू संस्कृति में रंगोली का महत्त्व क्यों?

घर के सामने रंगोली बनना पारंपरिक और प्राचीन काल से चली आई प्रथा है। कई घरों में यह हर रोज बनाई जाती है और कुछ घरों में त्योहारों पर बनाई जाती है। रंगोली की डिजाइन क्षेत्र अथवा प्रदेश के हिसाब से अलग-अलग होती है। अधिकतर लोग घर के सामने की रंगोली को पवित्र मानते हैं, किंतु इसके पीछे के शास्त्रीय कारणों से अनभिज्ञ हैं। रंगोली शब्द दो शब्दों से बना है—'रंग' यानी कलर और 'होली' यानी उत्सव। तो रंगोली दूसरे शब्दों में कहा जाए तो रंगों का कलात्मक उत्सव। रंगोली अपने घर में आनेवाले के स्वागत की निशानी है और देखनेवाले के मन को प्रसन्न करने की कला है। पीढ़ी-दर-पीढ़ी यह कला चलती आई है, किंतु मूल भाव को लोग भूल गए हैं और इसमें की कला का भाव भूलकर अब रेडिमेड रंगोली

की जालियाँ लाकर अलग-अलग डिजाइंस और रंगों में रंगोली बनना लगे हैं।

शास्त्रीय दृष्टिकोण : रंगोली का मूल प्रारंभिक रूप आज भी कहीं-कहीं देखने मिलता है। विशेषकर कई देहातों में बसे रूढ़िवादी परिवार उस मूल रंगोली को अपने घरों के सामने हर रोज बनाते हैं। उनमें से नीचे कुछ नमूने दिए गए हैं—

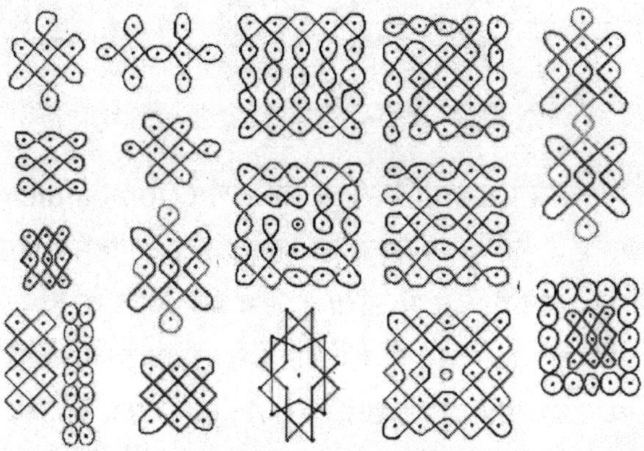

ध्यान से देखें तो इनमें एक्स और वाय एक्सिस में एक समानता है (Symmetric Around Both X and Y Axis), अधिकतर सभी के छोर गोल हैं। ऐसा लगता है, जैसे सीधी-सादी डिजाइन का मेल-मिलाप (Combination) है, जिसमें वे एक-दूसरे के ऊपर अध्यारोपित (Superimposed Over Each Other) हैं।

इससे पूर्व की रंगोली के बारे में विस्तार से विचार करें, एक बात हम अपने बचपन की याद करेंगे। पाठशाला में हमने ध्वनि तरंग (Sound Waves) के अनुकंपी के समस्वरित (Concept of Harmonics) के बारे में पढ़ा है। ध्वनि तरंग अनेक हार्मोनिक्स का बना होता है और हर हार्मोनिक यह विशिष्ट फ्रीक्वेंसी से संबंध रखता है (Sound is actually made up of several harmonics where each harmonic corresponds to a Certain frequency)।

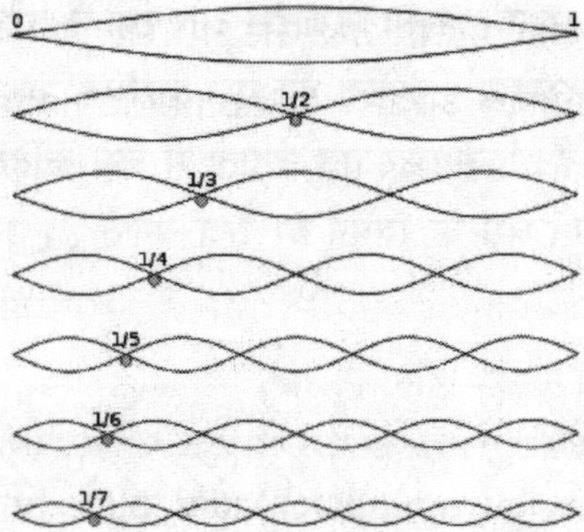

ध्वनि के योग्य ऐसे हार्मोनिक्स के समिश्रण (Combination) से ऐसा मधुर स्वर बनता है, जो अपने कानों को सुखद और आनंदमय प्रतीत होता है।

यह हमने ध्वनि के बारे में सोचा है। हम जब ध्वनि के हार्मोनिक स्पंदन एक मीठा और समधुर स्वर, जो हमें सुनने में सुखद प्रतीत होता है, निर्माण होता है। ठीक उसी तरह 'दृष्टि संबंधी' (Visual) होता है। जब कोई चित्र योग्य ऐसे फ्रीक्वेंसी के हार्मोनिक्स के मेल-मिलाप (combination) द्वारा निकाला जाता है, तब यह कलात्मक आकार (Visual pattern) अपनी आँखों को सुखद तथा मन को प्रसन्नता एवं शांति प्रदान करनेवाला होता है। यह शास्त्र की एक अलग शाखा है, जिसे 'साइमेटिक्स' (Cymatics) के नाम से जाना जाता है। 'साइमेटिक्स' इस शास्त्र की शाखा स्पंदन तथा 'ज्यामितीय आकार' (Geometric pattern) से संबंध रखती है।

(नीचे एक विडियो की लिंक दी गई है, जो साइमेटिक्स क्या है और उसके स्पंदन का असर हम पर कैसे होता है, समझने में सुविधा होगी—

http://www.youtube.com/watch?v=mgeB-nToRwA

साइमेटिक्स एक दूसरे प्रयोग में एक धातु की तश्तरी पर रेती के बारीक कण छिड़के जाते हैं और एक 'फ्रीक्वेंसी जनरेटर' द्वारा उस मेटल प्लेट में स्पंदन निर्माण किए जाते हैं। जब उस प्लेट को एक गुंजायमान फ्रीक्वेंसी (Resonant Frequency) दी जाती है तो वह धातु की प्लेट कंपायमान

(Vibrate) होने लगती है और उस प्लेट पर स्थित रेती के कण एक बहुत ही सुंदर ऐसे 'ज्यामितीय आकार' (Geometric pattern) ले लेते हैं। उदाहरण के लिए नीचे कुछ नमूने दिए गए हैं, जो इस प्रकार के प्रयोग से बने हैं।

(इसे अच्छी तरह समझने के लिए एक यू-ट्यूब की लिंक दी गई है, जिसे देखकर अपने विचार स्पष्ट हो सकते हैं :

http://www.phuics.ucla.edu/edudemomanual/acoustics/effects_of_sounds/chladni_plate.html.)

अब महत्त्वपूर्ण बात हम समझे कि जिस प्रकार स्पंदन (Vibration) से 'ज्यामितीय आकार'(Geometric Pattern) बनता है, उसी तरह इसके उलटा भी शक्य है। जब व्यक्ति इस 'ज्यामितीय आकार' (Geometric Pattern) को देखता है तो उसके दिमाग में एक स्पंदन निर्माण करता है, जो उसे मानसिक शांति प्रदान करता है। ठीक उसी तरह रंगोली का असर उस पर होता है, यानी उसे रंगोली देखने पर एक शांति की सुखद अनुभूति होती है। शास्त्रज्ञों और डॉक्टरों ने एक नए वैद्यकीय क्षेत्र का निर्माण किया है, जिसे 'सायमोथैरैपी' (Cymotherapy) कहा जाता है।

तंत्रिका विज्ञान (Neuro-Science) में यह सर्वश्रुत और प्रमाणित है कि दिमाग दृश्यों को उसके आकार और आकृति के हिसाब से प्रतिक्रिया देता है (Brain responds to visual patterns)। अपने मस्तिष्क पर ये चित्र अलग-अलग असर करते हैं। इस क्षेत्र में कई प्रकाशन हैं, जो बताते हैं कि कैसे त्रिकोण जैसे सादे जॉमेट्रिक आकार भी विद्युत् परिपथ तंत्र की तंत्रिकीय क्रियाशील बना देते हैं तथा अपने भावना में बदलाव लाते हैं (Activates neural circuitry and affect emotions)। केवल आकार ही नहीं बल्कि अलग-अलग रंग भी अपनी मस्तिष्क को स्फूर्तिदायक बनाते हैं (colours also play a role in stimulation the brain)। अत: घर के प्रवेश द्वार पर रंगोली से अभ्यागत के मन में घर में प्रवेश करने से पूर्व एक शांति प्रदान करने में सहायक होती है। यह उसके मस्तिष्क में एक स्पंदन (Vibrations) निर्माण करती है, जिससे आनेवाला मेहमान निश्चिंत, आरामदायक और आनंद (Putting him at ease, comfortable and happy) का अनुभव करता है।

□

भारतीय शौचालय सर्वश्रेष्ठ क्यों?

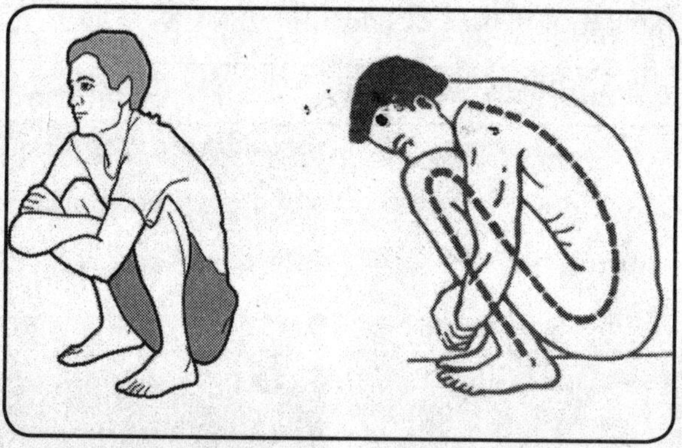

जब से मनुष्य पृथ्वी पर आया, तब से शौच के लिए 'उकड़ूँ बैठना' (Squatting Posture) सर्वोत्कृष्ट नैसर्गिक मुद्रा (Posture) मानी गई है। जैसे-जैसे मनुष्य का सामाजिक विकास होता गया, वैसे-वैसे देश और हवामान के हिसाब से लोगों की आदतें, रहन-सहन, पहराव, खान-पान, खेती, पाक विधि आदि में बदलाव आता गया, किंतु शौच में उकड़ू मुद्रा (Squatting Posture) में बैठने में कोई फर्क नहीं पड़ा।

किंतु लगभग 16वीं सदी में फ्लश टॉयलेट्स का शोध हुआ। विशेष करके शाही परिवारों में इसका चलन शुरू हुआ, जिसे वे गौरवशाली मानते थे। इस पोजीशन में बैठना, यानी सिंहासन पर बैठने का आभास उन्हें होता था। समय के साथ पश्चिमी देशों में, विशेषकर यूरोप तथा अमेरिका में इसका

चलन बढ़ता गया। 20वीं सदी में लगभग पूरी दुनिया में इसे अपनाया गया, किंतु फिर भी पूर्वी देशों में, जैसे कि भारत, चीन, पाकिस्तान, जापान, कोरिया आदि में यह पद्धति अपनाई नहीं गई और यहाँ परंपरागत भारतीय पद्धति के शौचालय पसंद करते रहे, परंतु आज के भारतीयों का जीवनमान भी पश्चिमी देशों की दिशा में जाने लगा है। कुरसियों पर बैठना, व्यायाम का अभाव आदि कारणों से घुटनों के जोड़ों का दर्द का ज्यादा बढ़ने से पश्चिमी स्टाइल के शौचालय की संख्या बढ़ती जा रही है या यों कहें कि घुटनों के दर्द के कारण पश्चिमी टॉयलेट्स या पश्चिमी टॉयलेट्स की आदत की वजह से घुटनों में दर्द एक प्रकार के दुष्टचक्र में भारतीय व्यक्ति भी फँसते जा रहे हैं।

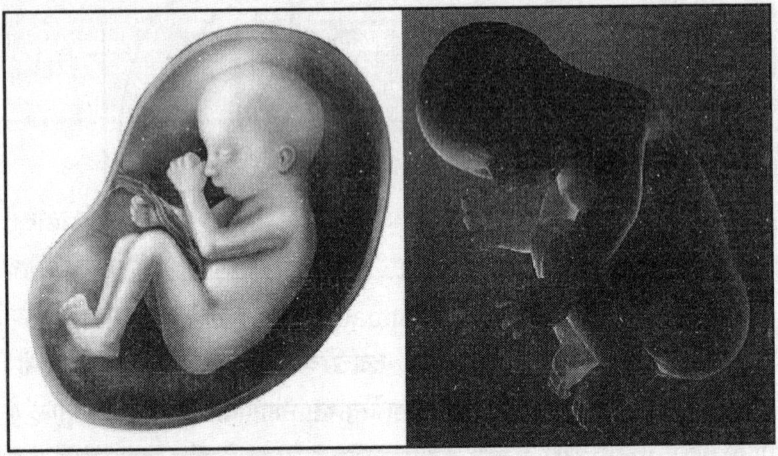

वैज्ञानिक दृष्टिकोण : माता के गर्भ से ही बालक को नैसर्गिक तौर पर यह मुद्रा मिली है। खेल के दौरान भी बालक इसी मुद्रा में बैठना ज्यादा पसंद करते हैं। ये सभी बातें यही सिद्ध करती हैं कि सामान्यत: यही मुद्रा नैसर्गिक है।

योगासन में एक अत्यंत लोकप्रिय मुद्रा है, जिसे 'शशकासन' कहते हैं। इस आसन में एक प्रकार से पेट के अवयवों को मालिश मिलती है और आँतों को, विशेषकर बड़ी आँत की हलचल को उत्तेजित करती है तथा शौच

आराम से होने में सहायक मिलती है (Stimulates nervous action of the bowels to give a good motion)। यही बात 'स्क्वॉटिंग पॉस्चर' में होती है। यदि हम इस शशकासन की मुद्रा को 90 अंश के कोण में घुमा दें तो यह पूरी तरह 'स्क्वॉटिंग पॉस्चर' ही है।

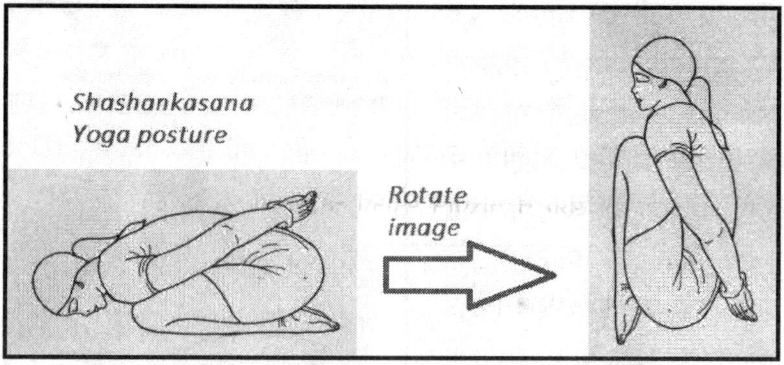

पिछले कुछ दशकों में बड़ी आँत संबंधी रोगों में काफी बढ़ोतरी हुई है। कई रोग, जैसे कि बवासीर (Hermorrhoids), उंडुपुच्छशोथ (Appendicitis), कब्ज (Constipation), संवेदनशील आँत लक्षण (Irritable Bowel Syndrome) आदि का प्रमाण बहुत बढ़ गया है। इसके कई कारण हैं, जिसके आजकल का खानपान भी एक है। इस दृष्टि से वैज्ञानिकों और डॉक्टर्स ने इसके कारण एवं निवारण के लिए शोधकार्य शुरू किए तो पाया कि इन रोगों के पीछे एक महत्त्वपूर्ण कारण पश्चिमी स्टाइल के टॉयलेट्स हैं। जो लोग पश्चिमी स्टाइल के टॉयलेट्स का उपयोग करते हैं, उनमें इन रोगों की संख्या अधिक है। अधिक शोध करने पर यह पाया गया कि पश्चिमी टॉयलेट्स में बैठने की पोजीशन मानवी शरीर रचना के विरुद्ध (Against Human Anatomy) है।

मेडिकल साइंस में चिरपरिचित डॉक्टर तथा न्युरोलॉजिस्ट डॉनिअल

लॉमेट्टी इस प्रचार में लगे हैं कि भारतीय टॉयलेट पद्धति सर्वोष्कृष्ट है। आज पश्चिमी देशों के डॉक्टर भारतीय टॉयलेट्स तथा शौच में बैठने की भारतीय मुद्रा को प्राधान्य दे रहे हैं। इसीलिए अब कई कंपनियों ने मार्केटिंग के हिसाब से यह विज्ञापन भी शुरू कर दिए हैं कि हमारे पास बदल करने के तरीके हैं, जो आप मौजूदा पश्चिमी टॉयलेट को बदलकर भारतीय स्टाइल में बना सकते हैं और आपको वैसे ही रिजल्ट मिलेंगे, जो स्क्वॉटिंग पॉश्चर में मिलता है।

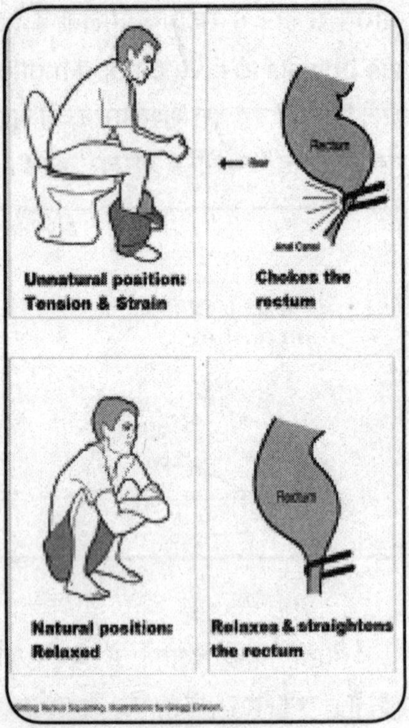

उदाहरण के लिए पश्चिमी देशों के दो विज्ञापन ऊपर दिए गए हैं—

अतः भारतीय पाखाने या टॉयलेट्स पुरातन जमाने से चलती आई पद्धति है, जो शास्त्रसम्मत और मनुष्य की अनोटॉमी के अनुकूल है तथा अब पश्चिमी देशों ने भी इस दिशा में गंभीरता से सोचना शुरू कर दिया है।

क्या आप जानते हैं?

सब जला देता है यह तेजाब

पेट में बननेवाला एसिड इतना तेज होता है कि वह रेजर ब्लेड को भी गला सकता है। इसीलिए पेट के अंदर का अस्तर हर तीसरे-चौथे दिन बदल जाता है।

□

पूजा में फूलों का महत्त्व क्यों?

अनादि काल से पूजा में फूल, पत्र या जल का उपयोग हिंदू संस्कृति में किया जाता रहा है। क्या वजह है कि हमारी संस्कृति में ईश्वर की पूजा में फूलों का इतना महत्त्व है। इतना ही नहीं, फूलों में भी अलग-अलग भगवान् को अलग-अलग फूल या पत्ते चढ़ाए जाते हैं, जैसे कि कृष्ण को तुलसी, लक्ष्मी को कमल के फूल, शंकर भगवान् को बेलपत्र आदि। भारतीय शास्त्र में इसे 'पुष्पांजलि' के नाम से भी जाना जाता है। हिंदू संस्कृति में फूलों का अर्पण करना पूजा का एक महत्त्वपूर्ण अंग माना जाता है।

इसका सबसे महत्त्वपूर्ण कारण है हमारी संस्कृति प्रकृति से जोड़नेवाली हैं, इसीलिए हम पेड़, पर्वत, नदियों की पूजा करते हैं। जिसे आधुनिक जमाने में 'ग्लोबल वार्मिंग' से बचाने के लिए वृक्ष लगाइए, नदियों की रक्षा कीजिए, प्रदूषण से नदियों को बचाइए और अपवित्रीकरण रोकिए आदि बातों से लोगों

को जाग्रत् करने का प्रयास शास्त्रज्ञों और सरकार द्वारा किया जा रहा है, जबकि हजारों सालों से यह हमारी संस्कृति का अंग रहा है। श्रीमद्‌भगवद्‌गीता में भी भगवान् श्रीकृष्ण कहते हैं कि मन के सच्चे भाव से चढ़ाए गए जल, पत्र, पुष्प से ही मैं प्रसन्न होता हूँ। अर्थात् प्रकृति की रक्षा का ही अप्रत्यक्ष संदेश इसमें दिया गया है। फूल प्रकृति की अत्यंत सुंदर और सुगंधित रचना है, जिसे पूजा के समय बड़े ही भक्तिभाव से चढ़ाया जाता है। धार्मिक शास्त्रों की मान्यता है कि भगवान् को फूल चढ़ाने पर हमें अच्छा आरोग्य, धन तथा समृद्धि मिलती है। सही मायनों में पूजा करते समय मन प्रसन्न, प्रफुल्लित और आनंदमय होना चाहिए। जिससे पूजा में ध्यान भी लगता है और पूजा का समाधान भी होता है। पूजा का अर्थ ही है मानसिक शांति। इसमें फूलों का अनन्य महत्त्व है। फूलों की वजह से वातावरण सुगंधित, प्रसन्न, प्रफुल्लित, निर्मल और ताजा रहता है। इसलिए पूजा में बासी फूल नहीं चढ़ाए जाते, भगवान् को केवल ताजा फूल ही चढ़ाए जाते हैं। फूल चढ़ाने से भक्तिभाव जागता है।

इसे 'पूजा' इसीलिए कहा जाता है, जिसमें 'पू' शब्द 'पुष्प' का द्योतक है और 'जा' शब्द 'जाप' का द्योतक है। पूजा करते समय और फूल चढ़ाते समय भगवान् के नाम का जाप अपने आप होने लगता है और शायद इसीलिए हमारे पूर्वजों ने इसे कर्मकांड का एक भाग बना दिया है। जमीन का सदुपयोग हो, इसीलिए भी फूलों की खेती की जाती है, अन्यथा जंगली फूल, जो कहीं भी उग जाते हैं, वे भगवान् को चढ़ाए नहीं जाते।

धार्मिक विधान में फूल तीन प्रकार के माने गए हैं। जिनमें फूलों के आकार, सुगंध और रंगों के अनुसार सत्त्व, रज और तमस में वर्गीकृत किए गए हैं। इसमें से सत्त्व एवं रजस फूल नियमित रोज की पूजा में उपयोग में लाए जाते हैं तथा तमस फूल किसी विशेष अवसर पर ही चढ़ाए जाते हैं। □

घर का भोजन सर्वश्रेष्ठ क्यों?

आजकल के जमाने में होटल में खानेवालों की संख्या बहुत बढ़ गई है। कुछ तो फैशन के नाम पर, कुछ प्रमाण में हम भी मॉडर्न हैं दिखाने के लिए, कुछ शौक के नाम पर और कुछ मजबूरी से। यह बात हम समझते भी हैं, लेकिन समझकर भी अनजान बनने की कोशिश करते हैं। हमारे पूर्वज या घर के बड़े-बुजुर्ग हमेशा कहते आए हैं कि घर का भोजन इसलिए अच्छा होता है कि उसमें घर के लोगों का, माँ, बहन या पत्नी का प्रेम मिला होता है और होटल के भोजन में केवल बनानेवाले (कुक) की मजबूरी या होटल मालिक का लालच या व्यावसायिक लाभ की भावना मिली होती है। एक छोटा सा उदाहरण देकर हम इसे समझने की कोशिश करेंगे। हमारे घर में जो नौकरानी होती है, हर रोज खाना बनाने आती है, उसका खाना बनाने

के पीछे केवल आर्थिक लाभ होता है। उसमें प्रेम का अंश मात्र भी नहीं होता। यदि उसने उस दिन का खाना बनाने का काम पूरा किया और हाथ धोकर घर निकलनेवाली हो, उस समय यदि बच्चा भोजन कर रहा है और कहता है कि उसे एक रोटी और चाहिए तो उसका मूड बिगड़ जाएगा। बड़े ही गुस्से से, अनमने भाव से फिर से आटा गूँधा और रोटी बनाकर उस बच्चे की थाली में परोसी (सही मायने में फेंकी) और यही बात यदि माँ बालक को भोजन बनाकर खिला रही है और ऐसे ही हालात में बच्चा एक और रोटी माँगता है तो माँ खुशी के मारे झूम उठती है कि मेरा बच्चा एक और रोटी खाएगा। बड़ी ही खुशी से फिर से रोटी बनाएगी और प्यार से बालक को परोसेगी। यही भावनात्मक अंतर अपने और पराए लोगो में, घर के और बाहर के होटल के व्यावसायिकों में होता है। यह भावनात्मक (Emotional) अंतर बहुत मायने रखता है। उसी प्रकार जब कभी माँ दुःखी होती है या उसमें चिड़चिड़ापन होता है तो भी उसका असर बनाए गए भोजन पर होता है, और वह अन्न खाने से खानेवाले पर भी इसका प्रभाव होता है।

दीपो भक्षयते धांतं कज्जलम्च प्रसूयते।
यद्दनम् भक्षये नित्यम जायते तादृशी प्रजा॥

जिस प्रकार दीपक काले अँधियारे को खा जाता है और प्रकाश फैलाता है। चूँकि दीपक ने काला अँधियारा खाया, उसके ज्योत से निकलने वाली कालिख भी काली होती है। उसी प्रकार जिस प्रकार का अन्न मनुष्य खाता है, वैसी ही संतान उत्पन्न होती है। यदि मनुष्य चोरी-चकारी या भ्रष्टाचार के कमाए पैसों से खरीदा अन्न खाता है तो उसका असर होनेवाली संतान पर होता है। यदि अन्न बीज है तो संतान फल है। जैसा बीज होता वैसा ही फल मिलेगा।

शास्त्रीय दृष्टिकोण : 'Because science has long taught us to rely on what we can see and touch, we often don't notice that our spirit,thoughts,emotions and body are all made of energy. Everything is vibrating. In fact, each of us has a personal vibration that communicates who we are to the world and helps shape our reality.'

—Penny Pierce Frequence
The Power of Personal Vibration

(अर्थात् क्योंकि साइंस ने लंबे अरसे से हमें यही सिखाया है कि जो हम देखते हैं और छूते हैं, उसी पर विश्वास करो, लेकिन हम अकसर ध्यान नहीं देते कि आत्मा, विचार, भावनाएँ और शरीर, सभी ऊर्जा शक्ति से बने हैं। ये सभी कंपायमान हैं। वास्तव में हममें से हर किसी का अपना अलग से कंपायमान है, जो दुनिया को बतलाते हैं कि हम कौन हैं और अपना एक अलग से अस्तित्व बनाते हैं।

—पेन्नी पीअर्स द्वारा फ्रीक्वेंसी : दि पॉवर ऑफ पर्सनल वायब्रेशन)

आज के विज्ञान ने संशोधन करके एक बात सिद्ध कर दी है कि अपने शरीर में से, हाथों में से कुछ लहरें या किरणें उत्सर्जित होती हैं, जिसे 'बायोफोटॉन्स' (Ultra-Week Photon Emissions—UPE) भी कहते हैं। इसकी संवेदनशीलता हमारी आँखों के देखने की क्षमता से 1000 गुना कम की होती है (with a visibility 1000 times lower than the sensitivity of our naked eye), इसलिए दिखती है नहीं। यह भी सिद्ध हुआ है कि उत्सर्जित होने की क्षमता हमारी भावनाओं (the emission is linked to the endoginous production of excited state in the living systems) के साथ तथा शारीरिक स्थिति, मानसिकता के साथ कम या ज्यादा, सीधी या वक्र होती हैं। जिस प्रकार हर व्यक्ति की रेखाएँ या अँगूठे की रेखाएँ (Thumb impression) अलग-अलग होती हैं, वैसे ही कंपन भी अलग-अलग होते हैं।

मापन पद्धति (Measurement System) : एक स्पेशल डार्क रूम बनाया जाता है, जिसमें उस व्यक्ति को रिकॉर्ड नोट करना है, उसे शांत चित्त से रखा जाता है। यह डार्क रूम 2 मीटर बाय 2 मीटर बाय 1 मीटर का होता है। इसमें फोटॉन गिनती का यंत्र (Photon Counting Device) बिठाया होता है। कंट्रोल रूम में एक विद्युत् उपकरण बिठाया जाता है, जिसे काफी 'हाय वोल्टेज' सप्लाई दिया जाता है, जिससे एक 'फोटो मल्टिप्लायर ट्यूब' चलती है (High Voltage Supply for Photomultiplier Tube-PMT)।

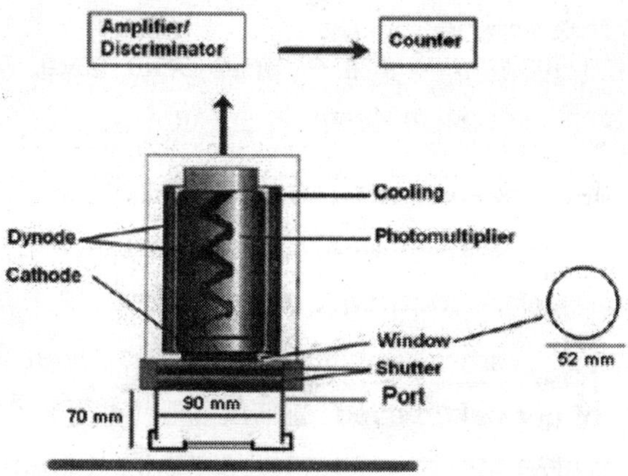

रिजल्ट : एक दिन में पाँच प्रयोग किए गए (24 घंटों में) जिसमें—

1. वैयक्तिक प्रयोग में शरीर के अलग-अलग अवयवों के औसत फोटोन उत्सर्जन रिकॉर्ड किए गए (Mean photon emission of different anatomical locations in individual experiments)।
2. दिन भर में उतार-चढ़ाव नोट किया गया (Fluctuations in time of the day)।

नीचे दिए गए टेबल में औसतन फोटॉन उत्सर्जन दिखाया गया है।

Mean ? SEM				
Experiment n	Left palm	Left Dorsum	Right Palm	Right Ddorsum
1.	5.68 0,25	3.54 0,16	7.34 0,34	4.24 0.20
2.	5.00 0.17	2.28 0.12	6.29 0.24	3.16 0.22
3.	4.69 0.19	2.24 0.21	4.57 0.22	2.62 0.18
4.	5.63 0.31	2.60 0.19	7.10 0.29	3.95 0.26
5	6.98 0.57	3.73 0.40	7.46 0.46	3.78 0.22

Mean values of photon emission (counts/s) from all experiments and locations

नीचे दिए गए ग्राफ में हाथों के अलग-अलग हिस्सों के औसतन उत्सर्जन में आए अलग-अलग बदलाव दिखाए गए हैं।

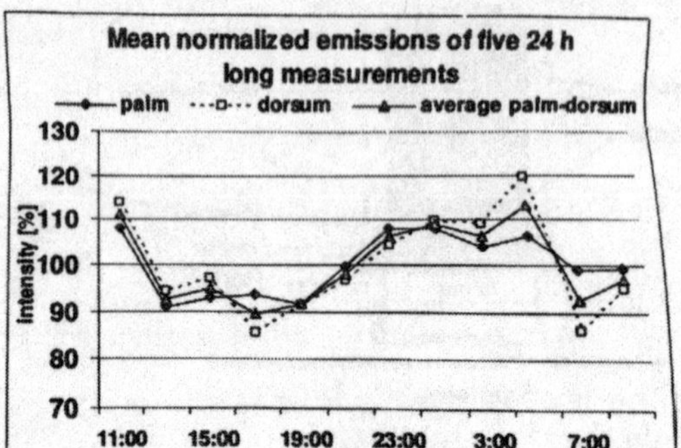

Mean normalized emissions of the five 24 h long measurements (11:00-9:00) Every two hours left and right palm as well as dorsal sides of the left and the right hand were measured. The data are shown for all locations (average palm-dorsum), and for palm (palm) and dorsal (dorsum) sides separately.

Reference : Spontaneous Ultra-Weak Photon Emission from Human Hands Is Time Dependence

Michal CIFRA 1,2, Eduard VAN WIJK3, Heike KOCH3, Saskia BOSMAN3,ROELOND VAN WIJK3,4

1. Dept. of Electromagnetic Field, Czech Technical University, Technicka 2, 166 27 Prague, Czech Republic
2. Inst. of Photonics Electronics,academy of Sciences of the Czech Rep., Chaberska 57, 182 51, Prague 8, Czech Rep.
3. International Institute of Biophysics, Raketenstation, Kapellener Strasse, D-41472 Neuss, Germany Faculty of Biology, Utrecht University, Padualaan 8, 3584CH Utrecht, The Netherlandscifarm1@fel.cvut.cz}

शायद कई बातें हमें मनगढ़ंत लगती हैं, किंतु जब साइंस के माध्यम से सिद्ध होती हैं तो हमारा विश्वास बढ़ता है, अन्यथा सभी बातें झूठ लगती हैं। पाश्चिमात्य देशों की शुरुआत के दिनों में यही धारणा थी कि सूर्य पृथ्वी के चारों ओर घूमता और पृथ्वी स्थिर है, जबकि हजारों वर्षों से हमारे योगियों और संतों ने लिख दिया था कि सूर्य स्थिर है और पृथ्वी सूर्य के चारों तरफ घूमती है। पंचांग हजारों वर्षों से लिखा जाता है, जिसमें सूर्य ग्रहण या चंद्र ग्रहण की तिथियाँ पहले से लिखी होती हैं, किंतु पाश्चिमात्य देशों ने बाद में माना कि सूर्य स्थिर है। उसी तरह कई बातें जो आज के साइंस के दायरे के बाहर हैं, वे असत्य हैं, ऐसा मानना भी तो शायद अनुचित ही है।

अपने घर के भोजन में प्रेम होता है, जब ऐसा कहते हैं तो विश्वास नहीं होता, किंतु साइंस ने सिद्ध किया कि यह सच है तो हमें विश्वास हो जाता है, परंतु यह सिद्ध होने तक का काल हमारा अविश्वास का ही काल रहा है। हमारे पूर्वजों ने हजारों वर्षों के अनुभव से सिद्ध की कुछ बातों पर हमें विश्वास करने में हर्ज नहीं ऐसा मुझे लगता है। ये बातें सिद्ध करने में शायद आज का

साइंस कम पड़ रहा है, हो सकता है, भविष्य में वह भी सिद्ध कर दें।

अत: यह बात साइंस ने भी सिद्ध की है कि अपने शरीर से, विशेषकर हाथों से फोटॉन उत्सर्जित होते हैं, जो अपनी भावनाओं और शारीरिक व मानसिक स्थिति से संबंध रखते हैं। अत: हम कह सकते हैं कि घर के भोजन में प्रेम मिला होता है, उसकी वजह से घर का भोजन सर्वश्रेष्ठ है।

□

सवेरे सूर्यपूजा क्यों?

पुराने जमाने से हमारी संस्कृति रही है कि हमारे पूर्वज सवेरे नहाने के पश्चात् सूर्य के अर्घ देते थे और सूर्य को जल चढ़ाकर मंत्रोच्चार के साथ सूर्य की आराधना करते थे। सूर्य को शक्ति का स्रोत मानते थे। आज के इस भाग-दौड़ के जमाने में हम इन बातों को भूल गए हैं। केवल भूल ही नहीं गए, बल्कि यह कर्मकांड का एक भाग है, मानकर हँसी में उड़ा देते हैं, लेकिन आज का शास्त्र कहता है कि सवेरे का सूर्यप्रकाश कितना महत्त्व का है।

शास्त्रीय दृष्टिकोण : लंबे अरसे तक सूर्यप्रकाश में या कड़ी धूप में रहने से धूप ताम्रता (Sunburn), त्वचा आयुर्वृद्धि (Skin Aging) अथवा

त्वचा का कैंसर (Skin Cancer) भी हो सकता है, किंतु यही सवेरे का सूर्यप्रकाश हमारे लिए सौगात सिद्ध होता है।

वैसे तो सूर्य सही मायनों में शक्ति का, उत्साह का प्रतीक है। हर दिन सुबह का सूर्य अपनी किरणों के साथ जीवन में नई आशा लेकर आता है। सवेरे के समय 7 बजे से 10 बजे के बीच केवल 10 से 15 मिनट यदि हम सूर्यप्रकाश का सेवन करें तो हमें कई फायदे होते हैं। हमारी कमजोर हड्डियाँ, शरीर में कैल्सियम की कमी, त्वचा और बालों संबंधी कई व्याधियाँ केवल हमारे शरीर में विटामिन-डी (Vitamin-D) की कमी से प्रेरित होते हैं। हमारे शरीर में पूर्ववर्ती अणु (Precusor Molecule), जिसकी वजह से विटामिन-डी बनता है, हमारी त्वचा में होता है। सवेरे का सूर्यप्रकाश इसे सक्रिय (Activates) बनाता है। आश्चर्य की बात यह है कि प्रकृति ने दी हुई मुफ्त की चीज की हमें कद्र नहीं है। पुराने जमाने में विटामिन-डी की कमी की बात कभी सुनते ही नहीं थे, लेकिन आजकल हमारी कुछ आदतों की वजह से, जैसे कि एयरकंडीशन का उपयोग बढ़ जाना, सवेरे देर से उठना, विटामिन-डी की कमतरता लगभग संसर्गजन्य रोगों की तरह समाज में फैल चुका है (The problem of Vitamin-D deficiency has reached epidemic proportions)। बालों का झड़ना, समीपस्थ मांसपेशी दर्द (Proximal muscle pain), जोड़ों का और हड्डियों का दर्द आजकल बहुत ही आम बात हो गई है। ऐसे रोगी में केवल 10 से 15 मिनट सवेरे के सूर्यप्रकाश में बैठने से सभी शिकायतें कम हो जाती हैं।

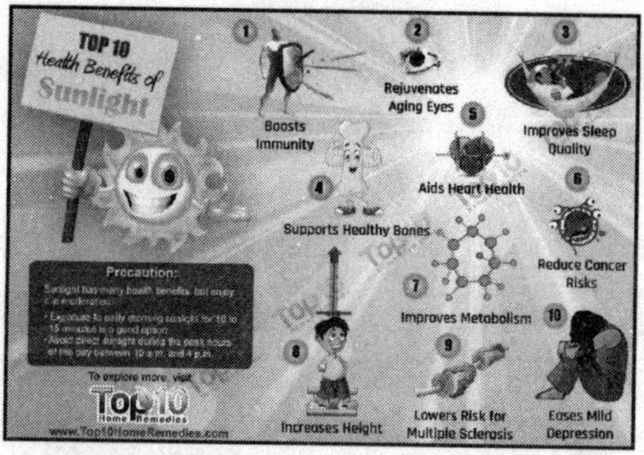

सवेरे के सूर्य की किरणों के क्या फायदे हैं, हम जानेंगे—

1. शरीर की प्रतिकार शक्ति बढ़ाता है।
2. हमारी उम्र के साथ थकनेवाली आँखों को फिर से जवान बनाता है।
3. नींद अच्छी आती है।
4. हड्डियाँ मजबूत होने में सहायक होता है।
5. हृदय को स्वस्थ रखने में सहायक होता है।
6. कैंसर होने का खतरा कम करने में सहायक होता है।
7. चयापचय क्रिया सुधारता है (Improves Metabolism)।
8. बच्चों की ऊँचाई बढ़ाने में सहायक होता है।
9. काठिन्य होने का खतरा कम करता है (Lowers risk for Multiple Sclerosis)।
10. सौम्य उदासी कम करने में सहायक होता है।

क्यों न प्रकृति की इस देन को हम स्वीकारें और कई तकलीफों से बचें। अतः हमारे पूर्वजों ने जो सूर्यपूजा की रीत बनाई थी, उसका महत्त्व आज समझते हैं कि इस निमित्त से हर रोज सूर्यप्रकाश हमें मिले और निरोगी रहने में मदद मिले।

□

वास्तु शास्त्र : क्यों और कैसे?

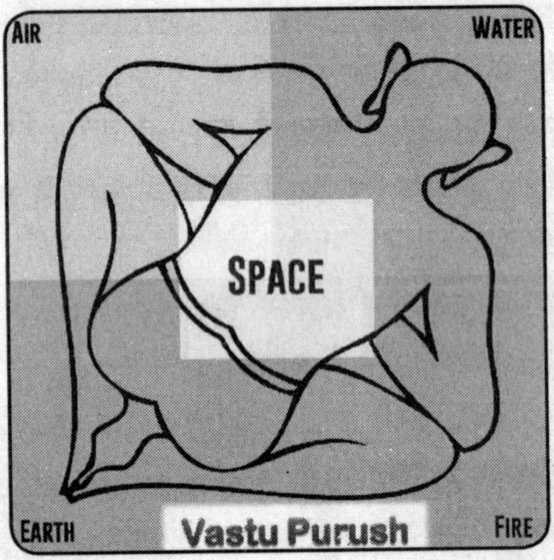

वास्तुशास्त्र भारतवर्ष का अति प्राचीन शास्त्र है। आज की भाषा में हम इसे Science of Architecture कह सकते हैं। हमारे संतों ने घर या वास्तु का निर्माण शास्त्र के अनुसार कैसे हो, इसलिए कई ग्रंथ लिखे। जिसमें से विशेषकर स्थापत्य वेद, वास्तु चक्र, वास्तु तत्त्व, वास्तु पुरुष लक्षण, वास्तु विद्या, बृहत् संहिता, मत्स्य पुराण, मंत्र दीपिका, अग्नि पुराण, सनत कुमार वास्तु शास्त्र आदि ऐसे लगभग 50 शास्त्र लिखे गए।

इन शास्त्रों का उद्‌देश्य हम सुख, शांति, सौभाग्य और सामंजस्य भरा जीवन जिएँ तथा नकारात्मक ऊर्जा को त्यागकर सकारात्मक ऊर्जा हमारे आसपास रहे।

वास्तुशास्त्र का शब्दशः अर्थ 'बिल्डिंग का शास्त्र' है, जिसमें बिल्डिंग बनाते समय कई बातों का ध्यान रखा जाता है, जैसे कि भौगोलिक स्थिति (Topography), रास्ते (Road), आसपास की रचना (Surrounding Structure), सूर्य का प्रभाव (Sun's Effects), पृथ्वी के चुंबकत्व का असर (Earth's Magnetic Effects), पृथ्वी के ऊर्जा क्षेत्र (Earth Energy Field), प्रमुख दिशाएँ (Cardinal Directions) तथा नैसर्गिक तत्त्व (Nature's Elements) आदि।

वास्तु में 'पंचमहाभूतों' का प्रभाव

पृथ्वी पर जीवन केवल शक्य है इन पाँच तत्त्वों की वजह से, जिन्हें 'पंचमहाभूत' कहा जाता है। वे हैं—आकाश, वायु, अग्नि, जल और भूमि। पृथ्वी पर स्थित हर जीवन, यहाँ तक कि बिल्डिंग भी, इन पाँच तत्त्वों से बनी है।

पंचतत्त्व (जल, आकाश, अग्नि, वायु और पृथ्वी)

आकाश (Space) : यह पृथ्वी से ऊपर असीमित जगह तक फैला है। जिसमें केवल अपना सौर परिवार (Solar System) ही नहीं, बल्कि समस्त आकाश गंगाएँ, तारा समूह (Galaxy) आते हैं। शेष चारों महाभूत

इसी के क्षेत्र में आते हैं। इसके भीतर प्रकाश, उष्णता, गुरुत्वाकर्षण शक्ति, चुंबकीय शक्ति और लहरें, ये प्रभावी शक्तियाँ आती हैं।

वायु (Air) : पृथ्वी के ऊपर के वातावरण में ऑक्सीजन, नाइट्रोजन, कार्बन डाइ ऑक्साइड, पानी की भाप, धूली कण आते हैं और जो इस पृथ्वी पर जीवन के लिए वातावरण है। मनुष्य की शारीरिक आराम मूल्य (Physical Comfort Values), ये सीधी तरह और संवेदनशील (Sensitively) ढंग से वातावरण की नमी (Humidity), हवा का प्रवाह (Air Flow), हवा का तापमान (Air Temperature), हवा का दबाव (Air Pressure), हवा का संघटन (Contents in Air), हवा में अलग-अलग वायुओं का मिश्रण (Air Composition), इन सब बातों पर निर्भर रहता है।

अग्नि (Fire) : यह प्रकाश (light) और ताप (Heat) को दरशाता है, जिसके बिना जीवन दुर्लभ है। इसके अलावा यह दिन और रात, ॠतुएँ, ऊर्जा, बिजली, ज्वालामुखी की उष्णता तथा सूर्य एवं सूर्यमाला से संबंधित सभी पहलुओं को दरशाता है। पृथ्वी पर के हर जीव का उत्साह, ओज, ऊर्जा केवल प्रकाश और उष्णता की वजह से ही हैं।

जल (Water) : यह पृथ्वी पर की वर्षा, नदियाँ, सागर तथा पानी के तीनों रूप जैसे द्रव रूप में पानी, घन रूप में बर्फ और वाष्प रूप में भाप, बादल को दरशाता है। यह वातावरण में ऑक्सीजन तथा हाइड्रोजन के मिश्रण के रूप में 1:2 परिणाम में रहता है और पूरी तरह तटस्थ (Neutral) रहता है। हर मनुष्य या वनस्पति में पानी अलग-अलग परिणाम में स्थित रहता ही है।

पृथ्वी (भूमि, Earth) : पृथ्वी सूर्यमाला का तीसरा ग्रह है। पृथ्वी एक बड़ा चुंबक है, जो उत्तर और दक्षिण ध्रुवों के बीच चुंबकीय शक्ति केंद्रित है और ये आपस में तालमेल रखे हुए हैं। इसकी चुंबकीय तथा गुरुत्वाकर्षण शक्ति का परिणाम पृथ्वी पर स्थित हर जीवित प्राणियों पर और अजीवित वस्तुओं पर होता है। पृथ्वी अपनी धुरी के चारों ओर पश्चिम से पूर्व की ओर घूमती रहती है, जिससे दिन और रात होते हैं। यह सूर्य के चारों ओर एक वर्ष में (365.25 दिनों में) परिक्रमा पूर्ण करती है और यह पूरी सीधी न होकर

23.5 कोण पर झुकी हुई है, उसी की वजह से ऋतुएँ या मौसम होते हैं। पृथ्वी के इसी झुकाव की वजह से एक साल के भारत में दो विभाग होते हैं, एक है उत्तरायण, जो 14 जनवरी से 15 जुलाई तक होता है और दूसरा दक्षिणायण जो जुलाई 16 से जनवरी 14 तक होता है, जब सूर्य दक्षिण पूर्व की ओर बढ़ता है।

वास्तुशास्त्र में पंचमहाभूतों का महत्त्व क्या है ? ये पाँचों तत्त्व जीवन को धारण किए हुए हैं तथा प्रकृति में पूरी तरह तटस्थ, निष्पक्ष और बिना भेदभाव के अपना कार्य करते रहते हैं। मनुष्य का इनको वश में करना शक्य नहीं है। इन पाँचों तत्त्वों की आपस में न दिखनेवाली पारस्परिक क्रियाएँ चलती रहती हैं और ये सभी आपस में एक प्रकार का तालमेल रख आपसी संतुलन बनाए रहते हैं, किंतु बिल्डिंग या वास्तु के रूप में जब हम स्वरूप खड़ा करते हैं तो इनके आपसी तालमेल में रुकावट निर्माण होती है, जिसका अच्छा या बुरा असर इसमें रहनेवालों पर होता है। इस स्थिति में यह बिगड़ा हुआ संतुलन सुधारने की आवश्यकता होती है, ताकि फिर से 'ब्रह्मांडीय शक्ति' (Cosmic Energy) प्रवाह सद्भावपूर्ण ढंग से बहता रहे।

ब्रह्मांडीय शक्ति का कलात्मक चित्र

वास्तुशास्त्र में पृथ्वी पर स्थित हर शक्ति या ऊर्जा का ध्यान रखा जाता है, जो प्रकृति ने हमें मुफ्त में बहाल की हैं, जैसे सूर्य से मिलनेवाली सौर ऊर्जा, चंद्र से चांद्र ऊर्जा, पृथ्वी शक्ति, चुंबकीय शक्ति, बिजली शक्ति, हवा शक्ति, प्रकाश शक्ति, ब्रह्मांडीय शक्ति आदि।

'प्राण' या ब्रह्मांडीय शक्ति क्या है? पृथ्वी पर स्थित हर जीव के लिए यह एक जीवन की अत्यावश्यक और जीवन धारण करनेवाली शक्ति है। यह एक 'स्वयंस्फूर्त' ऊर्जा है, जो चुंबकीय शक्ति का निर्माण करती है और इस पृथ्वी पर स्थित हर जीव में तथा पूरे ब्रह्मांड में हर स्तर पर ऊर्जा या शक्ति का निर्माण करती है। इसी की वजह से इस ब्रह्मांड में, आकाश गंगा में तालमेल बना हुआ है। हर ग्रह में आपस में एक अंतर बना हुआ है। पृथ्वी अपने और सूर्य के चारों ओर घूमती रहती है। हर जीव में यह शक्ति समाई हुई है।

वास्तुशास्त्र एक बहुत ही बड़ा शास्त्र है, किंतु इसका मुख्य उद्‌देश्य है, जब हम अपना घर या कोई भी वास्तु का निर्माण करते हैं तो उसकी दिशाएँ देखकर अपने घर की रचना करें, क्योंकि सूर्य पूरब से निकलकर पश्चिम की ओर जाता है। इसमें भी उत्तरायण और दक्षिणायण होते हैं, जिससे सूर्य की स्थिति उत्तर या दक्षिण दिशा में छह महीने के लिए बदलती रहती है। भारत में हवा के प्रवाह की दिशा साल में निश्चित होती है, अर्थात् हवा का प्रवाह साल भर किस दिशा से किस ओर जा रहा है और अपने घर की दिशा किस ओर है। हमारा शहर किस अक्षांश या रेखांश में आता है, क्योंकि अपने से केवल लगभग 200 किलोमीटर दूर शहर का तापमान अपने शहर से अलग होता है, क्योंकि रेखांश बदल जाता है। हमारे कमरों में किस दिशा में अपना सोने का पलंग हो, जिससे पृथ्वी के चुंबकीय शक्ति का परिणाम अपने पर विपरीत न हो। वर्षा की दिशा कौन सी है, अकसर हर स्थान में वर्षा किस दिशा से आती है और पानी का बहाव कैसा होना चाहिए, इसका भी विचार वास्तुशास्त्र में किया जाता है। इन सभी बातों का ध्यान रखकर वास्तु का निर्माण कैसा हो, यह बात वास्तुशास्त्र बताता है। यदि हमेशा बहनेवाली हवाओं के विपरीत दिशा में घर हो या कमरों में प्रकाश योग्य न हो तो निश्चित ही दीर्घावधि

में इसका विपरीत परिणाम हमारे शरीर पर हो सकता है। हमारे आरोग्य के हिसाब से हानिकर कभी हो सकता है, किंतु वास्तु का परिणाम हमारे भाग्य पर होता है और उससे हमारे परिवार पर आर्थिक संकट आ सकता है अथवा वास्तु में सुधार करने से हमारी भाग्य रेखाएँ बदल सकती हैं, इस बात पर आज भी मेरा विश्वास नहीं है।

□

एक ही गोत्र में विवाह करना योग्य या अयोग्य?

हजारों वर्षों पूर्व से हमारे ऋषियों ने एक परंपरा बनाई कि एक ही गोत्र के लड़के और लड़की में विवाह नहीं होना चाहिए।

गोत्र यानी क्या?

गोत्र प्रणाली उस व्यक्ति के अतिप्राचीन मूल पुरुष वंशावली (Male Lineage) से संबंधित है। उदाहरण के लिए कोई व्यक्ति जब यह कहता है कि उसका गोत्र भारद्वाज है, इसका अर्थ है कि उसकी जड़ें पुरुष वंश ऋषि भरद्वाज से हैं। यह गोत्र पिता ने अपने पुत्र को बताया और यही परंपरा हजारों वर्षों से चलती आ रही है।

इसमें विवाह के पश्चात् लड़के का गोत्र वही रहता है, लेकिन लड़की का गोत्र बदलकर लड़के का गोत्र अपनाना पड़ता है। अत: एक ही गोत्र के लड़के-लड़की में विवाह नहीं हो सकता। कारण कि वे आपस में चचेरे भाई-बहन (Cousins) माने जाते हैं। और आज का आनुवंशिकी शास्त्र (Modern Genetics) भी कहता है कि चचेरे भाई-बहन का आपसी विवाह आनुवंशिकी विकार उत्पन्न करता है (Marriage between cousins will increase the rist of causing genetic disorder), किंतु इसकी चर्चा करने के पहले हम यह आनुवंशिकी (Genetics) क्या है, जानना जरूरी है।

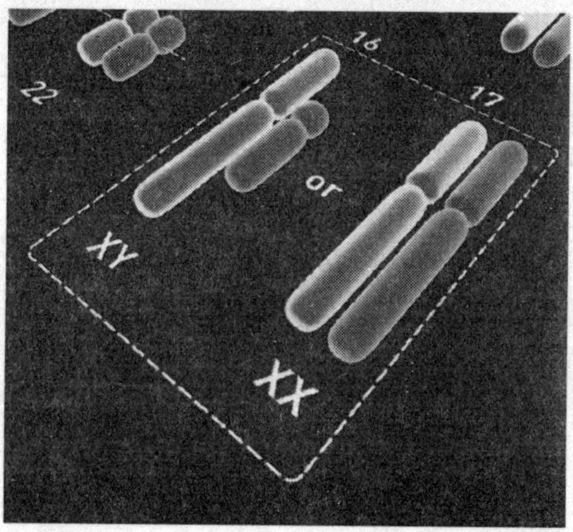

मनुष्य के शरीर में कुल 23 जोड़ियाँ गुणसूत्रों (23 Pairs of Chormosomes) की होती हैं। इसमें से हर जोड़ी में एक Chormosomes यह माता से और एक पिता से आता है। इस प्रकार हमारे हर कोशिका (Cell) में कुल 46 Chormosomes होते हैं, जिसमें से 23 माता और 23 पिता से प्राप्त होते हैं।

इस 23 की जोड़ियों में से एक जोड़ी सेक्स क्रोमोजोम (Sex Hromosome) की होती है, जो आनेवाली पीढ़ी का लिंग (Gender)

कौन सा होना चाहिए, निश्चित करती है। यदि गर्भाधान के समय XX-Chormosomes एक–दूसरे से मिलते हैं तो लड़की होती है और यदि XY-Chormosomes मिलते हैं तो लड़का होता है। यहाँ यह जानना जरूरी है कि माता के पास केवल X-Chormosomes ही होते हैं और पिता के पास दोनों X एवं Y-Chormosomes होते हैं। अर्थात् केवल पिता के पास ही Y-Chormosomes होते हैं, जो लड़का बनाने में कारणीभूत होता है, माता के पास Y-Chormosomes होते ही नहीं। अत: Y-Chormosomes केवल पुरुष वंशावली में सुरक्षित होते हैं। यही गोत्र के नाम से जाना जाता है।

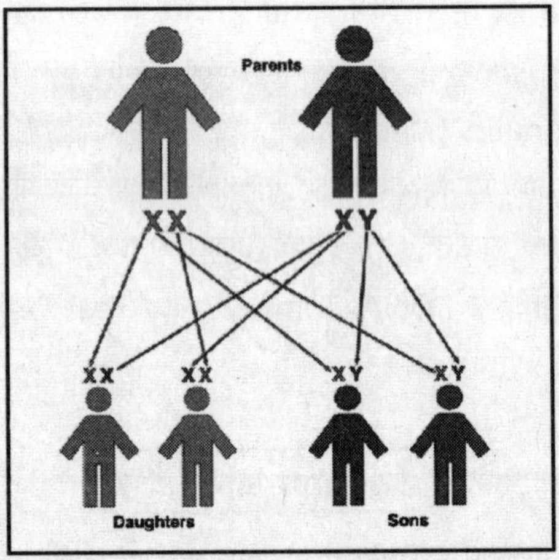

अभ्यास में यह पाया गया है कि Y-Chormosomes की साइज X-Chormosomes के केवल एकतृतीयांश है, और लाखों वर्षों से धीरे-धीरे इनका साइज कम होता जा रहा है और अगले लाखों वर्षों में इनका अस्तित्व समापन की ओर जा रहा है।

अत: स्वस्थ पीढ़ी के निर्माण के लिए अपने ऋषियों ने एक ही गोत्र में विवाह करना निषिद्ध माना है। किंतु कई प्रश्न आज के युग में इस विषय में निर्माण होते हैं, जो अनुत्तरित हैं। मुसलिम समाज में अपनी चचेरी बहन के साथ विवाह की अनुमति है तो क्या इनकी अगली पीढ़ी त्रुटिपूर्ण निर्माण हो

रही है या पश्चिमी संस्कृति में, जहाँ इस बात की गंध भी नहीं कि गोत्र क्या है, उनकी पीढ़ियाँ बरबाद हुई हैं? प्रश्न है हजारों वर्षों से यह गोत्र प्रणाली चलती आ रही है, जिसमें कई पीढ़ियाँ बदल गई हैं, तो फिर आजतक इसका असर कैसे बरकरार है? यह विचार करने की बात है। कुछ जानकारों का यह भी मानना है कि गोत्र प्रणाली ऋषियों के शिष्यों द्वारा निर्मित हुई केवल एक वंशावली है, जबकि इसका और विवाह संबंधों का कुछ लेन-देन नहीं है। (इस लेख का उद्देश्य केवल यह खोज करने का प्रयास करना है कि पुरानी गोत्रप्रणाली के पीछे का तर्क क्या है। मैं किसी भी प्रकार से इस गोत्र प्रणाली का न तो समर्थन करता हूँ और न ही खंडन करता हूँ। फिर भी मेरे मतानुसार आज के समाज में विवाह के लिए सर्वोकृष्ट आनुवंशिक संभावना (Genetic Feasibility) जानने की पद्धति, यानी डी.एन.ए. अनुकूलता परीक्षण (DNA Compatibility Test) है, जो हमें निश्चित रूप से दिशानिर्देश कर सकता है या आश्वस्त कर सकता है कि आनेवाले पीढ़ी में कोई आनुवंशिक दोष (DNA Compatibility Test Genetic Defect) है या नहीं)।

क्या आप जानते हैं?

शरीर में गुणसूत्रों (Chormonsomes) की संख्या 46 पाई गई है।
शरीर का सबसे बड़ा अंग त्वचा होती है।
शरीर में कुल 22 अमिनो अम्ल (Amino acids) पाए जाते है।
शरीर में प्रतिदिन 1.5 लीटर मूत्र बनता है।
मूत्र यूरिया के कारण दुर्गंध देता है।

□

जीवन में अध्यात्म की आवश्यकता क्यों हैं?

जीवन में आस्था की बहुत बड़ी भूमिका है। आस्था किस पर और कैसी हो, इसका विश्लेषण करना असंभव अथवा अयोग्य है। हर व्यक्ति की आस्था अलग-अलग होती है, किंतु जैसे कि पानी का कोई भी रूप हो, उसका सूत्र तो H_2O ही होता है। पानी घन रूप में बर्फ कहलाता है, द्रव रूप में जल कहलाता है और वाष्प रूप में भाप कहलाता है। रूप तो अलग-अलग हैं, किंतु तत्त्व तो एक ही है। उसी प्रकार हर व्यक्ति की आस्था उसके संस्कार, पारिवारिक परंपराओं के हिसाब से बनती है और बढ़ती है। जब व्यक्ति में आस्था जाग जाती है, तब वह अध्यात्म की ओर धीरे-धीरे

बढ़ने लगता है। जीवन के उतार-चढ़ाव और उसमें आनेवाले अनुभवों पर से उसका अध्यात्म पर का विश्वास दृढ़ होने लगता है।

अध्यात्म का विचार करते समय ईष्ट पर विश्वास और अंधविश्वास, ये दो पहलू सामने आते हैं। विश्वास और अंधविश्वास के बीच की रेखा बहुत ही पतली है, किंतु अध्यात्म पर का विश्वास केवल स्वानुभूति पर ही निर्भर है। गुड़ मीठा है अथवा फूलों की सुगंध—यह शब्दों में व्यक्त करना अशक्य है। उसे स्वानुभूति की आवश्यकता है, उसी प्रकार अध्यात्म का अनुभव सुनकर शायद अंधविश्वास लग सकता है, उसके लिए स्वानुभूति आवश्यक है।

अध्यात्म के फायदे क्या हैं?

वैज्ञानिक अनुभवों से सिद्ध हुआ है कि

- हमारा विश्वास कि यह हमारे स्वास्थ्य और दीर्घ आयु पर काफी असर डालता है। अपने ईष्ट पर विश्वास रखनेवालों और आध्यात्मिक प्रवृत्ति के लोगों में कॉर्टीसोल (Cortisol) का असर बहुत कम होता है। कॉर्टीसॉल वह हारमोन है, जो हमारे मानसिक तनाव में हमारे शरीर में स्रावित होता है।
- अध्यात्म से हमारे विचार सकारात्मक बनने लगते हैं। सकारात्मक विचारों के कारण हमारे शरीर में दर्द की अनुभूति की लगभग 30 प्रतिशत कमी आ जाती है।
- भक्ति और आध्यात्मिकता के कारण अल्जेइमर रोग (Alzhemiers Disease), जो बढ़ती उम्र के साथ आने लगता है, उसकी प्रगति की मात्रा में काफी कमी आ जाती है।
- देखा गया है कि जो लोग संगठित रूप से धार्मिक कार्यक्रमों में सहभाग लेते हैं, उनका आयुर्मान उनकी तुलना में बढ़ जाता है।
- जो लोग धार्मिक कार्यक्रमों में सहभाग नहीं लेते। देखा गया है कि नियमित रूप से धार्मिक कार्यक्रमों में सहभाग आयुर्मान लगभग 12 प्रतिशत तक बढ़ाता है।

- हृदयरोग से ग्रस्त (Heart Patients) अथवा ऐसे अन्य मरीजों को अध्यात्म और दृढ़ विश्वास की वजह से अपने आप में एक आत्मविश्वास और अच्छे सुधार की अनुभूति होती है।
- अध्यात्म और धर्म में आस्था रखनेवाले व्यक्ति को अपनी बुरी आदतें छोड़ने में सफलता मिलती है।
- अध्यात्म से ईश्वर में समर्पण का भाव जागता है और समर्पण भाव जागने से जो विश्वास निर्माण होता है, उसकी वजह से मानसिक तनाव कम हो जाता है। मानसिक तनाव कम होने से शरीर शिथिल हो जाता है और शिथिल होने से हृदय के स्पंदन (Heart Rate) कम हो जाते हैं, रक्तदाब (Blood Pressure) कम हो जाता है और श्वासोच्छ्वास की गति (Breathin Rate) कम हो जाती है तथा उसकी वजह से शारीरिक खिंचाव एवं मन की तड़प दूर होकर शांति का अनुभव होता है।
- अध्यात्म और ईष्ट पर विश्वास अपनी प्रतिकार शक्ति (Immune System) बढ़ाता है। जिससे अपने रक्त में सफेद पेशियाँ (White Blood Cells) बढ़ जाती हैं।
- प्रार्थना से उपचार (Healing) जल्द होते हैं।
- अध्यात्म से जुड़े प्राणायाम, ध्यान, जप, तप, चिंतन से मानसिक और शारीरिक शांति प्रदान करके अपने में एक आत्मविश्वास बढ़ाकर अपने जीवन को सुखदाई बनाते हैं।

□

रुद्राक्ष के पीछे के धार्मिक, आध्यात्मिक और शास्त्रीय सत्य क्या हैं?

(धार्मिक आध्यात्मिक एवं शास्त्रीय सत्य)

हजारों वर्षों से चली आई रुद्राक्ष की मणियों का महत्त्व एवं इस भारतीय परंपरा का तथ्य क्या है? यह जानने के लिए यहाँ इस विषय का गहन अभ्यास करने का प्रयास किया गया है, क्योंकि रुद्राक्ष और रुद्राक्ष की माला भारतीयों के धर्म एवं अध्यात्म का एक अभिन्न अंग है। भारत का कोई भी साधु यदि देखें तो बिना रुद्राक्ष की माला के शायद ही नजर आएगा। केवल धार्मिकता को महत्त्व न देकर आज तक इस विषय पर क्या अनुसंधान (Research)

हुआ है, जानने की कोशिश की गई है, इसलिए शायद इस विषय पर ज्यादा लिखना पड़ रहा है। जिसे इस विषय में विशेष रुचि हो, वे इसका अध्ययन कर सके और समाधान प्राप्त कर सके, यही उद्देश्य सामने रखकर इस पुस्तक में इस विषय पर रुद्राक्ष का विस्तार से वर्णन किया गया है।

रुद्राक्ष का वर्तमान का सत्य : यह अत्यंत दु:ख की बात है कि भारतीयों की आस्था और आध्यात्मिक आकर्षण को ध्यान में रखकर कई लोगों का स्वार्थ लोभ जाग गया है। असली रुद्राक्ष मिलना दिन-ब-दिन थोड़ा कठिन होता जा रहा है, इसका फायदा उठाकर कुछ नतदृष्टा व्यापारियों की ओर से रुद्राक्ष की जगह उससे मिलता-जुलता दूसरा बीज, जिसे 'बद्राक्ष' कहा जाता है, आमतौर पर बेचा जा रहा है। यह बीज फायदे की जगह नुकसानदेह है, यह एक विषारी बीज है। यह उत्तर प्रदेश और बिहार में उगता है। रुद्राक्ष और बद्राक्ष दिखने में बिल्कुल एक जैसे होते हैं, किंतु दोनों के प्रभाव में जमीन-आसमान का अंतर है। इतना ही नहीं, आजकल प्लास्टिक के भी रुद्राक्ष बनने लगे है और जितने मुखी चाहो आसानी से, जितनी संख्या में चाहो, उपलब्ध किए जाते हैं। इसलिए आज की युवा पीढ़ी का रुद्राक्ष पर से विश्वास उठता जा रहा है, किंतु एक बात जो स्वामी विवेकानंद ने कही थी, शायद हमारा मार्गदर्शन कर सकती है। स्वामी विवेकानंद ने कहा, "जब हम यह कहते हैं कि यह चीज किसी की नकल या प्रतिलिपि (Duplicate) है, इसका अर्थ इसी में छिपा है कि कहीं तो इसकी मूल प्रति है, जिसका यह डुप्लीकेट बना है (Original exists some where)।" हम जब कहते हैं कि यह साधु ढोंगी है, इसका अर्थ है कि कही तो सच्चा साधु भी है। उसी प्रकार यह डुप्लीकेट रुद्राक्ष है, इसका अर्थ निश्चित ही असली रुद्राक्ष भी है, जिसका असर होता है।

रुद्राक्ष का धार्मिक विवेचन

रुद्राक्ष का शब्दश: अर्थ रुद्र यानी शिव (भगवान् शंकर) तथा अक्ष का अर्थ आँसू। रुद्राक्ष शब्द का अर्थ है, 'ऐसा जो देखकर सबकुछ करने में सक्षम

है (जैसे कि तीसरी आँख)'। अक्ष का दूसरा अर्थ है, 'अक्ष-धुरी' यानी आँख, जो हर दिशा में घूम सकती है। रुद्र यह भगवान् शंकर का वैदिक नाम है। 'अ' का अर्थ है 'पाना' और 'क्ष' का अर्थ है 'देना'। रुद्राक्ष धारण करनेवाला आँसू समाप्त करके आनंद की अनुभूति करनेवाला—ऐसा भी होता है।

ऐसी पौराणिक कथा है कि ताड़कासुर के दो पुत्र थे—तारकाक्ष तथा कमलाक्ष, जिन्हें भगवान् शिव ने, उनका सदाचरण देखकर देवत्व प्रदान किया, किंतु कुछ दिनों के बाद उनमें देवत्व समाप्त हो गया और आसुरत्व आ गया; उन्होंने अत्याचार शुरू कर दिए। भगवान् शंकर को इस बात का बहुत दुःख हुआ, वे तपस्या में लीन हो गए। उनके आँखों से अश्रु निकलकर पृथ्वी पर गिरे, जिससे वे रुद्राक्ष वृक्ष बने। बाद में शिव ने दोनों का नाश किया। यह रुद्राक्ष वृक्ष समुद्र सतह से लगभग 3000 मीटर ऊँचाई पर आते हैं और इमली के पेड़ जैसे दिखते हैं। इस पर लगनेवाले फल को 'अमृतफल' भी कहते हैं। इसका वानस्पतिक नाम 'Eleocarpus granitus' है।

रुद्राक्ष के फल नीले रंग के होते हैं और इसमें निकलनेवाले बीज ही रुद्राक्ष कहलाते हैं। इन बीजों का आकार मणिका जैसे होता है, जो मनुष्य के मस्तिष्क से काफी मेल खाते हैं। इन बीजों पर लकीरें होती हैं, जो झुर्रियों जैसी लगती हैं और अलग-अलग भागों में विभाजित होती हैं, जिसे 'मुख' कहा जाता है। इसी विभाजन से रुद्राक्ष को एक मुखी, दो मुखी आदि प्रकार से जाना जाता है। रुद्राक्ष वजन में बहुत ही हलका होता है, लेकिन आश्चर्य की बात यह है कि वह पानी में डूब जाता है और यही इसकी असली या नकली होने की पहचान है।

रुद्राक्ष का आध्यात्मिक विवेचन

अलग-अलग रुद्राक्ष के शरीर पर होनेवाले प्रभाव

रुद्राक्ष 1 मुखी से लेकर 21 मुखी तक पाए जाते हैं। इसके अलावा गणेश मुखी एवं गौरी शंकर भी अलग से पाए जाते हैं। शास्त्रों में हर एक का

मानव शरीर पर होनेवाला प्रभाव अलग-अलग बताया गया है।

इसके मुख्य आकार एवं प्रभाव नीचे बताए गए हैं। 1 मुखी और 5 मुखी अधिकतर पाए जाते हैं।

रुद्राक्ष फल

1 मुखी रुद्राक्ष

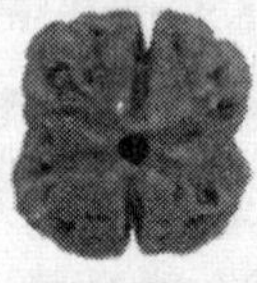
2 मुखी रुद्राक्ष

3 मुखी रुद्राक्ष

4 मुखी रुद्राक्ष

5 मुखी रुद्राक्ष

6 मुखी रुद्राक्ष

7 मुखी रुद्राक्ष

8 मुखी रुद्राक्ष

9 मुखी रुद्राक्ष

10 मुखी रुद्राक्ष

11 मुखी रुद्राक्ष

12 मुखी रुद्राक्ष

13 मुखी रुद्राक्ष

14 मुखी रुद्राक्ष

15 मुखी रुद्राक्ष

16 मुखी रुद्राक्ष

गणेश मुखी रुद्राक्ष

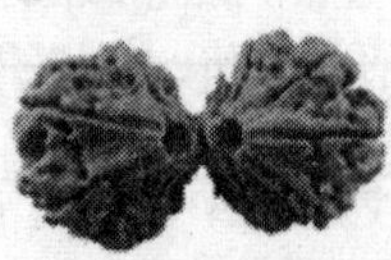
गौरी मुखी रुद्राक्ष

॥ Rudraksha Beads (1 to 21 Mukihi) and Their Benefits ॥
रुद्राक्ष मणि (1 से 21 मुखी) एवं उनके प्रभाव

! Rudraksha!! Rulling God!! Rulling Planet!! Beeja mantra!! Major benefit

! रुद्राक्ष !!अधिपति देवता !! प्रबल ग्रह !! बीज मंत्र !! मुख्य लाभ

1. **Mukhi ॥ Shiva ॥ Sun ॥ Om Hreem Namah ॥ Enlighten the Super** Consciousness, provides improved concentration and mental structure changes specific to renunciation from worldly affairs. The wearer enjoys all comforts at his command but still remains unattached.

2. **Mukhi ॥ Ardhareeshwar ॥ Moon ॥ Om Namah ॥ Blesses the wearer** with "UNITY". It could be related to Guru-Shishya, parents-Childern, husband-wife or friends. Maintaining ONENESS is its peculiarity.

3. **Mukhi ॥ Agni ॥ Mars ॥ O Kleem Namah ॥ The wearer gets free** from sins or wrongs from his life and returns to purity. Ideal for those who suffer from inferior complexes, subjective fear, guilt and depression.

4. **Mukhi ॥ Brahma ॥ Mercury ॥ Om Hreem Namah ॥ The wearer gains** power of creativity when blessed. Increases memory power, wit and intelligence.

5. **Mukhi ॥ Kalaagni Rudra ॥ Jupiter ॥ Om Hreem Namah ॥ Wearer gains health** and peace. It increases memory also.

6. **Mukhi ॥ Kartikeya ॥ Venus ॥ Om Hreem Hum Namah ॥ Saves from the** emotional trauma of worldly sorrows and gives learning, wisdom and knowledge. Affects understanding and appreciation of Love, Sexual Plesure, Music and Personal Relationships.

7 **Mukhi ॥ Malaxmi ॥ Saturn ॥ Om Hum Namah ॥ It should be worn by** those who are suffering from miseries pertaining to body, finance and mental set-up. By wearing this man can progress in business and service and spends his life happily.

8 **Mukhi ॥ Ganesh ॥ Rahu ॥ Om Hum Namah ॥ Removes all** obstacles and brings success in all undertakings. It gives the wearer all kinds of attainments- Riddhies and Siddhies. His opponents are finished i.e. the minds or intentions of his opponents are changes.

9 **Mukhi ॥ Durga ॥ Ketu ॥ Om Hreem Hum Namah ॥ Wearer is blessed** with lot of energy,power, Dynamism and fearlessness, which are useful to live a life of success.

10 **Mukhi ॥ Vishnu ॥ None ॥ Om Hreem Namah** This contains the influence of ten incarnations and the ten directions. It works like a shield on one's body and drives evils away.

11 **Mukhi ॥ Hanuman ॥ None ॥ om Hreem Hum Namah ॥ Blesses wearer** with wisdom, right judgement, powerful vocabulary, adventurous life, fearlessness and success, Above all, it also protects from accidental death, it also helps in Meditation and removes the problems of yogic practices.

12 **Mukhi ॥ Sun ॥ Aum Kraum ॥ Sraum Raum Surya Namah ॥ Wearer gets** the quality of the sun- to rule and to move continuously witj brilliant radiance and strength. Good for ministers, politicians, administrators, businessmen and executives. Removes worry, suspicion and fear. Increases self image and motivation.

13 **Mukhi ॥ Indira ॥ Venus ॥ Om Hreem Namah ॥ Showers all possible** comforts of life one can ever desire. It gives riches and honor adn fulfills all the earthly desires and gives eight accomplishments (Siddies) and the god cupid (kamadeva) pleases with the man who wears it. It is helpful for meditation and spiritual and materialistic attainments.

14 **Mukhi ॥ Hanman ॥ Saturn ॥ Om Namah ॥ Most precious divine** gem-Deva Mani. It awakens the sixth sense organ by which the wearer foresees the future happenings.its wearet never fails in his decisions. ITs wearer gets rid of all the calamities, miseries, worries. It protects from ghosts, evil spirits and black magic. It provides the wearer safety, security and riches and self power.

15 **Mukhi ॥ Lord Pashupati ॥ None ॥ Om Namah Shivay ॥ This represents Lord** Pashupati and is specially beneficial for economic progress. Its possessor is neither bereft of wealth nor inflicted by any kinds of skin diseases.

16 **Mukhi ॥ Victory ॥ None ॥ Om Namah Shivaya ॥ It represents victory** and the possessor is never affected by heat or cold. It is especially useful for the saints living in jungles. The house in which it is kept it free from fire, theft or robbery.

17 **Mukhi ॥ Vishvakarma ॥ None ॥ Om Namah Shivaya ॥ It represents** Vishvakarma the builder of this world. It is very effective in gaining unexpected money. It is specially useful in attaining property, venivles and all physical assets.

18 **Mukhi ॥ Mother Earth ॥ None ॥ Om Namah Shivaya ॥ It represents the** mother earth.The possessor remains happy and healthy. It is sepcially beneficial for the pregnant women in protecting their child.

19 **Mukhi ॥ Lord Narayan ॥ None ॥ Om Namah Shivaya ॥ It represents Lord Narayan.** The possessor is bestowed with all worldly pleasures. There is no scarcity in their life.

20 **Mukhi ॥ Vishwasu Sadhu & Narayan ॥ None ॥ Hidden ॥ It represents** Vishwasu Sadhu Praani. The wearer of this Rudraksha is known for his words.He always speak truth and his wordings becomes truth. Lord Shiva opens the power of truth for his words. This Rudraksha reaches to the Sadhu, saints and brahmins by the virtue of thier devotion for Lord Shiva. Lord Shiva bless them with 21 mukhi Rudraksha and removes their sins. It provides Moksha (liberation) in the end.

21 **Mukhi ॥ Ek Alakh Niranjan that is omkar ॥ None ॥ Hidden It is called** Ek Alakh king. It is the creator and do preservation of the unlverse and it is the past, present and future itself. This Rudraksha belongs to each and every Shakti (power). Lord Brahmma, Vishnu and Mahesha along with all other God and Goddess live in this Rudraksha. The wearer of this Rudraksha gets all the comforts, leisure and happiness and in the end get the Moksha (Blessing).

Gauri Shankar ॥ Shiva & Parvati ॥ Moon ॥ Om Shree GauriShankaraya Namah

Regarded the best for peace and comfort in the family. If a man worships Gauri Shankar at his worshipping place, the pain and suffering and other earthly obstacles are destroyes and the peace and pleasure of family are increased.

शास्त्रीय दृष्टिकोण : हजारों वर्षों से योगियों ने रुद्राक्ष की शक्ति को पहचाना है और इसका उपयोग किया जा रहा है, लेकिन आज

के समय के हिसाब से वैज्ञानिक विश्लेषण हाल ही में सन् 1980 में बनारस विश्वविद्यालय के इंस्टिट्यूट ऑफ टेक्नोलॉजी के डॉ. सुभाष राय, पी-एच. डी. तथा शास्त्रज्ञों की एक टीम ने रुद्राक्ष पर अनुसंधान किया।

शास्त्रीय अनुसंधान से यह सिद्ध हुआ है कि रुद्राक्ष में चुंबकीय, विद्युत् प्रेरक गुणधर्म (Magnetic & Electrical Inductive Porperties) होते हैं।

विद्युत् गुणधर्म : अपने मानव शरीर में सेंट्रल नर्वस सिस्टम (Central Nervous System), ऑटोनॉमस नर्वस सिस्टम (Autonoumous Nervous System), सिम्पॉथेटिक नर्वस सिस्टम (Sympathetic Nervous System), पैरासिम्पॉथेटिक नर्वस सिस्टम (Para-Sympathetic Nervoue System) आदि कई प्रकार के अंग विभाग मिलकर जीव इलेक्ट्रॉनिक श्रृंखला (Bio-Electronic Circuit) तैयार होती है। रक्त हृदय के पंप द्वारा पूरे शरीर और मस्तिष्क में प्रवाहित होता रहता है। रक्तप्रवाह के साथ-साथ कई प्रकार के आवेग शरीर में संचरित (Transmission of various impluses takes place) होते रहते हैं। इस प्रवाह के संचार से न्यूरॉन तथा नर्व्स सेल्स की लगातार हलचल से मस्तिष्क में विद्युत् आवेग तैयार होता है (With these impulses continous movement of neurous and the nerve cells takes place in the the brain which generates electrical impulses)। इस इंपल्स को 'बायो-इलेक्ट्रिसिटी' (Bio-Electricity) कहते हैं। यही बॉयो-इलेक्ट्रिसिटी मस्तिष्क से हर अवयव तथा फिर से मस्तिष्क को सूचना देते रहते हैं। हम जो कुछ भी अनुभव करते हैं, सोचते हैं, सुनते हैं, स्वाद लेते हैं अथवा देखते हैं, यह सभी इन बायो-इलेक्ट्रिक विद्युत् प्रवाह (Bio-Electronic Current) की वजह से ही होता है, लेकिन शरीर में जब तनाव की स्थिति निर्माण होती है, यह बायो-इलेक्ट्रॉनिक सर्किट बिगड़ जाता है। रुद्राक्ष के मणि इस स्थिति को स्थिर करने में मदद करते हैं।

रुद्रक्ष के चुंबकीय गुणधर्म

चुंबक के ध्रुवीय गुण रुद्राक्ष में होते हैं। इसमें विशेषता यह है कि यह अपने ध्रुव बदल (Rudraksh beads have both Paramagentic and Diamagnetic properties, most important is it has Dynmaic Polarity) सकता है। (Diamagentism is termed as the ability of material to aquire temporary magnetic property in presence of an external magnetic field. Blood circulation and heart beat automatically induces a magnetic field aroud the body and particularly to heart region) इसलिए जब यह रक्त प्रवाह के नजदीक होता है और यदि कहीं किसी कारण से रुकावट आती है तो वह उसे दूर करता है।

एक प्रश्न बार-बार मन में आता है कि क्या सही मानों में रुद्राक्ष काम करता है या यह ढकोसला है। ऋषिकेश में एक अत्यंत अनुभवी साधु से मुलाकात हुई। उनके हिसाब से रुद्राक्ष निश्चित रूप से कार्य करता है, किंतु यह असली होना चाहिए। यह सिर या पूँछ की तरफ से टूटा हुआ नहीं होना चाहिए। इसका मंत्रोच्चारण से पवित्रीकरण एवं ऊर्जा प्रदान (Rudraksha is purified sanctified and energized with the help of its Mantra) किया हुआ होना चाहिए, अन्यथा यह एक अन्य गहनों की तरह केवल दिखावे का ही रहेगा। रुद्राक्ष की शक्ति और कई गुना बढ़ सकती है, जब इसे जाप, यज्ञ और हवन से ऊर्जा प्रदान की जाए।

उस अनुभवी, तपस्वी और सच्चा दिखनेवाले साधु से मैंने एक और प्रश्न किया कि क्या सच्चे रुद्राक्ष इसे पहचानने की कोई परीक्षा है? उन्होंने कहा, दुर्भाग्यवश, ऐसी कोई निश्चित रूप से परीक्षा नहीं है। केवल अनुभवी, कुशाग्र बुद्धि एवं कुशल व्यक्ति ही इसे पहचान सकता है। आजकल इसकी माँग के हिसाब से व्यापारी इसके मुख बदल देते हैं (एक मुखी से 21 मुखी तक) और अधिक लाभ कमाने के लिए धोखाघड़ी बढ़ती जा रही है।

मूल, असली या मौलिक रूप वाला रुद्राक्ष हृदय पर रखते हैं तो वह

हृदय के स्पंदन स्थिर करता है। अत: इससे शरीर में बहनेवाला रक्तप्रवाह सुचारू रूप से बहता है, यह ब्लड प्रेशर भी कम करता है। रुद्राक्ष पहनने पर हृदय के स्पंदन तथा रक्तप्रवाह कंट्रोल करता है। यदि ब्लड प्रेशर कम या ज्यादा होने लगे तो रुद्राक्ष अपने चुंबकीय प्रभाव से इसे सुचारू रूप से चलने में मदद करता है। अत: रुद्राक्ष इसके चुंबकीय तथा विद्युत् शक्ति के प्रभाव से मानव शरीर पर अच्छा प्रभाव डालता है, यह अनुसंधान द्वारा सिद्ध हुआ है।

क्या आप जानते हैं?

पानी है हमारा शरीर

हमारे शरीर के भार का दो-तिहाई पानी का है, जिसमें खून का 92 प्रतिशत पानी, मस्तिष्क का 75 प्रतिशत पानी और मांसपेशियों का 75 प्रतिशत पानी सम्मिलित होता है।

□

अग्निहोत्र के पीछे के धार्मिक, आध्यात्मिक एवं शास्त्रीय सत्य

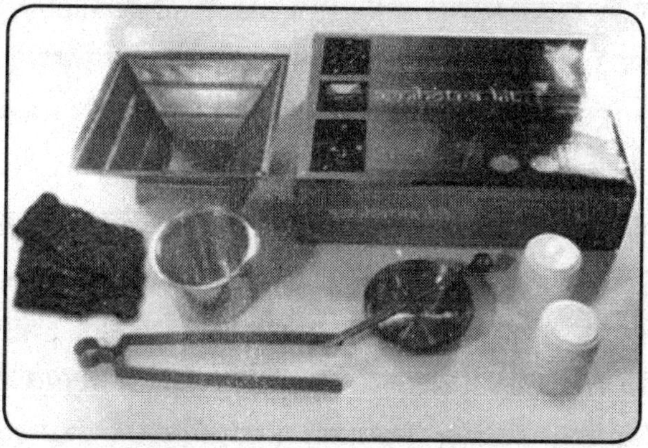

धार्मिक एवं आध्यात्मिक कारण

हजारों वर्षों से चली आई ऋषि-परंपरा में अग्निहोत्र का महत्त्व बताया गया है। रामायण काल से महर्षि विश्वामित्र भी अग्निहोत्र करते थे, इसका उल्लेख रामायण में आया है। अर्थात् भारत में अग्निहोत्र की परंपरा अत्यंत पुरानी है। अग्निहोत्र एक तरह से यज्ञ का ही प्रकार है। ऐसा माना जाता है कि अग्निहोत्र की शुरुआत भगवान् परशुराम ने की थी, लेकिन बीच के समय में, राजकीय और सामाजिक उथल-पुथल में इसका लोप हो गया और फिर से कुछ साधु-संतों के परिश्रम के फलस्वरूप सामान्य जनता को इसका ज्ञान मिला।

वैदिक शास्त्रों के अनुसार अग्निहोत्र के फायदे

सायं सायं गृहपतिनो अग्निः
प्रातः प्रातः सौमनसस्य दाता।
प्रातः प्रातः गृहपतिनो अग्निः
सायं सायं सौमनस्य दाता।
(अथर्ववेद)

अथर्ववेद का श्लोक यह कहता है कि सवेरे किए गए अग्निहोत्र का असर शाम तक रहता है और शाम को किए गए अग्निहोत्र का प्रभाव सवेरे तक रहता है। इसका मूलभूत प्रभाव सौमनस्य या मन की शांति है। यह स्थिति अपने प्राण और मन पर अग्निहोत्र के होनेवाले धनात्मक प्रभाव (Positive Effect) से आती है। अपने दैनिक जीवन में अग्निहोत्र के धनात्मक प्रभाव का (Positive Effect) अनुभव होता है।

मानव ने अपना आध्यात्मिक विकास नित्य कर्म करते हुए ही करना है और यह केवल अग्नि उपासना से ही शक्य है। अग्निहोत्र मनुष्य का प्रथम कर्तव्य है। जो सबकी मार्गदर्शक है, वह केवल अग्नि ही है (ऋग्वेद 1.1)। यह ब्रह्मतत्त्व सभी को प्रकाश एवं उष्णता के स्वरूप में अनुभव में आता है।

विश्व के उत्पत्तिकाल में परमेश्वर ने मानव एवं अग्नि का एक ही समय निर्माण किया तथा मानव को यज्ञ द्वारा सर्वरूपेण विकास प्राप्त करने का आदेश दिया। यज्ञ (कामधेनु समान) सभी इच्छाओं की पूर्ति करने का साधन है (श्रीमद्भगवद्गीता 3.10)।

यज्ञ के कारण मानव में स्थित चैतन्य शक्ति को ऊर्जा मिलती है तथा मानव निरोगी रहता है। हमारा जीवन, जीवनशक्ति, आँखें, कान, वाचा, मन तथा आत्मा यज्ञ की वजह से प्रबल बनें। (यजुर्वेद 10.8.29)

युगपत् सर्व तीर्थानी युगपत् सर्व देवताः।
द्रष्टुम् इच्छिसी चेद राजन् अग्निहोत्रं व्रजस्वह॥
(महाभारत)

युगों-युगों के सर्व देवता तथा तीर्थस्थानों के दर्शन से जो पुण्य मिलता है, वह केवल एक अग्निहोत्र आचरण से होता है।

'नानाहतग्निर्नायज्वा' (वाल्मीकी रामायण 1.6.12)

अयोध्या में ऐसा कोई भी नहीं था, जो अग्निहोत्र न करता हो।

महाराष्ट्र में शिवपुरी, अक्कलकोट, जि. सोलापुर स्थित परम सद्गुरु श्रीगजानन महाराज ने अष्टांग वेदों का दोहन करके अत्यंत सरल भाषा में वेदों का सारभूत संदेश उनके अनुसार—

यज्ञ दान तपः स्वाध्याय निरतो भवेत्।
एष एवहि श्रुत्युक्तः सत्यधर्मः सनातनः॥

यज्ञ, दान, तप, कर्म एवं स्वाध्याय पंचसाधनमार्ग सनातन हैं। इसका अर्थ है—

1. **यज्ञ**—वायुमंडल शुद्धि हेतु यज्ञ (अग्निहोत्र) कर।
2. **दान**—निर्ममत्व हेतु दान (आसक्ति रहित होने के लिए) का आचरण कर।
3. **तप**—संकल्पसिद्धि हेतु (आंतरिक शक्ति के लिए अनुशासन का पालन) तप कर।
4. **कर्म**—आत्मशुद्धि हेतु कर्म (जो बोओगे सो पाओगे सिद्धांतानुसार कर्म) कर।

5. **स्वाध्याय**—मुक्ति हेतु स्वाध्याय (मैं कौन हूँ, कहाँ से आया हूँ, कहाँ जाना है इसका अभ्यास) कर।

किंतु समय के साथ इसकी जानेवाली इस विधि के बारे में प्रश्नचिह्न भी उठे कि ये सभी जो दावा अग्निहोत्र करते हैं, उसमें कहाँ तक सत्य है, क्योंकि आज का समाज हर चीज का प्रमाण माँगता है अन्यथा यह एक ढकोसला है, ऐसा मानने लगता है। इसीलिए कई रिसर्च इस पर हुए।

अग्निहोत्र की विधि एवं साहित्य

समय : सूर्य की पहली किरण जब पृथ्वी पर आती है तथा सूर्य की अंतिम किरण जो पृथ्वी से लौटती है, उसे संधिकाल कहते हैं। अग्निहोत्र की विधि का समय सूर्योदय तथा सूर्यास्त होता है। स्थानीय समय के हिसाब से (अक्षांश एवं रेखांश के हिसाब से हर जगह का स्थानीय समय अलग-अलग होता है) अग्निहोत्र के पात्र में आहुति दी जाती है।

अग्निपात्र : ऊपर की बाजू में 14.5 से.मी., 14.5 से.मी, तलभाग 5.25 से.मी, 5.25 से.मी. तथा ऊँचाई में 6.5 सें.मी. का एक ताँबे का पात्र अथवा मिट्टी का पात्र।

गोबर : गाय के गोबर से बनी गोल उफली या बिस्किट के आकार की उफली।

घी : गाय का शुद्ध घी।

कपूर : शुद्ध कपूर।

चावल : साफ किए गए कच्चे चावल के दाने।

मंत्र : सवेरे और शाम (सूर्येदय तथा सूर्यास्त) को कपूर से अग्नि प्रज्वलित करके तीन उँगलियों में बैठे इतने से चावल अथवा ताँबे के चिमटे से गाय के घी में डुबोकर अलग-अलग मंत्रोच्चार के साथ दो आहुति दी जाती हैं।

सूर्येदय का मंत्र :

सूर्याय स्वाहा। सूर्याय इदं न मम।
(पहली आहुति)

प्रजापतये स्वाहा। प्रजापतये इदं न मम॥
(दूसरी आहुति)

सूर्यास्त का मंत्र :

अग्नये स्वाहा। अग्नये इदं न मम।
(पहली आहुति)

प्रजापतये स्वाहा। प्रजापतये इदं न मम॥
(दूसरी आहुति)

शास्त्रीय दृष्टिकोण : यह अग्निपात्र ताँबे का होता है। सर्वश्रुत है कि ताँबा शीघ्र शक्तिवाहक धातु है। उसी प्रकार धातु के अलावा इसके आकार का भी महत्त्व है। हमें पता है कि इजिप्त में पिरामिड में 'ममी' (राजा-रजवाड़ों के या अपने स्वकीय के शव) रखने की पुरानी परंपरा थी। इस पिरामिड के आकार के कारण कई वर्षों तक इस शव को बिना सड़े रखा जाता था। पिरामिड दो शब्दों का एकत्रीकरण है। ग्रीक भाषा में 'पिर' का अर्थ अग्नि तथा 'अमिड' का अर्थ केंद्रभाग है। अर्थात् जिसके केंद्रभाग में अग्नि है, उसे पिरामिड कहते हैं। इजिप्त में पिरामिड का प्राचीन शब्द 'खूटी' अथवा

'खुफू' था। इन शब्दों का भी अर्थ पवित्र अग्नि ही होता है। वैज्ञानिकों के अभ्यास से यह सिद्ध हुआ है कि पिरामिड के मध्य में एक उर्जास्रोत कार्यरत रहता है। अग्निपात्र का आकार उलटे पिरामिड जैसा है। इसमें तीन लहरें या छोटे विभाग होते हैं। इसके आकार के कारण ही इसमें से निकलनेवाली लहरें वातावरण में अधिक जगह व्याप्त रहती हैं।

अग्निहोत्र में केवल गाय के सूखे गोबर (उफलियाँ) का उपयोग किया जाता है। कारण गाय के गोबर की उफलियाँ जलाने पर छह प्रकार की गैसें निकलती हैं, जो वातावरण को रोगाणुमुक्त (Disinfectant) करने में मदद करती हैं। यह कोई नई बात नहीं है। मिडल ईस्ट में आज भी यह प्रथा प्रचलित है। यहाँ तक कि दक्षिणी यूरोप में कमरों को अथवा अस्पतालों को रोगाणुमुक्त करने के लिए गाय के सूखे गोबर को जलाया जाता है। गाय के गोबर से बनी उफलियाँ जलाने पर उसमें से 'पेनिसिलीन' सदृश्य गैस निकलती है, जो वातावरण में स्थित बैक्टीरिया का नाश करती है। उसी प्रकार विघटन नाभिकता (Radioactivity) के रोक में भी गाय का गोबर अत्यंत प्रभावशाली माना गया है और पाया गया है। युगोस्लाविया के शास्त्रज्ञों ने यह पाया कि चेर्नोबिल में जब रेडिओएक्टिव कंपाउंड्स रिसाव हुआ था, तब जहाँ कहीं भी अग्निहोत्र होता था, उसके चारों ओर के जगह में इसका असर बहुत कम था। उसी प्रकार भारत में भोपाल में जो गैस कांड हुआ था, जिसमें जहरीली गैस से हजारों लोगों की आँखें चली गईं तथा कई लोग अपाहिज हो गए, किंतु जिनके घर में हर रोज अग्निहोत्र होता था, उनके घर इस विनाशलीला से बच गए।

उसी प्रकार गाय के दूध से बने घी (गोघृत) के ज्वलन से निकलनेवाले धुएँ में ऑक्सीजन का प्रमाण ज्यादा होता है और उससे वातावरण के बैक्टीरिया का नाश होने में सहायता मिलती है।

जब आहुति दी जाती है, तब अग्निहोत्र पात्र का तापमान लगभग 300 से 500 डिग्री सेंटीग्रेड रहता है। आहुति देने के पश्चात् तापमान 1300 डिग्री तक जाता है। जिससे इस पात्र में स्थित पदार्थों का विघटन होकर

अलग-अलग मिश्रण (Compounds) निर्माण होते हैं, इसमें से मुख्यत: पानी, फॅटी एसिड्स, फिनॉल्स, कीटोन्स, एसिटिक एसिड, फॉर्मेल्डिहाइड, एसिटाल्डिहाइड, सल्फर डाइ ऑक्साइड, कार्बन मोनोऑक्साइड, कार्बन डाइऑक्साइड आदि।

1 ग्राम चावल जब जलते हैं तो 3,500 कैलोरीज उष्णता देते हैं तथा 1 ग्राम गाय के घी की वजह से लगभग 9,300 कैलोरीज उष्णता निर्माण होती है। इसका अर्थ है कि एक आहुति से लगभग 3,000 से 10,000 कैलोरीज उष्णता का निर्माण होता है। इस उष्णता के कारण वातावरण स्थित सूक्ष्म जंतुओं का नाश होता है तथा रासायनिक प्रक्रिया द्वारा अशुद्ध पदार्थों का शुद्ध पदार्थों में बदल होकर वातावरण शुद्ध होता है।

अग्निहोत्र के पात्र के आकार की वजह से इस उपयुक्त वायु का वातावरण में अधिक पैमाने पर फैलाव होता है तथा हवा की वजह से काफी दूर तक जाता है और एक प्रकार का सुरक्षा कवच बना देता है। कार्बन मोनो ऑक्साइड इस विषारी वायु का रूपांतर कार्बन डाइ ऑक्साइड में होता है, जो दिन में वनस्पति को हरित द्रव्य बनाने में सहायता करता है और अंततोगत्वा वातावरण शुद्धि में सहायता करता है।

मंत्रोच्चार से ध्वनि के विशिष्ट प्रकार के कंपन (Vibrations) तैयार होते हैं, जिसका प्रभाव मनुष्य मस्तिष्क (Hypothalamus) पर होता है। उससे मानव का तनाव कम होकर जीवन सुसह्य होता है। मंत्रोच्चार से औषधियाँ भी दूर तक जाती हैं और श्वासोच्छ्वास के अंदर जाने से मनुष्य निरोगी बनता है।

अग्निहोत्र से निर्माण होनेवाली भस्म शक्तिशाली औषधीय गुणों से युक्त पाई गई है। यह भस्म खेती के लिए एक सर्वोत्तम खाद के रूप में पाई गई है। यह भस्म बीजों की अंकुरण क्षमता बढ़ाती है। यह भी पाया गया है कि इस भस्म की वजह से जमीन का उपजाऊपन तथा जलधारण क्षमता काफी बढ़ जाती है।

पर्यावरण प्रदूषण आज के समय की सबसे बड़ी समस्या है। हवा, पानी, अन्न एवं जमीन दूषित होने लगे हैं। परिणामत: मनुष्य का मानसिक

तनाव, भय, दुःख, अशांति तथा अनारोग्य जैसी समस्याओं से मनुष्य जूझ रहा है। अत्यधिक प्रमाण में प्रदूषण बढ़ने के कारण निसर्गचक्र (Ecological Balance) नष्ट हो रहा है। निसर्ग की स्वतः की वायुशुद्धि करने की क्षमता पूरी नहीं पड़ रही है। कारखानों में से प्रदूषित वायु का विकार बढ़ता जा रहा है। पेट्रोल और डीजल पर चलनेवाले वाहनों की वजह से हवा प्रदूषित हो रही है। वृक्षों की लगातार कटाई से इनकी कमी होती जा रही है। एटम बॉम के प्रयोगों से और अन्य प्रदूषणों की वजह से पृथ्वी के ऊपर स्थित ओजोन का रक्षात्मक कवच पतला होते जा रहा है या उसमें काफी बड़े-बड़े छेद हो रहे हैं, जिससे सूर्य से आनेवाले प्रकाश में अल्ट्रावायलेट किरणों का परिणाम बढ़ता जा रहा है और चर्मरोग व कैंसर जैसे बीमारियाँ बढ़ती जा रही हैं। दृष्टिदोष के मरीज बढ़ने लगे हैं। वायु प्रदूषण से दमा जैसे श्वसन संबंधित रोगों का प्रादुर्भाव बढ़ता जा रहा है। पृथ्वी का तापमान बढ़ता जा रहा है, जिससे उत्तर तथा दक्षिण ध्रुवों पर बर्फ ज्यादा पिघल रही है और समुद्र की सतह बढ़ने का खतरा बढ़ता जा रहा है।

प्रयोगों द्वारा यह सिद्ध हुआ है कि अग्निहोत्र पर्यावरण का प्रदूषण रोकने में सहायक है।

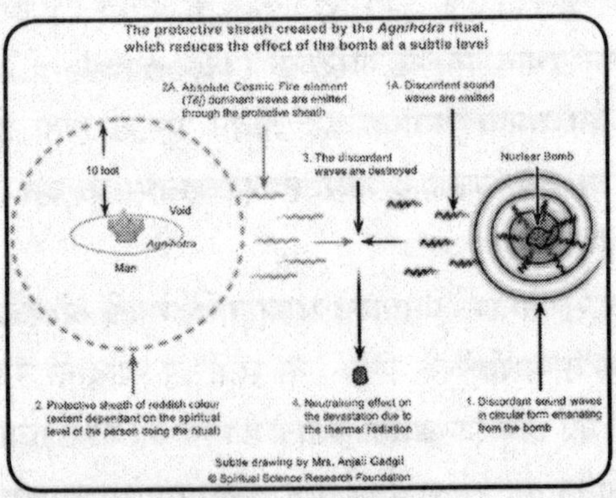

केवल भारत में ही नहीं, बल्कि पूरे विश्व के अलग-अलग देशों में अग्निहोत्र का प्रचार-प्रसार देखने में आया है।

इतना ही नहीं अंतरराष्ट्रीय स्तर पर अग्निहोत्र पर चर्चासत्र का आयोजन किया जा रहा है।

इन सभी प्रयोगों (Research) का यहाँ सविस्तार ब्योरा देना तो अशक्य है, किंतु यदि किसी को इस शोधकार्य में रुचि हो तो वे निम्न वेबसाइटस् देख सकते हैं :

Htpp//www.agnihotra.org

Browse by subject:

Agnihotra

(Http://www.agnihotra.org/tag/agnihotra/)

Agnihotra Ash

(Http://www.agnihotra.org/tag/agnihotra-ash/)

Agnihotra Demonstration

(Http://www.agnihotra.org/tag/agnihotra-demonstration/)

Agnihotra Expeirments

(Http://www.agnihotra.org/tag/agnihotra-experiments/)

Ancient Oaks Farm

(Http://www.agnihotra.org/tag/ancient-oaks-farm/)

Anger

(Http://www.agnihotra.org/tag/anger/)

Arthritis

(Http://www.agnihotra.org/tag/arthritis/)

Australia

(Http://www.agnihotra.org/tag/australia/)

Austria

(Http://www.agnihotra.org/tag/austria/)

Children

(Http://www.agnihotra.org/tag/children/)

Compendium of Past and Proposed Homa Therapy Research-Agnihotra.org

http://www.agnihotra.org/2016/01/28/compendium-of-past-and-proposed... 2 of 6 13/03/2017 7:50 PM

http://www.slideshare.net/jeoffreydelosreyes/the-chemistry-and-physics

HOMA FARMING (htpp//www.AGNIHPOTRA. ORG/CATEGORY/HOMA-FARMING/)

HOMA THERAPY

(htpp//www.AGNIHOTRA.ORG/CATEGORY/HOMA-THERAPY/)

NEWS

(htpp//www.AGNIHOTRA.ORG/CATEGORY/NEWS/)

SATSANG

(htpp//www.AGNIHOTRA.ORG/CATEGORY/SATSUNG/)

FIVEFOLD PATH

(htpp//www.AGNIHOTRA.ORG/CATEGORY/FIVEFOLD-PATH/)

Agnihotra.Research-3.pdf

Suggested Experiments with Agnihotra and Homa Therapy

What has been done and

what can be done

Dr.Ulrich Berk

Suggested Experiments with Agnihotra and Homa Therapy:

What has been done and what can done

2016 Deutsche Gesellschaft fur Homa-Therapie

(German Association of H0oma Therapy)

Haldenhof, D-78357 Muhlingen, Germany

ISBN 978-3-940676-15-3

AGNIHOTRA-effect on Enviornment & Agri. Pdf (Beneficial effects on enviornment and agriculture by Abhang Pranay & Patil Manasi-Teaching assosicates, institue of Bioinfomatics and Biotechnology and Moghi Pramod-retired senior scientist, National Chemical Laboratory, Pune)

Agnihotra-vedic knowledge.pdf

Effect of Agnihotra energy field on water purification

Ulrich Berk & Shailendra Sharma

President, German Association of Homa Therapy, Principal, AIMS College, Dhamnod MP

E-mail: dght@homatheraple.de,shailerndra b.sharma @ gmail.com

Reveived 13 May 2014, revised 10 November 2014

Agnihotra is a special fire performed exactly at the time of sunrise and sunset in a copper pyramid. It comes from ancient Vedic knowledge. Agnihotra is said to purify the environment and especially it has been found to have profound impact in mitigaing water pollution problem. The present study shows that water will be purified if it is kept in a room where Agnihotra is regularly performed. Water purification also happens if water bottles are kept inside a Faraday Cage in the Agnihotra room. These results suggest that Agnihotra creates an energy field beyond the electromagnetic field which has profound impact.

keywords: Water purification, Agnihotra, Energy field, Prana, Vedas

IPC Int Cl.8:CO2F, F23, F24, F16L55/02, F16H33/00.

Scientific Aspects of Agnihotra I Homa Therapy International

http://www.homatherapy.org/content/scientific-aspects-agnihotra

ON YOU TUBE:

Agnihotra-a Talkby Shree Vasant Paranjpe (part1) (part2) (part3) (part4)

Agnihotra Demonstration Video (Mantra sub-titles in English script)

Agnihotra Demonstration Video (Mantra sub-titles in Devangari script)

Agnihotra Demonstration Video (Spanish sub-titles

Agnihotra Ash Medicine Demonstration Video

Ark of Fire in Peruvian Jungle

Agnihotra with Maria Broom

Cow dung spreading made easy

Baltimore Agnihotra Summe Solstice Celebration

Short film by Mary Lee Weir

Homa Organic-Farming in South America

Homa Therapy and AIDS

Homa Farming in

Australlia

Homa Therapy in Malaysia

Homa Therapy in Inida

HomaTour South America

Homa Tour USA

Orion Speaks on Agnihotra

अग्निहोत्र के फायदे

- एकाग्रता बढ़ती हैं। (Improved Concentration)
- मानसिक तनाव कम होता है। (Reduces Mental Stress)
- अपने आपसे और अपने चारों ओर शांति का अनुभव। (Feeling of being at Peace with yourself and Surrounding)
- प्रेरणादायक स्तर की उन्नति। (Improved Motivational Level)
- बच्चों का धनात्मक रूप में विकास। (Children can be molded in a Positive Manner)
- परिवार में सामंजस्य का विकास। (Strengthening family ties)
- व्यसनों से मुक्त होने में सहायता। (Helps in De-addiction)
- प्रतिरक्षा में बढ़ोतरी। (Improves Immunity)
- शास्त्रीय तौर पर सिद्ध हो चुका है कि खेती में प्रभावकारी नतीजे मिले हैं। (Scientifically proved more effetive results found in farming and agriculture)
- शास्त्रीय दृष्टिकोण से सिद्ध हो चुका है कि अग्निहोत्र से बैक्टीरिया के फैलाव में रोक लगती है। (Proven and Visible Bacterio-Static Effect)

□

मंत्रशक्ति क्या है?

दैवी स्पंदन का वैज्ञानिक विवेचन

भारतीय संस्कृति में हजारों वर्षों से यह ऋषि परंपरा रही है कि किसी भी शुभ कार्य की शुरुआत या विधि की शुरुआत मंत्रोच्चारण से होती है। यज्ञ हो अथवा अन्य कोई भी धार्मिक विधि हो अथवा ईश्वर स्तुति (प्रार्थना) हो, इनमें मंत्रों का उपयोग किया जाता है। वेदों में अलग-अलग अवसरों पर अलग-अलग समय पर किन मंत्रों का उपयोग होना चाहिए, लिखा गया है, किंतु समय के साथ इन पर धूल चढ़ गई है। इनका अभ्यास करनेवाले

कम हो गए हैं, क्योंकि आज के जीवन में धन सबसे महत्त्वपूर्ण हो गया है। वेदों के अध्ययन से जीवनयापन तो शायद हो जाए, लेकिन जीवन में स्थिरता अथवा प्रगति संभव नहीं, इसलिए इसका अभ्यास करके शास्त्रीय दृष्टिकोण से इन मंत्रों का उच्चार या उपयोग दुर्लभ होता जा रहा है। साथ में ये सभी मंत्र संस्कृत भाषा में हैं, जिन्हें समझकर उनका यथार्थ विश्लेषण करनेवाले भी कम रह गए हैं और यही कारण है कि आजकल हम इन मंत्रों को मानते तो हैं। यह केवल एक समाधान के लिए किया गया कर्मकांड बनकर रह गया है। धार्मिक कार्यों में या विधियों में पंडितजी मंत्र बोलते रहते हैं और हम सभी अपनी-अपनी बातों में मग्न रहते हैं। अपने पूर्वजों ने सदियों से सँजोकर रखी इस महान् संपत्ति को हम व्यर्थ में खो रहे हैं, जबकि पश्चिमी देशों में इन पर अनुसंधान होकर इनके महत्त्व को समझने का प्रयास किया जा रहा है।

अपने देश में इन पर अनुसंधान करने के लिए राजकीय शक्ति का, धन का और मानसिकता का अभाव है, जो आज के इस नए युग में और नई पीढ़ी को समझाने में सक्षम नहीं है। तो क्या हम अपनी इस महान् धरोहर को यों ही खो दें? कदापि नहीं। अपने देश और विदेशों में मंत्रशक्ति पर कई अनुसंधान हो रहे हैं, उन्हें समझने का वैज्ञानिक दृष्टि से विश्लेषण करने का भरसक प्रयास हो रहा है। उन्हीं के किए गए प्रयासों को समझकर लिखने का छोटा सा प्रयत्न मैं यहाँ कर रहा हूँ। अभ्यास करने के पश्चात् शायद इस विषय पर एक पुस्तक लिखी जा सकती है, किंतु इस पुस्तक में अलग-अलग विषयों का अभ्यास करके एक लेख के माध्यम से वैज्ञानिक दृष्टिकोण रखने का प्रयास किया जा रहा है, इसलिए एक सीमा तक ही लिख सकते हैं। निश्चित ही यह लेख थोड़ा बड़ा होगा, लेकिन मंत्रशक्ति समझने के लिए यह आवश्यक भी है, ऐसा मैं मानता हूँ।

मंत्रशक्ति का वैज्ञानिक विवेचन

'If you want to find the secrets of the Universe, think in terms of Energy, Frequency and Vibration.'...Nikola Tesla

निकोला टेस्ला ने लिखा है : 'यदि आप इस विश्व के रहस्य जानना चाहते हैं तो ऊर्जा (Energy) आवृत्ति (Frequency) तथा स्पंदन (Vibrations) या कंपन के संबंध में विचार करना होगा।'

मंत्र यानी क्या?

मंत्र शब्द संस्कृत भाषा से आया है। यदि इसे हम दो अक्षरों में विभाजित करें तो 'मन्' का अर्थ है 'प्रतिबिंबित करना, परावर्तित करना या सोचना अथवा सक्रियकरण' तथा 'त्र' का अर्थ है वह 'साधन' जो रक्षा करता है।

मंत्रोच्चारण एक माध्यम है, जो हममें जागरूकता लाता है कि हम चेतना हैं, जो सत्य भी हैं।

मंत्रशक्ति एवं स्पंदन (Vibrations)

आज का मॉडर्न साइंस कहता है कि पूरा अस्तित्व अलग-अलग स्तर पर होनेवाले स्पंदन ऊर्जा की प्रतिध्वनि (Reverberations of energy, different levels of vibrations) है। जहाँ कहीं भी स्पंदन है वहाँ निश्चित ही ध्वनि है। इसी का अर्थ है कि यह पूरा अस्तित्व एक प्रकार का नाद या ध्वनि है अथवा यह संमिश्र नाद का जटिल मिश्रण (That means the whole existence is a kind of sound or a complex amalgamation of sounds) है। दूसरे शब्दों में हम यह कह सकते हैं कि पूरा अस्तित्व अनेक मंत्रों का मिश्रण है। अनेक प्रकार के मंत्र हैं। हर मंत्र एक विशेष प्रकार की ऊर्जा (Energy) शरीर के विशेष भाग में सक्रिय (Activates) बनाता है। केवल एकाध मंत्र बार-बार कहने से इसका असर नहीं होता, बल्कि वह पूरी जागरूकता या उच्चार के समझ के साथ कहा जाय तो ही यह मंत्र अत्यंत शक्तिशाली साधन बन जाता है। आज का साइंस भी मानने लगा है कि मंत्रों से निकली ध्वनि शरीर के सेल्स को पुनर्यौवन प्राप्ति में सहायता करती है (Modern Science has slowly begum to realize the benefits of sound mantras used in Ayurveda for body cell rejuvenation)। केरल में 'पॉण्डी मेलम' वाद्य बजाकर कई प्रकार के रोग, जैसे कि एल्जेमियर्स डिसीज, स्वलीन बच्चे, मिरगी से ग्रस्त बच्चों का इलाज किया जाता है।

इस विश्व में हर चीज एटम (अणु) से बनी है। हर एटम में एक 'न्युक्लिअस या केंद्र' (Nucleus) होता है, जिसमें 'न्यूट्रॉन एवं प्रोटॉन' (Neutron and Proton) होते हैं। जिसमें 'इलेक्ट्रॉन्स' (Electrones) होते हैं, जो तेजी से न्युक्लिअस या केंद्र के चारों ओर घूमते रहते हैं। वह वस्तु किस प्रकार की है, उस हिसाब से ये सभी कण बदलते रहते हैं। ये घूमनेवाले इलेक्ट्रॉन्स एक स्पंदन (Pulse) निर्माण करते हैं और यह स्पंदन एक लहर (Wave) बन जाती है। इसी लहर को हमारी मानवों की भाषा में 'रूप' या 'पदार्थ' की अवधारणा करते हैं (This wave we perceive with our human perception, as form or matter)। जब कभी स्पंदन (Pulse), लहर (Wave) और रूप (Form or Matter) होता है, वहाँ ध्वनि निर्माण होती है और इसी को शास्त्रीय भाषा में 'लॉ ऑफ ट्रिनिटी' कहते हैं (Whenever pulse, wave and form are present, there is sound. This is called Law of Three or Holy Trinity)।

मॉडर्न औषधि भी यह संपादित करती है कि आण्विक या सूक्ष्मतम स्तर पर (On Molecular Level) अपना शरीर एटोमिक पार्टिकल्स की स्पंदित

होनेवाली प्रणाली है (Our bodies are systems of vibrating atomic particles)। हमारा शरीर ध्वनि के स्पंदनों का प्राप्तकर्ता और प्रेषक करनेवाली प्रणाली है (We are living receivers and transmitters of sound vibrations)। ये फ्रीक्वेंसीज हमारे शरीर के अलग-अलग भाग पर उपचारात्मक तथा पुनरुज्जीवन के कार्य में मदद करती हैं।

ये फ्रीक्वेंसीज हमारे आकाशीय तत्त्व पर भी असर करती हैं तथा मानसिक उपचार में भी सहायक सिद्ध हुई हैं।

वस्तुतः हर चीज में स्पंदन है। हर स्पंदन की फ्रीक्वेंसी अलग-अलग है। कुछ की फ्रीक्वेंसी प्रकाश की इतनी देखी गई है, कुछ की ध्वनि इतनी दिखती है और कुछ की रंग में इतनी दिखती है। ये फ्रीक्वेंसीज किस मात्रा में स्पंदन निर्माण करती हैं, उसी पर उसका असर निर्भर करता है।

मंत्र एवं संस्कृत भाषा का संबंध क्या है?

मंत्रों का आधार संस्कृत भाषा ही है। इसका मूल कारण है कि संस्कृत भाषा 'ध्वनि संवेदनशील' (Sound Sensitive) है। मंत्रों का योग्य उच्चारण से ही उसका प्रभाव निर्माण होता है, किंतु गलत उच्चार से उसका उपयोग नहीं होता, क्योंकि यह ध्वनि से निर्माण होनेवाले स्पंदनों से प्रभाव निर्माण करता है। यदि बंगाली आदमी अपने बंगाली लहजे में मंत्र कहेगा, तो तमिलियन अपने लहजे में, अमेरिकन अपने लहजे में, क्योंकि हर एक की मातृभाषा का असर उसके उच्चार पर होता है। इससे और अंततः मंत्रों में विकृति निर्माण होती है, इसलिए मंत्रोच्चारण का विशेष प्रशिक्षण आवश्यक है। यह प्रशिक्षण सुविस्तृत होता है और आज के जमाने में इतना संयम और समर्पण मिलना कठिन है। यही कारण है कि मंत्रशक्ति का उपयोग धीरे-धीरे समाज में से लुप्त होता जा रहा है।

सबसे महत्त्वपूर्ण बात यह है कि संस्कृत केवल आपसी संपर्क बनाने का साधन नहीं है, बल्कि एक प्रकार का यंत्र या उपकरण भी है। अन्य भाषाएँ आपस में एक-दूसरे को समझने या समझाने के लिए बनी हैं। शुरुआत में

कुछ शब्द ही बने, लेकिन समय के साथ-साथ नए-नए शब्द जुड़ते गए और वह भाषा बनती गई, किंतु संस्कृत भाषा शोध करके बनी भाषा है (Sanskrit is a Discovered Language)। हर ध्वनि के साथ रूप संलग्न होता है (Every sound has a form attached to it)।

मंत्रों में उसके अर्थ से ज्यादा महत्त्व उसकी ध्वनि या उच्चारण को है। इसीलिए संस्कृत भाषा में रटने का अधिक महत्त्व है। यदि अर्थ समझ में न आए तो भी उसके उच्चार से होनेवाली ध्वनि प्रभाव निर्माण करती है।

मंत्रोच्चार तथा साइमेटिक्स (OM & CYMATICS) :

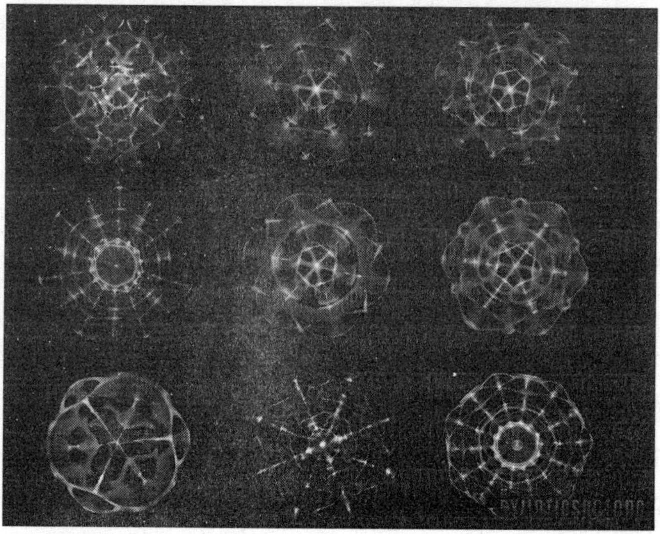

साइमेटिक्स तरंगों के तथ्य का एक अभ्यास है। इसका शोध जर्मन शास्त्रज्ञ डॉ. हान्स जेन्नी ने सन् 1930 में लगाया। उसने अपने प्रयोग में यह दिखाया कि यदि महीन पाउडर, बारीक रेती या लोहे का सूक्ष्म चूरा, जब एक धातु के फलक पर रखा जाए तथा उसे ध्वनि लहरों से स्पंदित किया जाए तो वह पाउडर अपने आप को एक जटिल आकृति या रूप में ढाल लेता है। इसमें जहाँ ध्वनि लहरों का प्रभाव अधिक हो, वहाँ वह पाउडर केंद्रित या

अधिक मात्रा में एकत्र होता है और यह विशिष्ट रूप से दरशाता है कि यहाँ पर ध्वनि का घना प्रभाव है।

इन अद्‌भुत आकृतियों को 'चेलिनाडि चित्र' (Chalynadi figures) भी कहा जाता है। एक सुसंगत ध्वनि से ज्यामितीय समितीय मंडल बनाते हैं (In case of hormoneous sounds, geometrically symmetrical mandalas are formed)। ये दृश्य ध्वनि का एक नमूना हैं (study of visible sound)। यहाँ यह देखने को मिलता है कि ध्वनि की वस्तुतः अपना रेखागणित है। हम ध्वनि से निर्माण होनेवाले दृश्य ऐसे ज्यामितीय स्पंदन (Visible geometrical vibrations of any given sound by placing powder on a metal plate) एकाध धातु की प्लेट पर पाउडर डालकर देख सकते हैं। हम जैसे-जैसे फ्रीक्वेंसी बढ़ाते जाएँगे उस फ्रीक्वेंसी से निर्माण होनेवाले ध्वनि के स्पंदनों से धातु की प्लेट पर पाउडर अलग-अलग आकार बदलते रहेंगे। जो बहुत ही सुंदर डिजाइंस में बनते हैं। यहाँ यही फ्रीक्वेंसी बदलने पर ध्वनि निर्माण होती है और इन ध्वनि के स्पंदनों का असर पाउडर पर होकर सुंदर-सुंदर आकार बनती हैं। या दूसरे शब्दों में यह कह सकते हैं कि ध्वनि से निर्माण होनेवाले स्पंदनों का असर पाउडर होता है। यही प्रयोग पानी की धार पर भी किया गया। पानी की धार में यदि ध्वनि के स्पंदन को जोड़ दें तो पानी की सीधी धार का सुंदर ऐसा आकार बन जाता है। हम जैसे-जैसे फ्रीक्वेंसी बदलें, यह पानी की धार की आकृति भी बदलने लगती है। अतः इन प्रयोगों से यह सिद्ध होता है कि अलग-अलग फ्रीक्वेंसीज पर अलग-अलग ध्वनि का निर्माण होता है और इस ध्वनि के स्पंदनों का असर एक बेजान वस्तु (पाउडर) पर होता है। यह सिद्ध करता है कि मंत्रशक्ति एक ऊर्जा है, जिसके योग्य उपचार से उससे निर्माण होनेवाले स्पंदनों का असर हम जैसे जीवित व्यक्ति पर, हमारे सेल्स पर होना स्वाभाविक है।

मॉडर्न साइंस कहता है कि सही मायनों में हर अणु और परमाणु इस विश्व के किसी भी छोर पर स्पंदन ऊर्जा से बना है।

पदार्थ भी स्पंदन से बना हैं। (ऊपर के चित्र में ॐ के स्पंदन से यह मंडल तैयार हुआ है।)

(Matter was created from Vibration. That is Vibration of the Svar-Om)

Sound produced due to the fast-moving earth, planets and galaxies is OM.

यह भी शायद केवल पढ़कर समझने में दिक्कत होती है। इसके लिए नीचे यू ट्यूब (You Tube) के कुछ नंबर दिए हैं, जो यदि हम देखें तो हर चीज साफ हो जाएगी और ऊपर लिखी हर बात को हम अपनी आँखों से प्रत्यक्ष रूप में देखकर विश्वास भी कर सकेंगे :

1. **Amazing Cymatic Experiment:**
   Htpps://youtu.be/wvJAgrUBF4w
1. **Cymatic Experiment:**
   https://youtu.be/GtiSCBXbHAg
2. **Amazing High Frequence Sound makes ART!**
   Htpps://youtu.be/5GkFP87Rifw
3. **Amazing Water & Sound Experiment No. 2:**
   https://youtu.be/uENITui5_jU
4. **Chlandi Patterns-Adjust your volume :**
   Htpps://youtu.be/wMIvAsZvBiw

मंत्र साधना और चेतना (Mantra and Consciousness)

ऐसा कहते हैं कि 'जीसस क्राइस्ट' भारत में आए थे और केरल में 3 साल तक रहे। जहाँ उन्होंने चेतना क्या है, समझने का प्रयास किया। उसी प्रकार ध्यान, धारणा और समाधि का अभ्यास किया तथा मानव के 'डी. एन.ए.' (DNA) की शक्ति का अभ्यास किया। वहाँ से वापस वे यरुसलेम गए और एक इतिहास रचा। उन्होंने भारत से 'हरि ॐ' का मंत्र लिया, जो आगे चलकर 'आमीन' बन गया।

मानव शरीर पर मंत्रों का असर कैसे होता है, यह जानने के लिए हमें पहले अपने मस्तिष्क में स्थित पिनिअल ग्लैंड सेल्स में स्थित डी.एन.ए. तथा जीन्स की जानकारी होना आवश्यक हैं।

पिनियल ग्लैंड (Pineal Gland) : यह मस्तिष्क में एक बहुत ही छोटा ऐसा भाग है, जिसके बारे में कई गलतफहमियाँ इतिहास में रही हैं। यह एक रहस्यमय भाग माना जाता रहा है, जिसे आज के मॉडर्न साइंस में 'एंडोक्राइन ग्लैंड' कहा गया है।

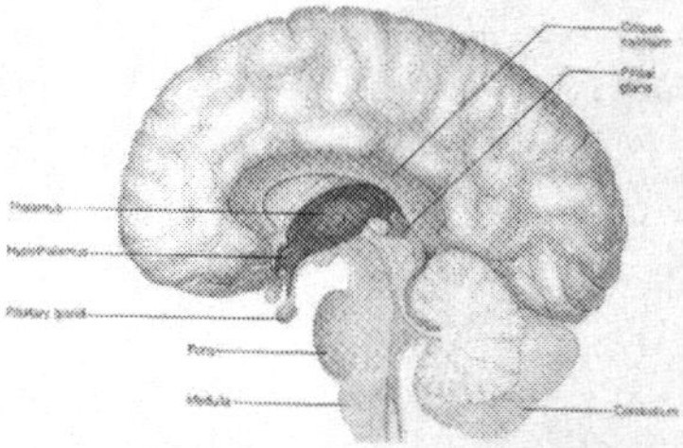

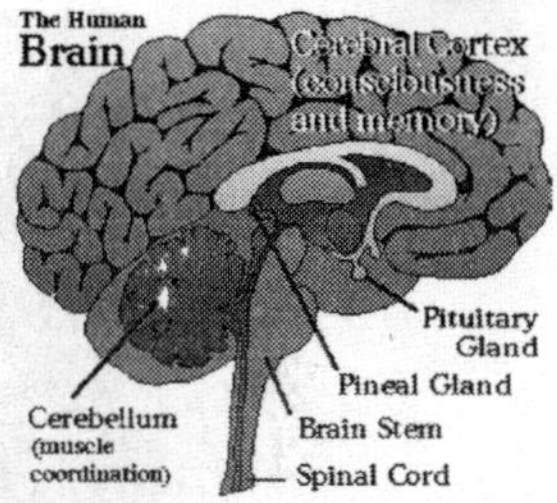

पिनियल ग्लैंड को 'तीसरी आँख' भी कहते हैं, कारण यह मस्तिष्क में अत्यंत गहरे मध्य भाग में, ठीक अपनी दोनों आँखों के पिछले मध्य भाग में स्थित है और इसका संबंध प्रकाश से होता है।

फ्रेंच दार्शनिक तथा सुप्रसिद्ध गणितज्ञ रेने डेस्कार्टिस इस पिनियल ग्लैंड से इतना मंत्रमुग्ध हो गए थे कि उन्होंने इसे 'आत्मा का प्रधान आसन' कह डाला और 'यह वह जगह है, जहाँ हर विचार निर्माण होता है', ऐसा माना।

पिनिअल ग्लैंड 'मेल्याटोनीन' (Melatonin) नाम का हार्मोन (Harmone) निर्माण करता है, जो 'जैविक प्रक्रिया का तालमेल' (Circadian Rhythm) तथा 'प्रजननीय हार्मोन्स' (Regulates Reproductive Hormones) नियंत्रित करता है।

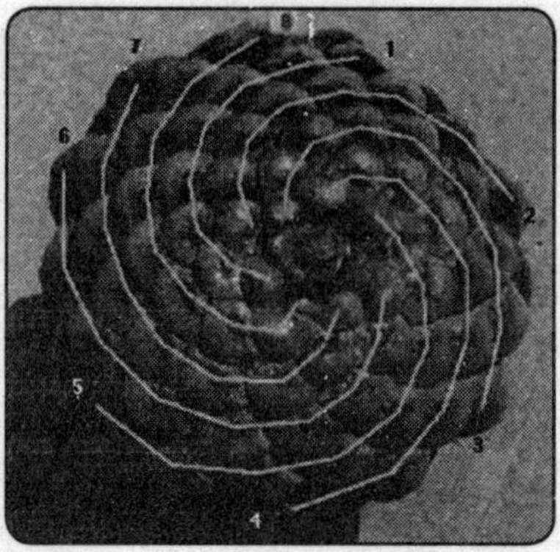

(Details of Pine Cone an eye symbology)

पिनिअल ग्लैंड आध्यात्मिक चक्र, जो हमारी दो आँखों के बिल्कुल मध्य में स्थित है वही है।

पिनिअल ग्लैंड करती क्या है? हम हर रोज सोचते कैसे हैं और महसूस कैसे करते हैं, यह अपनी पिनिअल ग्लैंड पर निर्भर हैं। मेलॉटोनीन हार्मोन, जो इस ग्लैंड में बनता है, वह अपनी नींद की उत्कृष्टता और कालावधि निर्भर करती हैं। यह छोटा सा इंद्रिय अपनी हर रोज की तथा 'ऋतुनिष्ट जैविक प्रक्रिया' और 'ताल या लयबद्धता' नियंत्रित करता है (This tiny organ regulates our daily and seasonal circadian hythms, the sleep-wake patterns)। उसी प्रकार मेलॉटोनिन हार्मोन अपनी चिंता का स्तर (Stress Level) तथा शारीरिक क्षमता पर प्रभाव डालता रहता है। चार प्रकार से पिनिअल ग्लैंड को सक्रिय बनाया जा सकता है, जिससे हमारा मूड, नींद तथा ऊर्जा की मात्रा बढ़ सकती है। ये चार बातें हैं—

1. सूर्यप्रकाश में जाना।
2. पूरे अंधियारे में सोना।
3. सूर्योदय की शुरुआत में और सूर्यास्त के समय अंत में 15 मिनट के समय में कुछ सेकंड तक सूर्य की ओर देखना।
4. ध्यान।

डी.एन.ए. (DNA) : डी.एन.ए. अथवा डिऑक्सीरिबो न्युक्लिइक एसिड (Deoxyribo nuclieic Acid) यह मानव शरीर में अथवा अन्य प्राणियों में पैतृक या आनुवंशिक द्रव्य (Hereditary Material) है।

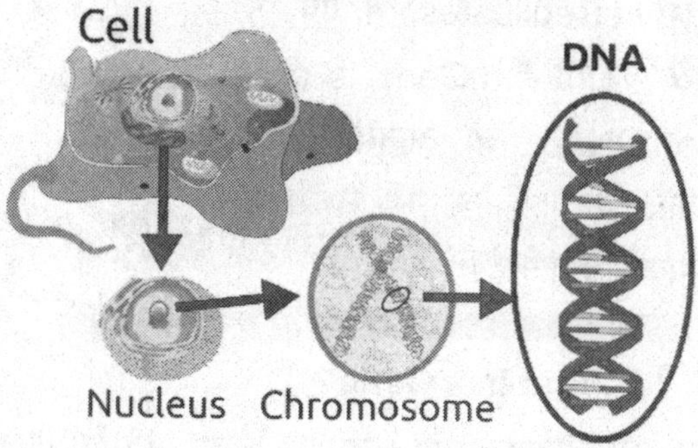

(DNA is double helix in shape—डबल कुंडलीकार)

हर व्यक्ति के शरीर के हर सेल में लगभग एक सरीके DNA होते हैं। DNA यह दुगुनी कुंडली (Double Helix) के आकार का होता है। DNA की विशेषता यह है कि यह अपनी प्रतिकृति (Replicates) बनाता है। जब कभी शरीर में कोई नया सेल तैयार होता है, अपनी प्रतिकृति बनाकर उस सेल में चला जाता है। DNA यह दो पहलुओं से या दो लड़ों (Strands) का बना होता है।

शरीर के सेल के न्युक्लिअस में जो DNA होता है, उसे Nuclear DNA कहते हैं तथा क्रोमोजोम में जो होता है, उसे Chormosomal DNA कहते हैं। इसका मुख्य कार्य है कि वह आनुवंशिक आदेश (Genetic Instructions to organic beings) अगली पीढ़ी को देता है। DNA सेल्स कैसे काम करें, इसकी सूचना संचित (stores information and passes it on to next generation) करते हैं और तथा अगली पीढ़ी को यह सेल्स के माध्यम से पहुँचाने का काम करते हैं। मनुष्य प्राणी में आधे DNA माता से आधे DNA पिता से आते हैं।

हर नए बननेवाले सेल में यह अपने आप दुगुने कुंडली (Double Helix) की होने से प्रतिकृति (Replicates) बनाकर नए बनते रहते हैं। (Replicates) के एक भाग को 'जीन' कहते हैं (Gene is a segment of DNA), जो आनुवंशिक संदेश ले जाने की प्रक्रिया में सबसे महत्त्वपूर्ण भूमिका निभाता है।

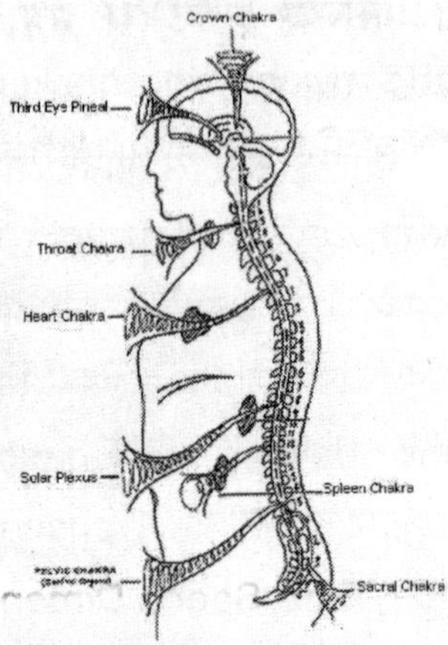

जीन क्या है ? (What is a Gene?)

जीन एक आनुवंशिकता की मूलभूत भौतिक तथा क्रियाशील इकाई है। जीन्स DNA के बने होते हैं। हर व्यक्ति के पास जीन की दो प्रतिलिपि होती हैं, जो माँ और बाप से एक-एक आते हैं। अधिकतर सभी जीन्स हर व्यक्ति में एक सरीके ही होते हैं, केवल 1 परसेंट थोड़े अलग होते हैं और यही हर व्यक्ति को एक-दूसरे से अलग करते हैं। जीन्स DNA से बने होते हैं। हर क्रोमोजोम में कई जीन्स होते हैं।

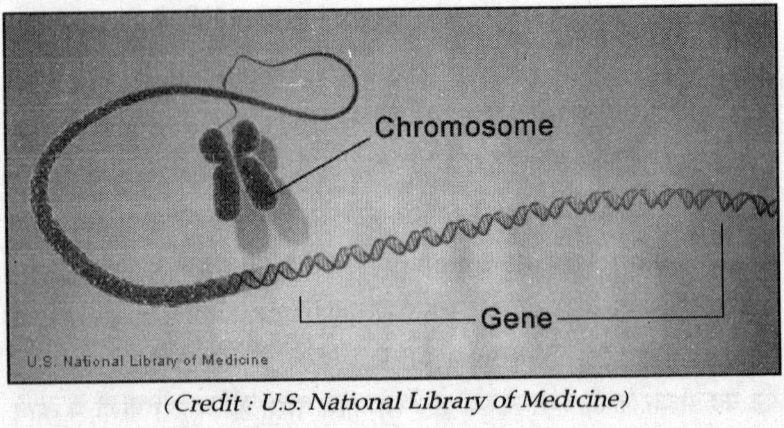

(Credit : U.S. National Library of Medicine)

आध्यात्मिक दृष्टि से मंत्र, पिनिअल ग्लैंड और डी.एन.ए. का संबंध क्या है ?

भौतिक रूप से मानव शरीर 8 तात्त्विक चीजों से, जिसमें 5 स्थूल (अग्नि, धरती, पानी, आकाश तथा पृथ्वी) एवं 3 सूक्ष्म (मन, बुद्धि और अहंकार) से बना है। उसी प्रकार 5 ज्ञानेंद्रिय हैं, जिनकी क्षमताओं की अपनी-अपनी सीमाएँ हैं। इस विश्व का परिणाम हम देख नहीं सकते (We can't observe the Quantum world) अथवा अपनी पाँच ज्ञानेंद्रियों की सीमा लाँघकर (Transcend the senses) हम समय-अंतर की सीमा (Time-Space Dimension) को पिनिअल ग्लैंड को जाग्रत् किए बिना पार नहीं कर सकते, क्योंकि ज्ञानेंद्रियों की सीमाएँ संकीर्ण हैं। हम अपनी खुली आँखों से अल्ट्रा वॉयलेट किरणें देख नहीं सकते (There are the specific wavelengths of light that the receptors in our eyes are turned to) अथवा ध्वनि की लहरें एक सीमा तक ही सुन सकते हैं (मनुष्य के कान कम-से-कम 20Hz से 20Hz के दायरे में ही सुन सकते हैं—The commonly stated range of Human hearing is 20Hz to 20kHz. अदिष्ट लहरें अथवा भव्य ओज (Scalar Waves or Super Power), जो प्रकाश किरणों की गति से भी ज्यादा तेजी से प्रवास करती हैं, यह पिनिअल ग्लैंड द्वारा डी.एन.ए. में गूँज (Responating DNA by Pineal Gland) पैदा करके ही निर्माण हो सकती हैं।

भ्रमित करनेवाले सफर का रास्ता और अनुभव केवल पिनिअल ग्लैंड के क्षेत्र में ही मिल सकता है (The Psycgedelix journeys are accessed and experienced within the realms of Pineal gland)। आध्यात्मिक दृष्टि से पिनिअल ग्लैंड सही मायनों में 'शिवलिंग' है, जो 'जीवन का बीज' अथवा 'आत्मा का बीज' (जिसे हम DNA कहते हैं) प्रदान करता है, जिसमें ही पूरे विश्व का तत्त्व या सार छिपा है (The Pineal gland is 'Shiv Lingam' which provides the seed of life, 'Soul-Seed' (DNA) within which lies the essence of entire cosmos)।

(डबल कुंडलाकार सर्प, जिसका नाश कभी भी नहीं होता, ऐसा ऋग्वेद में लिखा गया है)

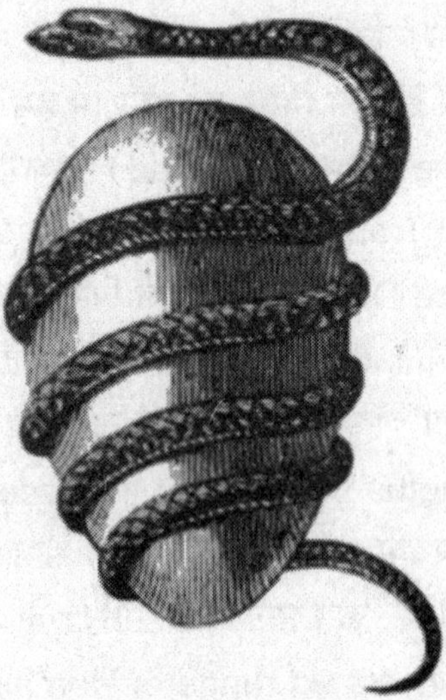

(DNA and Pineal Gland-Symbolizes Lingam with Snake)

यदि हमें अपना DNA में उन्नत करना है, तो उसके लिए कोई औषधि नहीं है। उसके लिए हमारी 'स्वतंत्र इच्छाशक्ति' (Free Will) की आवश्यकता है। यदि हम अपनी इंद्रियों के संघर्ष में अपनी 'स्वतंत्र इच्छाशक्ति' को प्रशिक्षित करते हैं तो हम अपने DNA को उन्नत कर सकते हैं और एक बार यदि अपना DNA उन्नत हो गया तो हम प्रकृति के नियमों के ऊपर उठ जाते हैं।

यदि हमें अपने इंद्रियों को संवेदनशील से अतिसंवेदनशील (Sensory to Super Sensory) बनाना है तो यही मार्ग अपनाना होगा, जिससे हमारी स्पंदन की फ्रीक्वेंसी बढ़ती है (You should follow the process till your Vibrational Frequency is increased)। हर चीज चेतना है

या जाग्रत् है और चेतना और कुछ भी न होकर केवल नाद या ध्वनि है। ध्वनि लहरें चैतन्य का सृजन या निर्माण करती हैं। ध्वनि लहरें प्रकाश का भी निर्माण करती हैं। ध्वनि लहरें पदार्थ भी बनाती हैं (Sound waves create matter)। मनुष्य में यह सामर्थ्य है कि वह विचार कर सकता है और उन विचारों को व्यक्त भी कर सकता है। उसी प्रकार विचार करके निर्माण भी कर सकता है। यह विचार क्या है? विचार करना यानि ध्वनि का उपयोग करना और निश्चित ही ध्वनि अपने जीन्स को भी प्रभावित करती हैं। ध्वनि का कुशलतापूर्वक उपयोग करके हर कोई बुद्धिमत्ता के उच्चतम स्तर तक पहुँच सकता है, क्योंकि ध्वनि समय और अंतर को नहीं पहचानती या ऐसे कह सकते हैं कि ध्वनि समय और अंतर से परे है। यदि हम समय और अंतर के बंधन से मुक्त होना चाहते हैं तो हमें ध्वनि के महत्त्व को समझना होगा। कहते हैं, इजिप्त के पिरामिड एक जगह से दूसरी जगह केवल ध्वनि के तंत्रज्ञान से हिलाए जाते थे। ध्वनि समय के बंधन को नहीं मानता और इसीलिए हम मेडिटेशन में (ध्यान धारणा द्वारा) ध्वनि के लहरों पर सवार होते हैं और यही कारण है कि ध्वनि की लहरें समय और अंतर की रुकावटों को त्यागकर हमारे ऋषि-मुनियों को अंतराल में ले जाती थीं।

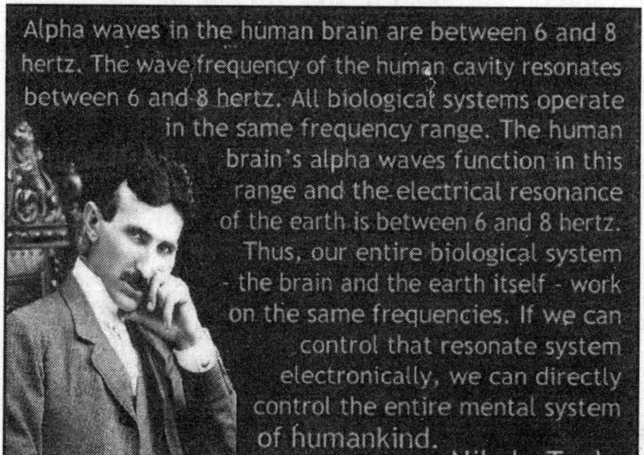

मंत्रशक्ति का प्रभाव क्या और कैसे होता है!

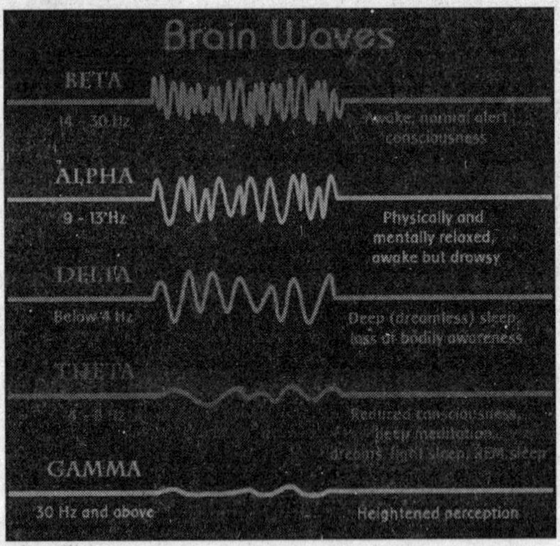

When you meditate your brain goes from Beta 25 Hz to Alfa 12 Hz and Then to Theta 7Hz.

In deep meditation the waves of Alfa and Theta rhythms cascade across the entire brain. the resonance is possible between the human beings and the planet.

Chanting of › Produces Nitric Oxide in the body.

Nitric oxide makes the immune system of your body stronger and gives a fast recovery to the body in case of any Disease. Nitric Oxide is absolutely crucial to our well-being and is regarded as the most significant molecule in the body. It stimulates our brain, and we won't be a DUD with Alzheimers.

Nitric oxide is naturally produced in the body and is known as a "messenger molecule," because it helps the cells of the body communicate with one another.

- मंत्र अदिष्ट ऊर्जा (Scalar Energy) है, जो ध्वनि पर आधारित है।
- मंत्र अपनी पिनिअल ग्लैंड में गूँज निर्माण करती है। वैदिक जमाने में ऋषियों की पिनिअल ग्लैंड एक नींबू के आकार की हुआ करती थी, जबकि आज 21वीं सदी में अपनी पिनिअल ग्लैंड एक सूखे हुए चने के आकार की भी नहीं होती।
- मंत्र से DNA की कार्यरचना में बदलाव आता है। DNA मानव के शरीर के सामान्य तापमान पर प्रकाश का भव्य वाहक है। (Super conductor of light at body temperature)।
- मंत्र प्रभावशाली सूचना की तरंगों को ले जानेवाला वाहक है।
- मंत्र से निर्माण होनेवाले स्पंदन मानव शरीर के चक्रों पर, पिनिअल ग्लैंड तथा DNA पर प्रभाव करके मस्तिष्क में से जादुई केमिकल्स का रिसाव करते हैं। अपने मन पर होनेवाले कुविचारों के बुरे प्रभाव से बचाते हैं।
- मंत्रों की शुरुआत और अंत हमेशा 'ॐ' से होता है। बाइबल में आमीन शब्द का उपयोग होता है। ॐ से निकलनेवाले कंपन पृथ्वी के हृदय की गति 7.83 हर्टज (hertz) से मिलती है। नासा ने भी उनके अपोलो यान पर 7.83 हर्टज (hertz) के जनरेटर रखे थे।
- मंत्र से वातावरण शुद्धि होती है और यदि मंत्रोच्चार योग्य ऐसे व्यक्तियों से, योग्य उच्चारों से तथा योग्य गिनती में कहा जाए तो ऐसे गाँव के अपराध का प्रमाण भी कम होता है, ऐसा पाया गया है। कई लोग इसे अनुभवातित (Transcendental) मानते हैं। यह चेतना जागृति का एक भाग है।
- मंत्र से प्राणशक्ति बढ़ती है, बुद्धि तेज होती है, चयापचय क्रिया सुदृढ़ होती है।
- मंत्रों से पानी का पृष्ठ तनाव (surface tension) कम होता है।

साधु-संत इसीलिए लोटे में हमेशा गंगा और सरस्वती नदियों का पानी साथ रखते थे।

- मंत्रोच्चार से श्वसन क्रिया धीमी होती है। इससे मस्तिष्क की एकाग्रता बढ़ती है, स्मरणशक्ति बढ़ती है, हृदय की शुद्धि होती है।
- मंत्रों के योग्य उच्चार से अपने भीतर की आंतरिक अव्यक्त शक्ति उत्पन्न होती है, जो आध्यात्मिक ऊर्जा से लिप्त ध्वनि के रूप में प्रवाहित होती है, चूँकि हर मंत्र अपने निर्माण होनेवाले स्पंदनों की वजह से एक ऊर्जा का निर्माण करता है। एकाध मंत्र पूरी एकाग्रता के साथ बार-बार दोहराने से इससे ऊर्जामुक्त होती है और इसका असर होता है (जैसे कि ॐकार मंत्र अथवा गायत्री मंत्र आध्यात्मिक भाषा में बहुत ही शक्तिशाली मंत्र माने गए हैं)

मंत्रों का असर अपने सिंपॉथेटिक और पैरासिंपॉथेटिक नर्वस सिस्टम (Sympathetic and parasympathetic nervous system) पर होता है और उसकी वजह से अपने चारों ओर का प्रभामंडल (Aura) बढ़ता है, जो किरलिअन फोटोग्राफी में भी देखा जा सकता है।

□

क्या भारतीय शास्त्र आज के आधुनिक साइंस से अधिक प्रगत थे? कैसे?

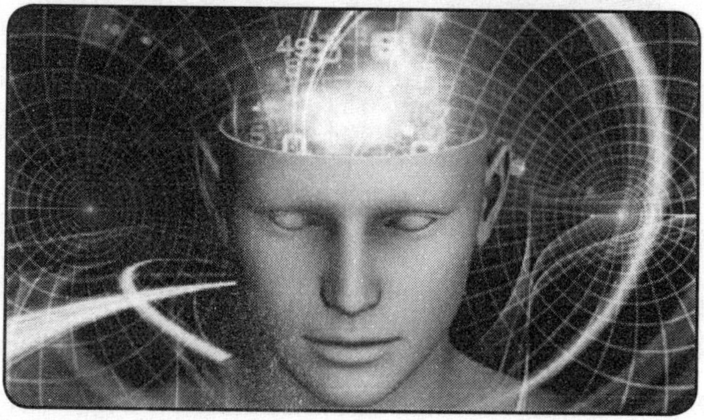

भारतीय शास्त्रों का इतिहास हजारों वर्षों का है। जब मनुष्य को उड़ने का विचार भी मन में नहीं आता था, तब रामायण में 'पुष्पक विमान' का वर्णन आया है। जिसस क्राइस्ट के जन्म से पूर्व लगभग 600 त्रर्षों पूर्व (600 BC) महर्षि सुश्रुत ने 'सर्जरी और प्लास्टिक सर्जरी' का शोध किया था। 'सुश्रुत संहिता' में इन सभी शल्य क्रियाओं की मालूमात दी गई है। रामायण में समुद्र में सेतु बाँधने का उल्लेख हजारों वर्षों पुराना है। यह कोई मनगढ़ंत बातें नहीं हैं। पुराने अस्त्रों में अग्निबाण, वायुबाण आदि का उल्लेख आता है, जो आज के एटोमिक बम से सुधारित थे, जो अपने साथ कहीं भी ले जा सकते थे।

हड़प्पा संस्कृति के मिले अवशेषों में (3000 BC) कुछ खोपड़ियों से उस समय 'ब्रेन सर्जरी' की जाती थी, इसके प्रमाण मिले हैं।

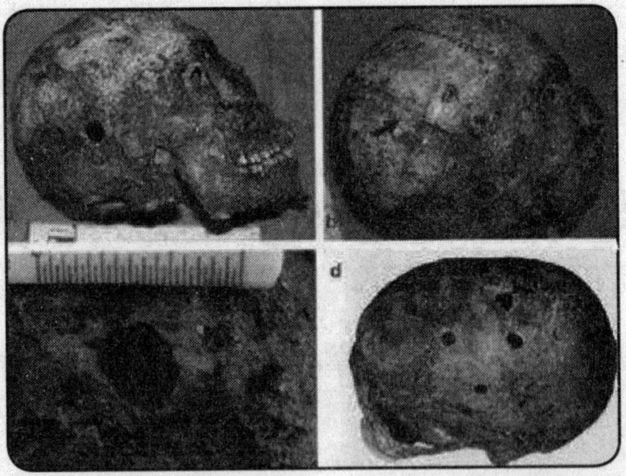

'ट्रिपानेशन' यानी खोपड़ी में एक होल गिराकर 'क्रॉनिअल ट्रॉमा' के लिए सर्जरी की जाती थी। हड़प्पा का इतिहास ताम्रयुग (Bronze Age) का है। राजा भोज, जिनका कार्यकाल 11वीं सदी में मध्य भारत में सन् 1055 में था, कहते हैं, उन्हें 'ब्रेन ट्यूमर' हुआ था और बहुत ही ज्यादा सिरदर्द था तो उज्जैन के दो युवा वैद्यों ने उसका ऑपरेशन किया और सिरदर्द से राहत दी। पाटलिपुत्र के रहनेवाले 'आर्यभट्ट' का जन्म सन् 476 में हुआ। खगोलशास्त्र और गणित में कई शोध उन्होंने किए, जिसमें विशेष करके चंद्रग्रहण और सूर्यग्रहण कब, क्यों और कैसे होते हैं, पृथ्वी की साइज कितना है, गणित में 'पाई' का शोध भी आर्यभट्ट ने किया। जो आज तक भी कायम है। शून्य का शोध भी भारतीय गणितज्ञों ने किया। नंबर्स या आँकड़ों का उपयोग हड़प्पा के जमाने से (लगभग 3000 बी.सी.) भारत में प्रचलित थे, इसके कई सबूत अपने पास हैं।

अध्यात्म शब्द केवल भारतीय संस्कृति में ही है, क्योंकि जो बात शायद शब्दों में व्यक्त नहीं की जा सकती, किंतु अनुभूति ली जा सकती है। वह

अध्यात्म में आती है, लेकिन पाश्चात्य शास्त्र केवल सबूत माँगता है, लेकिन साथ में यह भी मानता है कि कई बातें अपने ज्ञानेंद्रियों की कक्षा के बाहर की हैं (5 ज्ञानेंद्रिय यानी आँख, नाक, कान, जिह्वा और त्वचा या स्पर्श) अथवा इसके ज्ञान के दायरे के आगे की हैं, जो हम देख या सुन नहीं सकते, लेकिन होती अवश्य हैं।

अपने जीवन के दो अनुभव यहाँ निश्चित ही बताना चाहूँगा।

मैं जब 5 या 6 साल की उम्र का था तो धूपकाल की छुट्टियों में अपने मामा के गाँव जाता था। वह एक बहुत ही छोटा सा देहात था। वहाँ एक व्यक्ति सवेरे-सवेरे टॉवेल पर बैठकर योगासन करता था। उसे देखकर हमें मजा आता था। एक दिन उसने कहा, "मैं आसन लगाकर अपने शरीर को हवा में उठा लूँगा, तब आप मेरे नीचे का कपड़ा निकाल लेना।" शायद उस समय कुछ समझता नहीं था, लेकिन आज याद करूँ तो आश्चर्य लगता है कि सही मायनों वह हवा में लगभग 6 इंच उठ जाता था और हम उसके नीचे का कपड़ा निकाल लेते थे, लेकिन एक बात तो थी कि थोड़ा क्यों न हो, वह हवा में उठता था। आज का साइंस इसे नहीं मानेगा, क्योंकि वह उनके दायरे के बाहर की बात है।

दूसरा अनुभव काफी ताजा है। मेरी शादी के बाद जब पहली बार मैं अपने ससुराल गया, वह भी महाराष्ट्र का एक देहात है, वहाँ लालाजी नाम के एक व्यक्ति से अचानक मेरी मुलाकात हुई। मेरे ससुरजी की कपड़े की दुकान थी। लालाजी कपड़े खरीदकर निकल ही रहे थे. उनकी नजर मुझ पर पड़ी और वे रुक गए। ससुरजी से मेरा परिचय पूछा। पहले प्रथा थी, किसी का दामाद यानी पूरे गाँव का दामाद लोग मानते थे। जाते-जाते वे रुक गए और हमारा वार्त्तालाप शुरू हुआ। बातों-बातों में उन्होंने मुझे बताया कि वे गायत्री मंत्र के उपासक हैं। उस समय मेरा अध्यात्म पर विश्वास न के बराबर था। मैंने कहा, इसका फ़ायदा क्या है ? तब उन्होंने कहा, दो दिन आगे क्या होनेवाला है, मुझे इसकी धुँधली-सी कल्पना आ जाती है। मेरे अविश्वास दिखाने पर उन्होंने

कहा, "केवल इसलिए कि आप हमारे दामाद हैं, मैं आपको बताता हूँ।" और कुछ देर आँखे बंद करके मंत्र का जाप किया। आज भी यदि याद करूँ तो मेरे रोंगटे खड़े हो जाते हैं और विश्वास नहीं होता, उनके पूरे शरीर पर 'ॐ' अक्षर उठ गए। ऐसा लगता था कि ॐ पूरे शरीर पर उर्दकीर्ण (Emboss) हो गए हैं। उनके पेट पर, हाथों पर, चेहरे पर पीठ पर मैंने हाथ लगाकर, छूकर देखा, ॐ अक्षर को मैं छूकर महसूस कर सकता था। मैंने अपने आपको पिन चुभाकर देखा कि कहीं उन्होंने मुझे 'हिप्नोटाइज' तो नहीं किया। मैंने क्षमा माँगकर उनसे पूछा कि आप शायद कोई केमिकल लगाकर आए हैं, जो थोड़ी देर में यह छुप जाता है। उन्होंने अत्यंत विनम्रता से और दृढ़वाणी में कहा, "मैं तो यहाँ से निकल रहा था, आपको देखकर, केवल नए दामाद को मिलने के लिए रुक गया। इस विद्या का प्रदर्शन मैं नहीं करता, बस बातों-बातों में आपसे इस विषय पर चर्चा हुई और मेरा आपको बताने का दिल हो गया।" यह अनुभव यदि आज किसी को बताऊँ तो विश्वास नहीं करेगा। उन्होंने यह भी बताया कि थोड़ी देर में यह सभी अपने आप लुप्त हो जाएगा। मैं खुद साइंस का विद्यार्थी रहा हूँ। अंध श्रद्धा पर विश्वास नहीं करता या अन्य बातों पर भी, जब तक प्रमाण नहीं मिलता, विश्वास नहीं करता।

कहने का तात्पर्य हमारे देश का शास्त्र आज के युग से काफी प्रगत था, लेकिन समय के बहाव में धीरे-धीरे, कई कारणों से लुप्त हो गया।

हनुमान चालीसा जो संत तुलसीदास ने सैकड़ों वर्ष पूर्व लिखा था, उसमें भी पृथ्वी और सूर्य का अंतर एक वाक्य में बताया है।

आधुनिक साइंस और खगोलशास्त्र (Modern Astronomy) के हिसाब से हमें पता है कि पृथ्वी अपने खुद के चारों ओर घूमती है, इसलिए दिन और रात होते हैं और सूर्य के चारों ओर भी घूमती है, इसलिए अलग-अलग ऋतुएँ होती हैं। पृथ्वी अपनी धुरी (Axis) से थोड़ी झुकी हुई है। उसी प्रकार पृथ्वी की सूर्य के चारों ओर परिक्रमा की कक्षा (Orbit) पूरी तरह गोलाकार न होते हुए थोड़ी अंडाकार (Elliptical) है।

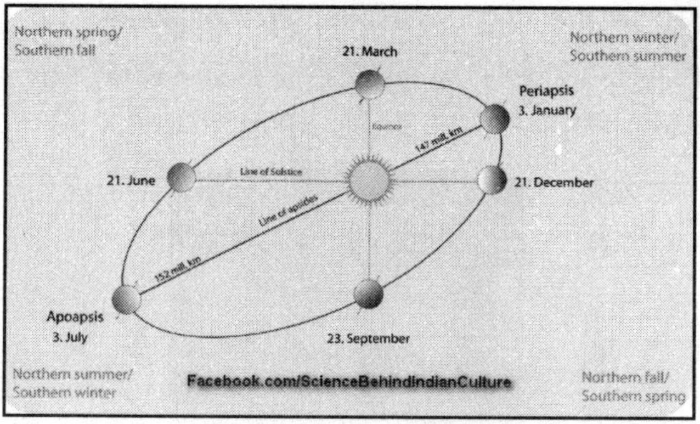

इसीलिए पूरे वर्ष पृथ्वी और सूर्य के अंतर में फर्क पड़ता रहता है। इसमें सूर्य और पृथ्वी का सबसे नजदीक का अंतर 91,445,000 मील (अर्थात् 147,166,462 किलोमीटर) है। यह अंतर 3 जनवरी को रहता है। और यही अंतर 3 जुलाई को 94,555,000 मील (अर्थात् 152,171,522 किलोमीटर) यदि हम औसत अंतर निकालें तो यह होगा, 92,955,807 मील (अर्थात् 149,597,870.691 किलोमीटर)

सन् 1672 में, जीन रिचर (Jean Richer) तथा गिओवान्नी डोमेनिको कॉन्सिनी (Giovanni Domenico Canssini) ने पृथ्वी और सूर्य का अंतर नापा और दुनिया को बताया कि पृथ्वी और सूर्य के बीच की दूरी यह पृथ्वी की त्रिज्या के 22,000 गुना है। पृथ्वी की त्रिज्या 6,371 कि.मी. की है (अर्थात् 220,006,371.00=140,162,000.00 किलोमीटर है)

अब हम हनुमान चालीसा की केवल एक पंक्ति पढ़ेंगे, जिसमें पृथ्वी और सूर्य का अंतर बताया गया है—

जुग सहस्त्र योजन पर भानू, लील्यो ताहि मधुर फल जानू।।

भानू यानी सूर्य।

1 जुग =12,000

1 सहस्त्र = 1000

1 योजन = 8 मील

उस हिसाब से 12,000×1000×8 = 96,000,000 मील

96,000,000 मील×1.6 किलोमीटर = 153,600,000 किलोमीटर

हनुमान चालीसा गोस्वामी तुलसीदासजी ने लिखा था।

तुलसीदासजी का जन्म 15वीं सदी में हुआ था, क्योंकि हनुमान चालीसा अवधि भाषा में लिखा गया है। ऊपर लिखित शास्त्रज्ञों के दो सौ वर्ष पूर्व यह अंतर कैसे नापा गया?

यही बात सिद्ध होता है कि भारतीय शास्त्र आज के आधुनिक साइंस से कई गुना आगे थे। ऐसे सैकड़ों उदाहरण हम दे सकते हैं।

अतः भारतीय होने पर हमें गर्व होना चाहिए।

□

धर्म का अर्थ क्या है?

एक प्रकार से हमारी पीढ़ी बहुत ही भाग्यशाली है कि हम अपने जीवन में एक सहस्त्रक से दूसरे सहस्त्रक में प्रवेश करने के साक्षी बने हैं (सन् 2000 से सन् 2001 में प्रवेश किया है)। किंतु दुनिया के पिछले 100 वर्षों के इतिहास में यदि हम झाँककर देखें तो पाएँगे कि पिछले 100 वर्षों में अति वेग से बदलती राजकीय परिस्थिति, विचारों के बदलाव, भौगोलिक पुनर्रचना, दो महायुद्ध, पूरी दुनिया में राजकीय उथल-पुथल, बड़े राष्ट्रों में शीतयुद्ध, आर्थिक और धार्मिक विचारों में आमूलाग्र बदल, जातीय समीकरण में बदलाव आदि पिछले 100 वर्षों का इतिहास रहा है। इन सभी तोड़-फोड़,

बदलाव और पुनर्निर्माण की कालावधि में समाज के नीति–मूल्यों का पतन होता गया है, यही कारण है कि आज सामाजिक और वैयक्तिक नीतिमूल्यों में क्रांतिकारक बदलाव आया है। उदाहरण के लिए, धर्म के नाम पर राजकारण में अपनी धाक जमाने के लिए या समाज में अपना महत्त्व बढ़ाने के लिए, निजी स्वार्थ के लिए अथवा अपना अस्तित्व बनाने के लिए राजकीय नेताओं ने या धर्म के ठेकेदारों ने धर्म की व्याख्या ही बदल डाली।

श्रीमद्भगवद्गीता में कुल 700 श्लोक हैं। उसमें एक बहुत ही महत्त्वपूर्ण शब्द भी है, वह है 'स्वधर्म'। गीता लगभग 5000 वर्षें से भी अधिक पूर्व लिखी गई है, तब न ईसा मसीह का जन्म हुआ था, इसलिए उस समय न क्रिश्चयन, न इसलाम, न बुद्ध और न ही सिक्ख या अन्य कोई आज के जमाने में, जिन्हें हम धर्म कहते हैं, अस्तित्व में न थे। केवल हिंदू धर्म ही था, किंतु उस समय धर्म की व्याख्या अलग–अलग उद्देश्य को सामने रखकर की गई थी।

धर्म यानी कर्तव्य : मजे की बात यह है कि अंग्रेजों का राज्य भारत में होने पर हर शब्द को अंग्रेजी में अनुवादित किया गया। लेकिन कुछ–कुछ शब्द ऐसे थे, जिन्हें अंग्रेजी में पर्यायी शब्द ही नहीं मिले। जैसे कि 'लाठी' को शब्द न मिलने से आज भी अंग्रेजी में लाठी शब्द ही है, जैसे कि 'लाठीचार्ज'। लड्डू अंग्रेजों को पता ही नहीं, इसलिए लड्डू को लड्डू ही कहते हैं। 'पिंडदान' यह केवल भारतीय परंपरा का भाग है और उन्हें पता ही नहीं तो उसका पर्यायी शब्द वे कहाँ से लाएँगे। यही बात 'धर्म' शब्द पर भी लागू होती है। अपने यहाँ धर्म का अर्थ कर्तव्य है। अंग्रेजी में धर्म का पर्यायी शब्द नहीं है (There is no equivalen word to Dharma in English) Dictionery में धर्म का पर्यायी शब्द इंग्लिश में रिलिजन (Religion) है। लेकिन रिलिजन का सही अर्थ है : पंथ, संप्रदाय अथवा उपासना पद्धति।

दूसरा, स्वधर्म का अर्थ है गुण या Properties। सूर्य का धर्म प्रकाश देना है। पानी का धर्म बहना है। अग्नि का धर्म ताप और प्रकाश है। उसी

प्रकार हर व्यक्ति की एक अलग से पहचान, एक खुद की पसंद (Liking) है। जिस व्यक्ति की सुप्त इच्छा है कि वह आगे चल के एक अच्छा एथलीट बने, वह उसी क्षेत्र में प्रगति करेगा। जिसकी सुप्त इच्छा है कि वह सर्विस करके उच्च पद पर पहुँचे, वह उस दिशा में ही सोचेगा। जिसकी इच्छा हो कि वह बिजनेस करे, वह सर्विस में कभी नहीं जाएगा। अर्थात् हर व्यक्ति का यह स्वधर्म है और यही उसका धर्म है। इसीलिए गीता में कहा है 'स्वधर्म' का स्वाभिमान होना चाहिए।

भारतीय संस्कृति में एक और महत्त्वपूर्ण शब्द है 'वर्णाश्रम'।

भारतीय परंपरा में चार वर्ण बताए गए हैं—

1. ब्राह्मण 2. क्षत्रिय 3. वैश्य 4. शूद्र

उसी प्रकार 4 आश्रम बताए गए हैं—

1. ब्रह्मचर्य 2. गृहस्थाश्रम 3. वानप्रस्थाश्रम 4. सन्यासाश्रम।

यह 'वर्णाश्रम' व्यवस्था शुरुआत के काल में सामाजिक और आध्यात्मिक व्यवस्था तालमेल के साथ चले, इसलिए बनाई गई थी, ताकि समाज का कार्य सुचारू रूप से चले (It was a part of Managemen of Society)। वर्णाश्रम यानी जाति व्यवस्था नहीं थी। यह तो अपने-अपने कर्तव्य की जिम्मेदारी निभाने के लिए बनाई गई व्यवस्था थी। किंतु धीरे-धीरे समय के साथ-साथ जन्म से ही उसे जाति का रूप दिया गया और जन्म से ही वह उस जाति का है, ऐसा मानना शुरू हुआ। छूत और अछूत की बीमारी ने जन्म लिया। जिसका अतिरेक होने लगा। यहीं से धर्म के नाम पर क्रोध, ईर्ष्या और नफरत का जन्म हुआ।

समय के साथ अपने निजी स्वार्थ के लिए, समाज में अपना महत्त्व अलग से बनाकर रखने के लिए कई उच्चवर्णीय लोगों ने इसकी शाखाएँ तथा सैकड़ों उपशाखाएँ बना लीं। छूत-अछूत का अभिशाप शुरू हुआ। धर्म शब्द के सही अर्थ का अनर्थ हो गया। लोगों के अज्ञान (Ignorance) का फायदा उठाकर, धर्म का गलत अर्थ निकालकर (Misinterpretation)

हिंदू संस्कृति में एक अभिशाप (Curse) बनकर रह गया। आज की जातीय व्यवस्था पूर्वजों के पाप का भाग है, मानना गलत होगा। आज के राजनीतीकरण तथा समाज के धर्म के ठेकेदारों ने अपने स्वार्थ सिद्धि के लिए धर्म को जाति (Religion) नाम दे दिया और यही से धर्म के नाम पर समाज में राग, द्वेष, आपस में नफरत शुरू हुई। जिसका फल हमारी आज की पीढ़ी भोग रही है।

एक बात का ध्यान हमें रखना है कि समय के साथ कई मान्यताएँ बदलती हैं। पहले लड़का कुलदीपक माना जाता था, इसलिए पुत्र-प्राप्ति के लिए पुत्रकामेष्टि यज्ञ किए जाते थे, लेकिन आज हम लड़का या लड़की एक समान मानते हैं। आज 'लिव इन रिलेशनशिप' (शादी किए बिना एक साथ रहना) को सरकारी मान्यता है, जो कि अपने भारतीय परंपरा के विरुद्ध है, अपनी संस्कृति के आत्मा पर एक दुःखद बिंदु है। अधिकतर देशों में लड़कियाँ विवाह के पश्चात् पति के घर रहने जाती हैं, वहीं अफ्रीका की कुछ प्रजातियों में लड़के शादी के बाद ससुराल में रहने जाते हैं। कहने का तात्पर्य कि देश और काल के साथ मान्यताएँ बदलती रहती हैं। समय के साथ हमें चलना होगा।

अपने भूतपूर्व राष्ट्रपति आदरणीय अब्दुल कलाम ने रिलिजन की बहुत ही सुस्पष्ट व्याख्या की है। उन्होंने कहा, 'रिलिजन' के दो पहलू हैं। एक है 'धर्मग्रंथ की उपासना' (Theology) और दूसरा है 'अध्यात्म' (Spirituality)। धर्मग्रंथ की उपासना (Theology) हर व्यक्ति की अलग-अलग हो सकती है, किंतु 'अध्यात्म' (Spirituality) पहलू हर रिलिजन का एक ही है। हर रिलिजन के अध्यात्म का सार है एक अच्छा इनसान बनना, एक अच्छा नागरिक बनना, एक अच्छा पड़ोसी बनना और एक अच्छा विद्यार्थी बनना।"

आज यदि धर्म के सही अर्थ को, धर्मग्रंथ के उपासना को और धर्म की आत्मा यानी उसके भीतर छिपे अध्यात्म के यथार्थ रूप को हम समझें और

समाज के तथाकथित धार्मिक नेता या राजकीय नेता जो समाज में अपने निजी स्वार्थ सिद्धि के लिए, आपस में द्वेश के बीज बोकर, धर्म को अधर्म बनाकर, धर्म की आड़ में, आपस में लड़ाकर, समाज को विभाजित करके खुद की रोटी सेंकने के मनोदय को हम समझें तो धर्म का सब झगड़ा ही खत्म हो जाएगा।

□

तोरण की सजावट किसलिए?

भारतीय परंपरा में हर शुभ कार्य या त्योहार में मुख्य द्वार पर तोरण की सजावट करने की प्रथा है, जिसमें ताजे हरे पत्ते फूलों की मालाएँ लगाई जाती हैं। तोरण में विशेष करके आम के पेड़ के पत्ते उपयोग में लाए जाते हैं, लेकिन इसके पीछे के कारण हमें अधिकतर पता नहीं है।

वैज्ञानिक दृष्टिकोण : तोरण की वजह से घर या द्वार सुशोभित तो होते ही हैं। आनेवाले का मन प्रसन्न और उल्लासित होता है। इसके अलावा इस तोरण में से जो हवा होकर जाती हैं, वह भी छनकर जाती है और सुगंध चारों ओर फैलाती है। तोरण की वजह से वातावरण स्वास्थकर, शुद्ध और प्रफुल्लित बनता है। ऐसे तो किसी के भी पत्ते चल सकते हैं, लेकिन आम के पेड़ के पत्ते रमणीयता बढ़ाते हैं।

□□□